풍수 ①

나남
nanam

김 종 록 (金鍾祿)
1963년 운장산에서 나서 마이산과 전주에서 성장했다.
전북대 국문학과와 성균관대 한국철학과 대학원을 마쳤으며
청오 지창룡 박사에게 풍수사상을, 동원 남탁우 선생에게
《주역》을 배웠다. 한국인의 얼을 소설화하는 데 주력한 작가는
이 소설을 쓰기 위해 백두산에서 한라산까지는 물론,
만주벌판, 알타이, 홍안령, 바이칼, 히말라야, 카일라스, 세도나 등을
장기간 여행했고, 동서양 고전과 천문학, 물리학을 공부했다.
저서로《바이칼》,《장영실은 하늘을 보았다》,《내 안의 우주목》등
다수가 있다.

김종록 소설 풍수 1

2006년 9월 5일 발행
2006년 9월 5일 2쇄

저자 ··· 김종록
발행자 ··· 趙相浩
발행처 ··· (주) 나남출판
주소 ··· 413-756 경기도 파주시 교하읍
         출판도시 518-4
전화 ··· 031) 955-4600(代)
FAX ··· 031) 955-4555
등록 ··· 제 1-71호(79.5.12)
홈페이지 ··· www.nanam.net
전자우편 ··· post@nanam.net

ISBN 89-300-0577-2
ISBN 89-300-0576-4 (전5권)

책값은 뒤표지에 있습니다.

김종록 소설

풍수 ① 산국 山國

나남
nanam

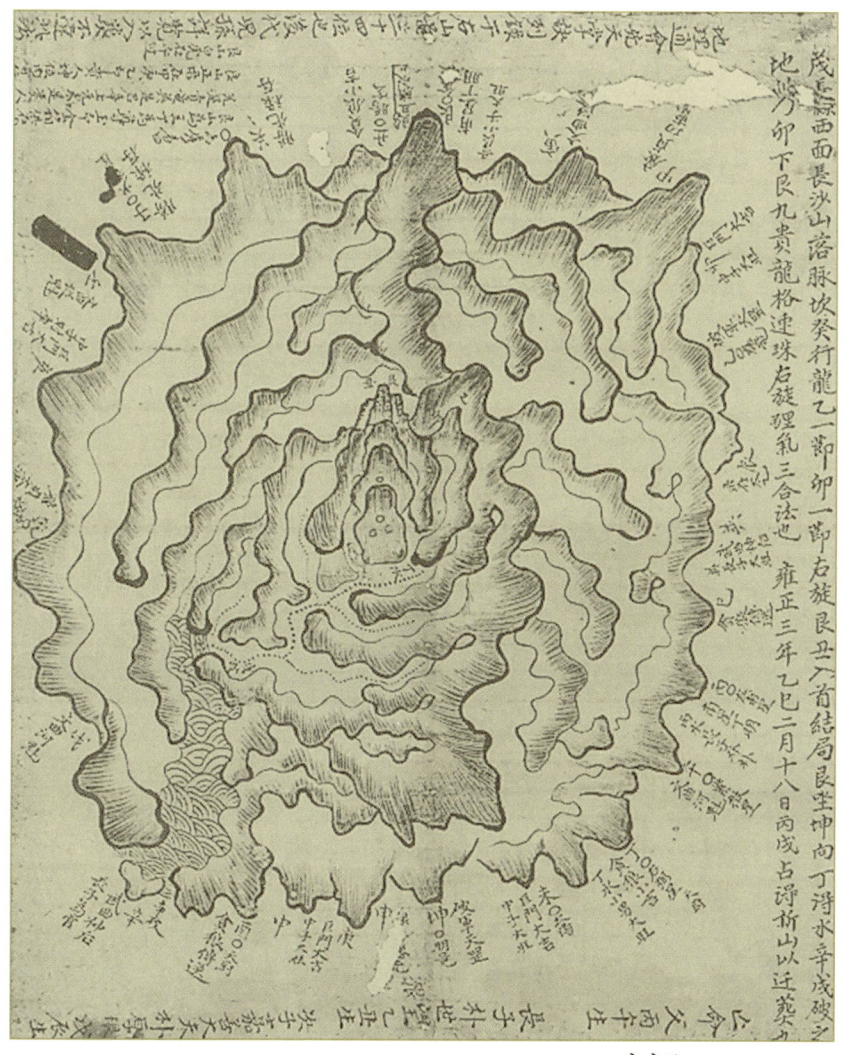

명당도. 국립민속박물관 소장.

묘의 위치를 풍수의 명당개념에 따라 그린 지도. 족보 중 선조들의 묘소의 위치를 표시한 문서의 일종이다. 풍수지리설에 근거를 두고 묘의 혈(穴)과 형국을 모두 산수의 흐름과 방위에 따라 그림으로 표시하고, 그 특징과 운세를 기록했다.

작가의 말 ...

우리에겐 누구나 행복했던 시절이 있었다. 그런데 언제부턴가 그만 힘겨운 세상이 돼버렸다. 부자도 대통령도 미국도 모두 불안하다. 평범한 소시민이라도 산처럼 너그러운 가슴만 지녔다면 마음 편하게 살 수 있는 곳이 지상 어딘가에는 있어야 하지 않을까.

이 글은 나를 키워낸 이 땅과 조상과 아버지와 스승들에 관한 이야기다. 상당부분 사실에 기초했으며 전국 명산과 산골짜기, 세계를 떠돌며 취재하고 구상했다. 역사 속에 실존했던 인물들이 많이 등장하는데 인물묘사에 무리가 따랐다면 전적으로 소설적인 장치였을 뿐 다른 저의가 없음을 밝힌다.

뼈아픈 고백을 하고자 한다.

처음 풍수소설을 쓰는 데 자상한 가르침과 아낌없는 지원을 하셨던 청오 지창룡 선생님을 1999년 해외여행중에 잃었다. 선생님께서 서울대병원에 입원해 계셨을 때 찾아뵙고, 속이 너무 상한 나머지 바람의 넋이 되어 히말라야에 묻혀버렸다. 당시는 작가의 길과 철학자의 길, 사업가의 길 사이에서 많이 고민하던 때였고 여행으로 마음을 잡던 시절이었다. 나중에 연천 산소에 가서 그렇게 좋아하시던 술을 부어놓고 많이 울었다.

이 글을 쓰면서 여러 차례 현몽하신 선생님을 뵈었다.

영오한 눈빛, 소년 같은 미소가 생전 그대로셨다. 가까이서 대가를 모셔놓고 태산 같고 강물 같던 사랑에 보답하지 못했다. 벌여놓았던 일들과 강의까지 접고 전업작가로 살아가는 삶이 얼마나 고달픈 것인지를 선생님은 훤히 알고 계시리라.

세상에는 이별 없는 관계들이 있다. 피를 나눈 가족들과 영혼을 나눈 친구들이다. 서로 상처를 남길지라도 한 번 획득한 영원성은 변치 않는다. 그들을 위하여 북두칠성을 향해 두 손 모은다.

　소설 속에서 앨빈이 세우고자 하는 이상향을 나 또한 만들고 싶었다. 정신적으로 혹은 육체적으로 상처 깊은 사람들이 많은 세상이다. 그들에게 별빛처럼 명징한 기운을 주는 터를 찾아온 지 오래되었다. 머잖아 영혼이 아름다운 사람들과 첫 삽질하는 날을 기다린다.

　끝으로 올해 95세이신 나의 첫 스승 아버지와 《주역》의 비밀을 깨우쳐주신 남동원 선생님께 머리 숙여 감사드리며 한국풍수지리연구소 임원들과 그 외 모든 풍수학인들께 고마움을 전한다.

　처음 구상하고 강산이 두 번 바뀔 동안 여러 번 고쳐 써서 새롭게 완성했다. 이 책을 한국인의 얼과 독특한 문화유산을 소설화한 문학작품으로 읽어주기 바란다.

　　　　　　　　　　　　　　　　2006년 여름　丌山文淵에서
　　　　　　　　　　　　　　　　　　　　　　　김 종 록

차례

풍수 1
산국 山國

프롤로그 15

1. 이 변방의 간이역에서 ··· 26

풍수에 정통했으나 평생을 은자처럼 지내다 숨을 거둔 정득량은 아들의 꿈에 나타나 이장해달라며 애원한다. 이후 가문에 변고가 계속되자 득량의 자손들은 득량의 묘에 모인다. 묘 속에는 놀랍게도 이 모든 것을 예언한 망자의 첩지가 들어 있는데….

2. 산 객(山客) ··· 81

조선 말, 부모상을 당해 3년째 시묘살이를 하던 이갑룡의 움막에 짐승 같은 행색의 중이 찾아든다. 갑룡이 죽어가던 중을 살려주자 그는 부친의 묘가 복시혈이라며 이장을 권한다. 과연 묘를 파보니 부친의 시신은…. 그 중은 전설처럼 떠도는 괴승 미후랑인이었던 것. 미후랑인은 갑룡에게 바람의 혼이 되어 떠돌 것이라 예언한다.

3. 사람 팔자, 땅 팔자 ··· 118

전주에 사는 동래정씨 정 참관은 정씨가 왕이 된다는 《정감록》을 신봉하며 수십 년 동안 왕이 나올 천하대명당을 찾아 헤맨다. 그러던 어느 날 최고의 풍수 미후랑인의 제자인 하성부지가 찾아와 무안 승달산의 천하대명당 나타내는 지도를 건넨다. 지도에 표시된 명당을 찾기 위해 박 풍수와 조 풍수를 대동한 정 참관은 천하대명당에 감탄하느라 조 풍수의 눈빛이 변한 것을 보지 못하는데….

4. 욕망의 불꽃 ··· 188

조 풍수는 명당에 눈이 멀어 명당바람이 자신의 가문으로 불도록 계략을 꾸민다. 몇 년 후 정 참관은 꿈에 그리던 천하대명당, 무안 승달산 호승예불혈에 묻히지만 곧이어 경성대 법학부에 다니던 손자 정득량이 미치는 등 가문에 흉사가 겹친다. 이때 나타난 명풍수 진태을은 묘를 파보지도 않고 조관기의 계략을 밝혀내지만….

9

풍수 제2권 바람과 물의 노래

5. 바람과 물의 얼굴
제정신을 찾은 득량은 진태을 따라 파란만장한 풍수의 길로 들어선다. 본격적인 산공부에 들어가자 스승 진태을은 바람의 얼굴을 보라는데, 바람과 물의 얼굴을 어떻게 본단 말인가? 득량의 번민은 계속되고, 때마침 서울에서 알고 지내던 신여성 하지인이 적극적으로 애정을 표현하며 그의 마음을 뒤흔든다.

6. 땅의 마음
정 참판의 명당을 훔친 게 탄로나 피걸레가 된 채 쫓겨난 조 풍수 일가는 경상도 가야산에 터를 잡는다. 조 풍수, 조판기는 수단방법을 가리지 말고 살길을 찾는 것이 우선임을 강조하고, 영리한 둘째아들 영수는 기막힌 처세술로 조선 풍수의 실태를 조사하는 일본인을 돕는다.

7. 풍수의 길
태을은 정 참판이 묻힌 호승예불혈이 아직 때가 아니라며 이장하도록 하는데…. 도선국사 옥룡자의 판석이 묻힌 천하대명당은 결국 정씨의 차지가 되지 못하는 것인가? 한편, 사생아로 태어나 천덕꾸러기로 자란 도선은 어떻게 풍수의 비조가 되었는가?

8. 쇠말뚝을 박는 사람들
일본은 왜 풍수탄압을 하는가? 일본은 조선의 정기를 끊으려 전국의 명혈자리를 찾아 쇠말뚝을 박는 데 혈안이 된다. 조영수는 일본의 풍수침략을 돕는 데 앞장서지만, 태을과 득량은 쇠말뚝에 신음하는 산하를 걱정하며 일본이 박은 쇠말뚝을 제거한다. 쇠말뚝이 박힌 조선의 정기는 이대로 끊기고 마는가.

풍수 제3권 땅의 마음

9. 명당 찾아 삼천리
조영수는 신분상승 욕구가 강한 사람들을 상대로 본격적인 명당 장사치로 나선다. 한편, 득량은 하지인의 사랑을 바람에 새긴 채 명당순례의 첫발을 내딛는다. 달아매 놓은 치마형상(縣裙形) 마을에서는 어떤 일이 벌어졌을까?

10. 이 강산 지킴이
선산 해평 도리사, 그곳에는 생불이라 칭송 받는 동타스님과 이 땅의 지킴이 무성거사가 있다. 일본은 조선민족의 뿌리를 흔들어 놓겠다며 고승들의 법력을 약화시키려고 미인계를 동원하는데….

11. 동기감응의 숨은 이치

명당발복에 남녀유별할까? 며느리를 명당에 묻으면 복은 어디로 가는가? 숙호형(宿虎形) 대지에 조상을 모신, 형형한 눈빛의 소년 박정희는 과연 군왕이 될까? 태을과 득량의 발이 닿는 곳마다 풍수와 관련된 흥미로운 이야기가 펼쳐진다.

12. 어디서 살 것인가

조영수는 사이비교주 차 천자를 상대로 금혈장사를 해 큰돈을 얻으면서 성공가도를 달린다. 이제야 명당바람이 시작되는 것일까? 명당도둑 집안은 성하지만 득량은 속세의 권력과는 담을 쌓고 명문가의 집성촌을 찾아가며 큰 인물이 나오는 명당의 이치를 깨닫는다. 큰 인물을 낳기 위해 10년간 벙어리 흉내를 낸 류성룡의 어머니, 도깨비가 인정한 천하대명당에 묘를 쓴 동래정씨의 시조… 과연 명당에서 인물이 나는가, 사람이 명당을 만드는가?

풍수 제4권 춤추는 용

13. 인연풀이

반상의 개념이 무너지고 토지가 일본인에게 넘어간 세상, 조영수는 난세에 신분을 상승시키고 재물을 모으기 위해 고단하게 몸과 머리를 굴린다. 한편, 득량은 이숙영과 서둘러 혼인하고 하지인은 그리움을 가슴에 묻는데…. 엇갈린 인연과는 별개로 득량은 스승과 호남땅을 답사하다 스승에게서 '우규'라는 호를 받는다. 바람을 타고 드높은 구름길에 오른 기러기의 아름다운 비상을 어느 누가 어지럽힐 것인가.

14. 다시 떠도는 바람결에

조영수의 놀라운 변신! 서울에 입성한 조영수는 엿장수 노릇을 하며 헐값에 골동품을 수집하고 이것을 비싼 값에 되파는 골동품 수집상이 된다. 득량은 다시 길을 나선다. 이하응은 하늘이 이제껏 누구도 허락하지 않던 천하대명당에 아버지의 묘를 써서 아들을 왕으로 만든다. 풍수에 담긴 욕망의 끝은 어디인가.

15. 조 풍수 집안의 훈풍

정말 명당바람이 부는 것일까, 그날이 오는 것일까. 골동품 사업을 하는 조영수의 집에 돈이 쌓이며 승승장구한다. 그러나 구한말 뱁새둥지 같은 우리 땅의 슬픔을 온몸으로 느끼며 미래를 걱정하는 태을과 득량이 있었으니….

16. 그리운 저 만주벌판

골동품 사업으로 돈을 번 조영수는 이제 땅장사로 눈을 돌린다. 명당바람을 타고 부자가 된 그에게 새로운 사랑이 찾아오고…. 태을과 득량은 일본의 풍수탄압으로 허리가 끊긴 호랑이 형국의 산하에 가슴 아파한다.

🍂 17. 스승을 길에 묻고

태을은 득량과 함께 서둘러 자하도인을 만나고 자하도인은 학의 다리뼈로 만든 피리를 득량에게 건네고 선화한다. 기나긴 풍수답사를 마친 태을은 임진강에서 하염없이 눈물을 쏟은 후 숨을 거두는데….

풍수 제5권 인간의 대지

🍂 18. 집단무의식의 원형질

강 박사는 죽은 윤서가 남긴 파일을 정리한다. 그 속은 세속도시와 대자연 사이에 낙원을 세우려는 계획과 빛나는 아포리즘으로 채워져 있는데…. 9·11테러를 계기로 영적 세계에 눈을 뜬 미국인 억만장자 앨빈이 한국에 세우려는 이상향이 점점 실체를 드러낸다.

🍂 19. 혼자 가는 길

스승을 묻은 득량은 상실감을 뒤로한 채 공부를 시작한다. 비밀의 문을 열려고 애쓰는 구도자의 고독은 더해만 가고, 가문을 뒤흔들고 자신을 풍수의 길로 이끈 무안 승달산의 호승예불혈 정혈을 찾는 것은 쉽지 않는데….

🍂 20. 풍운의 땅

태을이 죽은 지 10년 후, 득량은 자배기에 담긴 별로 영성을 체험하며 정진하다 백두산에 올라 운명처럼 하지인을 만난다. 한편, 조영수는 아내와 자식이 있음을 속이고 최민숙과 결혼해 달콤한 생활에 젖지만….

🍂 21. 불멸의 혼

해방, 조선의 산하는 다시 일어선다. 산에서 떨어져 죽을 뻔한 득량을 조 풍수의 큰아들 조민수가 구해줘 정씨가문과 조씨가문의 긴 악연을 마무리한다. 한편 득량이 제자로 받아들인 지청오는 동작동의 국립묘지 터를 잡으면서 국사가 된다. 지청오는 이승만과 박정희와의 인연을 어떻게 풀어갈 것인가.

🍂 22. 천하명당은 어디에

앨빈과 정한수, 강 박사는 정득량 재단을 설립하고 이상향을 구체화한다. 정치나 이념, 종교, 가족을 넘어선 세계정신과 우주정신이 서린 공간, 세계평화도시로서의 이상향은 실현될까? 정득량의 삶과 사상을 체득한 세 사람의 인생은 크게 변하는데….

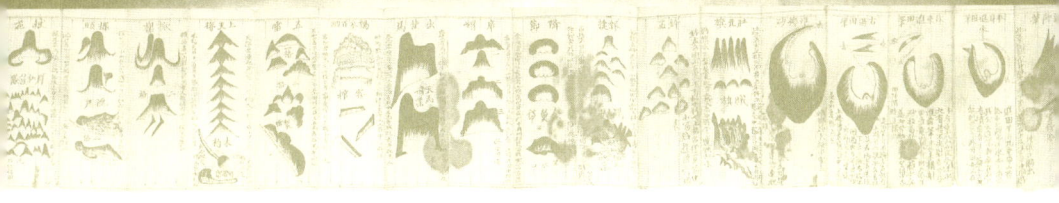

풍수의 등장인물

···**진태을** 구한말 전설적 풍수. 묘를 파보지 않아도 땅속의 조화를 알고, 순간순간 내뱉는 말들은 그대로 예언이 된다. 정도령의 출현을 믿는 정 참판의 무안 승달산 호승예불혈 사건을 계기로 정득량을 제자로 맞은 후 바람의 얼굴과 물의 마음을 찾아 풍수답사를 떠나 우리 강산 곳곳에서 동기감응의 한국적 체험을 같이한다.

···**정 참판** 자신의 후손 가운데 왕이 나기를 바라는 마음으로 천하대명당을 찾는 야심가. 수십 년의 노력 덕분에 명풍수 미후랑인이 남긴 천하대명당 무안 승달산 호승예불혈의 지도가 그의 손에 들어온다.

···**정득량** 정 참판의 둘째 손자로 경성제국대 법학부에 재학중인 수재. 정 참판이 묻힌 천하대명당 때문에 미치광이가 된다. 전설적 풍수 진태을이 명당에 얽힌 계략을 밝혀낸 후 그를 스승으로 모신다. 풍수의 삶을 시작한 우리의 주인공 득량은 바람의 얼굴과 물의 마음을 보기 위해 고군분투하는데···.

···**조판기** 정 참판댁 풍수였으나 천하대명당에 눈이 멀어 군왕지지를 훔친다. 결국 초주검이 되어 쫓겨났으나 아무도 모르는 또 하나의 비밀을 명당에 묻어놓고 조씨 집안에 훈풍이 불기를 기다린다.

···**조영수** 명당도둑 조판기의 둘째 아들. 구한말과 6·25 등 난세에 풍수를 이용해 날이 갈수록 부를 축적한다. 훔친 명당의 바람 때문일까? 철저히 은자로 살다 간 득량과 완벽한 대조를 이루며 소설《풍수》의 또 다른 중심축이 된다.

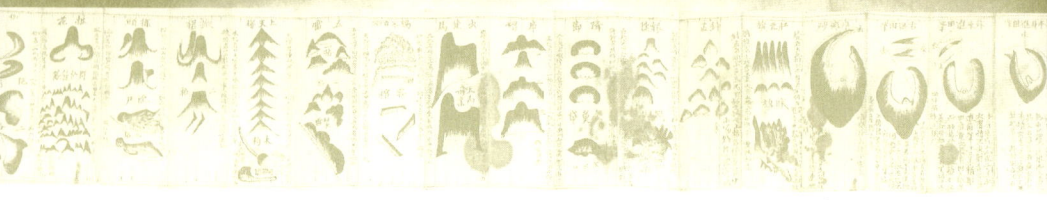

···하 지 인　정득량을 사랑하지만 태을의 반대로 이어지지 못하고 평생 그리움을 안고 사는 신여성. 그녀가 키우는 아들 하득중은 과연 득량에게 이르는 무지개 돌다리가 될까?

···지 청 오　은자의 삶을 택한 득량을 대신해 현대의 국사가 된다. 국립묘지의 터를 잡고, 청계천 복개공사를 반대하며, 이승만, 박정희 대통령을 비롯한 역대 정치인과 삼성가 등 재계인사들의 묘를 소점한 실존인물로 이야기에 생동감을 더한다.

···정 윤 서　정득량의 증손자로 미국 유학중 바다에서 자살하는 사람을 구하려다 젊은 나이에 생을 마감한 비운의 청년. 그가 남긴 파일에는 낙원은 없다고 단언하고 세속도시와 대자연 사이에 낙원을 세우려는 계획이 담겨 있는데….

···앨　빈　뉴욕의 성자라 불리는 억만장자. 9·11테러를 온몸으로 겪은 후 인위적인 고통이 없는 이상향, 무릉도원을 꿈꾼다. 정치나 각종 종교로부터 중립적이고 진화된 영혼만으로 구성된 마을이 죽은 윤서가 남긴 파일과 강 박사, 윤서의 아버지 정 교수의 도움으로 현실화된다.

···강　박 사　죽은 정득량이 남긴 자료를 바탕으로 그의 삶을 복원하는 이 소설의 화자격인 인물. 명풍수 진태을의 외손자이자 동양철학 박사다.

프롤로그

드넓게 펼쳐진 모래사장 너머로 대서양의 푸른 바다가 끝없이 펼쳐져 있다. 쪽빛 바다가 하늘과 맞닿은 자리에 흰 연꽃 같은 뭉게구름이 걸렸다. 맑은 햇살과 시원한 바람이 플로리다 해변 못지않아서 이 아름다운 해변은 산책과 선탠을 즐기는 휴양객들로 넘쳐난다.

날이 저물어가면서 대서양 건너편 유럽대륙 쪽에서 불어온 바람이 제법 거세졌다. 사람들이 하나 둘씩 떠나고 해변은 한적해지기 시작한다. 낮 동안 작렬한 해변의 태양을 즐긴 사람들은 채 일몰이 오기도 전에 화려한 네온을 밝힌 보드워크(Boardwalk)의 향락시설로 몰려가 버린다. 사람들은 그곳에서 먹고 마시고 카지노를 즐기다 동틀 무렵까지 사랑을 나눈다.

해변은 이제 인적이 드물었다. 흰 구름은 거무끄름해졌고 바닷새 몇 마리가 선회했다. 헤아릴 수 있을 만큼의 사람들이 한가롭게 일몰을 맞고 있다. 저쪽 한적한 구석에서 한 무더기의 젊은 남녀들이 뒤섞여 맥주파티를 열고 있는 광경도 보인다. 날이 저물어가면서 달궈진 모래사장이 식어가도 젊은이들의 열기는 식을 줄 모른다. 이따금씩 노랫소리에 섞인 웃음소리와 환호성이 적요한 공기를 흔든다. 동해안의 라스베이거스, 애틀랜틱시티 연안의 초여름날 하루는 그처럼 평화롭게 저물어가고 있었다.

그런 해변이 조망되는 연안도로변에 낡은 시보래 자동차 한 대가 서 있었다. 환락가의 끝자락, 그러니까 해변도로 보드워크 가장자리였다. 언제부터 거기 서 있었는지 아무도 몰랐고 사실 아무도 주목하지 않았다. 그런데 갑자기 문이 열리더니 건장한 초로의 사내가 쫓기듯이 바다 쪽으로 달려나갔다. 성긴 잡초들이 깔린 목책을 아랑곳하지 않고 치달린 사내의 육중한 몸이 가냘픈 목책을 부러뜨리고 말았다. 판자 산책로 위에 그대로 고꾸라져 뒹굴던 사내가 오뚝이처럼 일어서더니 다시 전속력으로 질주하기 시작했다. 무엇엔가 쫓기는 사람 같았다. 사내는 거칠어진 파도의 입을 향해 들입다 곤두박질쳐 버렸다.

"오, 신나셨군!"

맥주파티를 열고 있던 젊은이들 무리 속에서 그 장면을 목격한 남자가 외쳤다. 그가 가리키는 쪽으로 모두의 눈길이 쏠렸다. 백사자의 갈기 같은 파도가 벌써 사내를 쓰러뜨리고 있었다. 줄잡아 300야드가량의 거리였지만 어스름 때문에 더 멀게 느껴졌다.

"또 한 사람이 도박장에서 빈털터리가 되었나보군."

여자애 하나가 시니컬하게 말했다.

"사, 사, 살려줘!"

사내는 깊은 바다로 질질 끌려가면서 허우적거렸다. 스스로 파도 속에 첨벙 뛰어들어 놓고 성난 파도가 삼키려들자, 이번에는 어이없게도 살려달라고 악을 써댔다. 젊은이들은 삽시에 벌어진 사고현장을 스크린에 펼쳐지는 블랙코미디 영화 속 장면처럼 우스꽝스럽게 받아들이고 있었다.

"그게 아니야. 저 사람 정말 위험해!"

한 젊은이가 시니컬한 무리를 벗어나 현장으로 치달렸다. 그때까지도 다른 젊은이들은 멀거니 구경만 하고 있었다. 젊은이가 물에 뛰어들었을 때, 사내는 허기진 파도의 입 속으로 완전히 빨려들어가 버렸다.

"그만 둬! 스니퍼! 그만 돌아와!"

비키니 차림의 금발 여인이 몸에 두르고 있던 비치타월을 내던지며 뒤따라왔다. 다른 젊은이들도 황급히 일어섰다. 사태의 심각성을 뒤늦게 깨달은 것이다. 하지만 몇몇은 취기로 인해 비틀거리고 있었다.

금발의 여인은 모래톱에서 발을 동동 굴렀다. 스니퍼라는 젊은이는 파도 속에서 연거푸 자맥질을 하며 물에 잠긴 사내를 찾느라 애썼다.

"늦었어! 스니퍼 그만 돌아와!"

여자의 외침을 들었는지 못 들었는지 젊은이는 다시 물 속으로 몸을 감췄다. 벌써 어두워졌기 때문에 실루엣만 분간할 수 있었다. 잠시 후, 사내의 바지가랑이를 붙든 젊은이가 가쁜 숨을 몰아쉬며 밖으로 나오려고 안간힘을 썼다. 몇 야드가량 바깥쪽으로 수영해 나올 때였다. 일순 또 한 번 파도가 몰아쳤고 모래톱 쪽으로 밀려나오는 싶던 두 사람은 무엇이 이끌려 가는 것처럼 도로 빨려들어 갔다. 이때 두 사람의 위치가 바뀌어버렸다. 아니, 건장한 초로의 사내가 몸을 돌려서 젊은이를 물 속으로 내리누리고 자기만 살려고 버둥거렸다. 그 사품에 바지자락을 쥐고 있던 젊은이가 손을 놓치며 파도 속으로 빨려들어 갔다. 자살을 기도했던 사람이 죽음 직전에 맹목적인 생의 의지를 드러낸 것이다. 본능적인 반동이었다. 뒤늦게 달려온 젊은이들이 그 사내를 가까스로 구출하는 한편, 곧바로 동료를 찾았다. 하지만 그의 모습을 찾을 수가 없었고 검은 밤바다에 파도만 시치미를 떼며 점점 높아져 갔다. 서치라이트가 비치고 구조대원들과 경찰이 도착했을 때, 여인의 울부짖음이 해변에 길게 여울졌다.

인생은 여행길이야. 우주로 뻗친 무한궤도를 달리지. 그 여로의 대부분은 힘겹고 고달파. 사람들은 흔히 이 지구에서의 출발점을 탄생이라고 하고 종착점을 죽음이라고 부르지만 사실은 그것이 자신의 관점이 아니고 주변 구경꾼들의 입장에서 하는 말이야. 정작 우리 자신은 탄생도 죽음도 모르지. 그래서 현자(賢者)들은 인생을, 뭣 모르고 왔다가 알 수 없는 곳으로 돌아가는 무의식의 여로(旅路)일 뿐이라고 하는 거야.

우리는 그냥 달려가. 이유도 목적도 없이. 어지러울 정도의 속도감으로 정신없이 달려가지. 대부분 불행하다고 투덜대면서. 아주 잠깐씩 간이역에 들르기도 하는데 우리는 그것을 행복이라고 부르는 거야. 사람은 누구나 그 간이역에서 오래도록 머물고 싶어하지만 가야 하는 길을 앞에 두고 미적거리는 행위일 뿐이지.

눈물겹도록 사랑하는 사람과 돌아서면 바로 보고픈 아름다운 사람들! 그들과 함께 오랫동안 머무는 간이역! 나는 그런 간이역 같은 세상을 만들고 싶다네. 그것이 황금의 샘에서 나와 온 세상을 떠돌며 내가 꿈꿔온 소망이라네. 어느 하늘 아래, 뿔난 바람 없는 아득한 터에다 그런 간이역을 세울 수 있을까.

— 뉴욕의 성자 앨빈의 잠언

그대 실낙원(失樂園)을 아는가.

밀턴의 서사시 《실락원》은 구약성서(舊約聖書)를 소재로 하여 인류의 시조 아담과 이브의 타락과 낙원으로부터의 추방을 담고 있다. 신(神)과 인간과의 관계망을 기독교인의 눈으로 통찰해서 그렇지, 무대는 어느 특정 지역이 아니고 우주 자체이며 아담과 이브는 음(陰)과 양(陽)의 상징일 뿐이다.

실락원은 신이 창조한 태초의 세상이 낙원이었음을 전제로 한다. 이는 동양의 현자들이 인간의 본성이 착하다고 전제하는 것과 같은 논리구조다. 무질서의 씨가 침투해 들어와 낙원으로부터 추방당했다는 설정이나, 인욕(人慾)에 가리면 완성된 인간의 길에서 멀어진다는 설정 역시 똑같다.

그렇다면 구원(救援), 곧 낙원으로의 재입성은 가능한가. 세속적인 삶을 살면서, 아니 설령 성직자로 산다고 해서 성인(聖人)의 경지에 이를 수 있는가. 신의 영광을 위해서가 아니라 인간 정신의 참된 자유를 위하여 그 가능성이 모색돼야 한다. 그것이 이른바 근대정신이다.

사탄의 유혹을 뿌리치지 못하고 선악과를 따먹은 이브. 호기심을 이기지 못하고 상자를 열어버린 판도라. 욕망을 이기지 못하고 간통한 《주홍글씨》의 헤스터. 세상이 불바다가 되자 이를 구제해준 죄로 두꺼비가 되어 달에 갇힌 항아 선녀는 너무나 솔직하고 인간적인 전형들이다. 이 네 여인들은 죄인인가. 아니면, 이 여인들의 욕망을 충족시켜주지 못하자, 도리어 죄를 덮어씌워 마녀사냥하는 사회가 사악한가.

욕망은 무지개다. 다채로운 색깔은 지상을 멋지게 장식하고 흔적도 없이 사윈다. 그런 욕망의 무지개를 선과 악으로 재단할 수 있을까. 욕망을 적절하게 안배할 수 없는 사회가 규정한 어설픈 도덕률일 뿐이다. 진리는 도덕률 너머에 있다.

구약은 깨졌다. 신이 내건 오래된 약속은 깨졌다. 아니, 낙원은 없다. 처음부터 존재하지도 않았다. 그것은 신의 이름으로 세워진 허상의 공간에 지나지 않는다. 식물들과 곤충들, 짐승들의 시대에는 모르지만 적어도 인간이 등장하면서부터 이 땅에 낙원은 없었다. 아니, 인간은 근원적으로 낙원에 살기에 부적합한 영장류다. 인간이 소속된 어떤 세상도 낙원이 될 수 없는 이유는 낙원이라는 개념 자체가 '인간의 부재'를 전제로 하고 있기 때문이다. 인간이 사는 세상에는 온갖 추잡한 욕망과 그 욕망의 분비물들이 시궁창 속으로 흘러간다. 원죄란 이런 통찰로부터 비롯된다. 역설적으로 욕망의 화신인 인간이 있는 곳에는 반드시 신성(神性)과 영원한 쾌락에의 희구가 있는데 성경의 창세기에서와 달리 그것들을 가능하게 한 적은 인류역사에서 단 한 번도 없었다. 그러므로 낙원으로부터의 추방, 곧 실낙원이라는 말은 언어도단일 뿐이다. 지금은 아니지만 과거 어느 때던가에 그런 적이 있었다고 우기는 과대망상증이기도 하다.

그렇다면 신약(新約)을 믿어야 하는가.

새로운 낙원의 약속을 믿어야 하는가. 믿어야 한다. 문제는 먼먼 하늘나라가 아닌 지금 우리가 발 딛고 선 이 지상이어야 한다는 단서가 붙는다. 그렇다. 낙원의 가능성은 인간이 세운 세속도시에 있다. 만일 하늘나라에 있어야 할 낙원이라면 그 낙원은 우주공학으로 만든 최첨단의 우주식민지다.

솔직해지자. 보다 냉정해지자.

낙원은 종교와 정치의 힘이 가장 미약한 곳에 있다. 다시 말하면 최적의 자연적 조건하에 공학적으로 치밀하게 설계된 도시에 있다.

안락한 거실과 침실, 싱싱하고 영양 많은 식품들, 상수도와 하수도, 쾌적한 보행공간과 이동수단, 탈 나면 치료해줄 병원, 그리고 그때그때 필요한 파트너를 무한정 공급하는 시민들이 있다면 훌륭한 도시가 될 여지가 충분하다.

훌륭한 도시는 낙원이 될 수 있는 최적의 조건을 지녔다. 아직도 우리 주변에는 전원(田園)을 낙원으로 여기는 사람들이 더러 있는데 그들은 여지없이 몽상가들이다. 전원은 야성적 자연이 꿈틀거리는 곳으로 인간이 부딪쳐서 싸우고 이겨내야만 하는 적들이 너무나 많다. 뽑아내고 뽑아내도 다시 올라오는 억센 잡초와 잡아내고 잡아내도 자꾸 날아드는 벌레들! 게다가 물난리와 산불이 가옥을 집어삼켜 버리기도 하는 전원은 잔인하다.

거칠고 험한 자연 속에서는 사람이 그 기세에 눌리고, 생존논리로 처절한 세속도시에서는 사람에게 사람이 치인다. 낙원은 그 중간 어디쯤에 있어야 한다.

가능하면 종교와 정치적 요소들을 경계하자.

종교는 오직 창시자의 탄신일 하루에만 낙원을 보여줄 뿐이며 정치는 오직 선거철의 말잔치로만 낙원을 만들 뿐이다. 그 외에는 지옥과 참회, 당리당략으로 일관한다.

내가 세우고자 하는 도시는 지극히 현실적이고 욕망을 자유롭게 발산할 수 있어야 한다. 그것만이 예전에 단 한 번도 없었던 낙원을 이 지상에 건설할 수 있는 유일한 방법이다.

내가 태어나고 자란 서울!

북한산과 한강이라는 천혜의 빼어난 입지조건을 지니고 있으면서도 뒤죽박죽 엉망진창인 곳!

서울은 망했다. 조선왕조가 들어설 때,《주역》팔괘에 근거하여 이상적으로 설계된 팔대문(八大門, 사대문과 사소문)의 성곽도시 서울은, 현대화되면서 세상에서 가장 멋대가리 없고 열악한 주거환경의 도시로 추락했다. 서울은 사람 사는 도시가 아니라 죽지 않으려고 버텨내는 거대한 실험실이다.

나는 서울이 무섭다.

서울뿐만이 아니라 한국이라는 기이한 섬나라 자체가 겁난다. 대륙과 연결돼 있으되, 허리가 잘려서 전운이 감도는 화약고 섬나라! 걸어서 혹은 자동차로 대륙에 갈 수 없다. 만주벌판이나 시베리아를 통과하고 바이칼에 목을 적시며 유럽으로 가고 싶지만 몽상에 그친다. 오직 비행기를 타거나 배를 타야만 그 섬을 벗어난다. 한국은 정말 이상한 섬나라다.

남이나 북이나 무늬만 다르지 추악한 권력을 좇느라 구성원들의 자유를 속박하고 거짓 선동을 일삼으며 제 실속만 챙기는 정치인들의 천국! 그들은 사적인 이익을 위해 당당하게 공적 업무를 수행한다.

얼치기 사상가들이나 종교인들은 한민족이 장차 세계를 지배한다고 웅변한다. 자신들에게는 위대한 정신적 유산이 있다면서. 그게 무엇인지 꺼내놓으라고 하면, 민족이라는 이름의 족보와 빈약하고 엉성한 사료를 거론한다. 전형적 선동가들이다. 그네들은 모두가 민족이라는 이름으로 거창하게 포장된 소수의 이익집단에 불과하다.

근래에 동아시아인들은 한국의 문화를 향유하고자 열광한다. 이른바 한류(韓流)열풍이다. 한국인들은 자못 자긍심이 대단하지만 실은 그들이 갖는 서구열풍에 비하면 아무것도 아니다. 더구나 가요나 영화, 드라마 등 대중문화에 그치는 한류가 아닌가. 사상이나 종교, 혹은 경제적 영향력은 거의 미치지 못하고 있으니까.

대개의 명석하고 눈치 빠른 선배들처럼 나는 그 섬나라를 벗어나려고 눈에 불을 켜고 공부했다. 아버지의 절친한 친구이자 나의 후견인 앨빈이 추천한 아이비클럽은 구원의 방주(方舟)였다. 그 방주에 올라 세계 최강의 나라가 있는 아메리카 대륙에 상륙했다. 그리고 오래도록 나를 기다려온 나의 여신 제니퍼를 만났다.

나는 종교나 정치보다 여자가 훨씬 좋다.

이브, 판도라, 헤스터, 항아, 이 네 여인들은 낙원에서 절대로 필요한 존재다. 그녀들은 모두가 아름답고 탐미적이며 격정적이다.

내 여자 제니퍼! 관능적 대담함과 호기심, 금단의 열매를 탐닉하는 지성과 미모의 여인! 제니퍼는 이브, 판도라, 헤스터, 항아를 황금비율로 섞어서 빚어낸 명작이다. 그렇다. 제니퍼는 살아 있는 여신이다.

금발의 백계 미인 제니퍼는 젖과 꿀이 흐르는 대지다. 그 기름진 대지의 여신과 포옹하면서 나는 그녀의 은밀한 코아(core)에 내 몸과 영혼을 깃들인다. 그 순간은 언제나 황홀하며 중력을 잊고 천상을 유영한다. 제니퍼는 원시의 자연을 가졌으되 잘 순화된 정원이기도 하다. 나는 매일 밤 그녀라는 정원을 산책하면서 황인종으로서의 나의 콤플렉스를 우려내고 미래의 청사진을 그린다. 그녀와 함께라면 나는 능히 낙원을 건설할 수 있다. 나는 그녀와 함께 인류 최초로 지상에 낙원을 세울 것이다. 한국의 산천에 매료된 나의 후견인 앨빈이 실망할지도 모르지만 그것이 내가 도시공학을 공부하는 진짜 이유다.

— 젊은 도시공학도의 파일 〈내가 설계한 도시〉 중에서

꽃잎은 허공에 매달려 등불을 켜고 있을 때 아름답다.

비바람 맞고 거리에 떨어져 행인들의 구둣발이나 개들에게 짓밟히는 순간, 꽃잎들은 지저분해져 버린다. 매혹적인 자태와 향기는 볼썽사나운 몰골과 악취로 돌변한다. 하지만 어쩌랴. 낙화가 없으면 열매도 없으니 모든 죽음을 미화해야 하는 이유가 여기에 있다.

한여름날, 느티나무 그늘에서 사랑을 나누던 풍뎅이 한 쌍이 내 발자국 소리에 놀라 엉켰던 몸을 풀고 황망히 날아가버렸다. 도대체 어느 누가 연인의 사랑을 방해할 권리를 갖고 있는 것인가. 하찮은 것들도 사랑할 때는 신성(神性)을 지니거늘! 더구나 저들은 날개 달린 천상의 족속들이 아닌가. 자벌레처럼 땅 위를 재며 걷는 인간의 족속인 나는 진심으로 미안한 생각이 들었다.

그리고 그해 여름이 가기도 전에, 그 느티나무 아래서 아무렇게나 죽어 널브러진 풍뎅이 한 쌍을 보았다. 붕붕거리며 날던 저 검푸른 날개는 말라비틀어지고 하늘을 날던 꿈은 깨졌다. 좀 있다 몰려든 개미들에 의해 어디론가 끌려가는 풍뎅이 연인들의 시신을 보며 나는 한없이 우울해졌다.

죽음은 사양을 허용하지 않는다. 그의 카리스마는 전무후무해서 모든 생명을 무릎 꿇린다. 유한한 공간에 새로운 탄생이 계속되고 있으니 죽음이 있는 것은 너무도 당연한 것이지만, 터 잡고 살던 자리를 내주며 영원 속으로 사라져가는 기존의 생명체로서는 비애일 수밖에 없다.

이 지상에 살아 있는 동안 생명체들은 할 수만 있다면 사랑하고자 몸부림친다. 이름 없는 들꽃이나 곤충들, 새들과 짐승들은 물론 인간에 이르기까지 틈만 나면 짝을 찾아 속살을 뒤적이고 애무한다. 부지런히 자기를 복제하고 쾌락을 탐닉한다. 그러나 그 대가는 어이없게도 죽음이다.

인간의 무덤을 보라!

사랑의 찌꺼기를 최종적으로 버리는 거대한 쓰레기통으로 보이지 않는가. 그 앞에서 혈통이나 가문, 명당(明堂, 좋은 터)을 논하는 사람들을 어떻게 이해해야 할까? 그나마 꽃잎이나 풍뎅이의 주검처럼 아무 데나 나뒹굴게 하지 않고 무덤이라는 분리수거통 속에 버릴 줄 아는 인간은 나은 것인가? 쓰레기통들이 즐비한 공동묘지에 서보면 인간은 참으로 어리석고 소모적인 존재임을 깨달을 수 있다.

그러나 죽음의 미화작업이야말로 오직 인간만이 해낼 수 있는 전매특허다. 천상의 신이나 지하의 악마조차도 도저히 흉내 낼 수 없다. 왜냐하면 그들은 인간에 의해 처음부터 죽지 않는 존재로 개념지어져버렸으므로.

— 철학 수첩에서

1
이 변방의 간이역에서

천국과 지옥의 경계선

서울 북한산 밑 연립.

아침부터 찌는 열기가 심상치 않다. 녹음이 우거진 산 쪽으로 향한 집 창가에 빳빳한 흰 광목시트가 깔린 침대가 놓였다. 냉방이 된 실내는 서늘한데 반 뼘쯤 열어놓은 창틈으로 솔향기가 스며들어 온다. 그러나 그 솔향기는 그보다 훨씬 진하고 뇌쇄적인 아로마 향에 속살을 섞고 묻힌다. 고혹적인 향기는 실내에 흐르는 음악의 선율과 몸을 섞으며 부유한다. 아로마 향과 어우러진 뉴에이지 풍의 멜로디가 신비한 기운을 자아낸다. 기타로의 실크로드 배경음악이다.

한 남자가 벗은 몸으로 엎디어 마사지를 받고 있다. 등에 향을 바르고 리드미컬하게 손을 움직이는 여자 역시 완전 벗은 몸인데 대리석으로 깎은 것처럼 희고 늘씬한 몸매다. 여자의 손길이 흡사 노 젓는 동작을 해보일 때마다 풀어서 늘어뜨린 긴 머릿결이 출렁거린다. 천공(天空)을 날다가 하강한 천녀(天女)가 날개옷을 벗고 의식을 거행하는 광경처럼 성스럽다.

　남자는 미동도 하지 않고 있다. 아까부터 잠에 들어버린 것 같다. 닥나무 한지에 향수가 침윤되듯 세상에서 가장 달콤하게 젖어든 사내의 잠 속으로 몽근 모래알들이 스며든다. 미세한 모래알들은 안개입자처럼 바람에 날리면서 물결을 이룬다. 바람이 출렁거리자 모래의 물결들 역시 비단결이 나부끼듯 춤을 춘다. 신비한 모래의 춤이었다.

　남자의 등 곡선은 모래언덕을 닮았다. 그 위로 여인의 기다란 머릿결이 스치고 작은 새 한 마리가 모래언덕에 내려와 종종거리기 시작했다. 모래 언덕이 파르르 떨렸다. 작은 새는 모래언덕을 살포시 오르내렸다. 모든 모래 알갱이 하나 하나를 애무해주는 것처럼 느리고 섬세한 동작이었다. 모래언덕이 우우우 울기 시작했다. 새의 동작은 더 빨라졌고 저 멀리 지평선 너머로 붉은 태양이 떠오르기 시작했다. 찬란한 햇살이 모래언덕을 비췄다. 꿈틀하고 천 년의 잠을 깨고 솟구친 모래언덕이 삽시에 작은 새를 파묻어버렸다. 천녀의 입으로부터 별들이 내는 음악소리가 울려나왔다. 아까의 작은 새가 어느덧 천녀의 입 안으로 날아 들어가 있었다.

　태초의 몸짓이 연출되었다. 자연스럽게 하나의 태극문양이 만들어지더니 느리게 돌기 시작했다. 하늘과 땅, 연못과 산, 불과 물, 바람과 우레가 뒤엉켰다. 땅과 하늘이 자리를 바꾸고 연못에 담긴 산정에 다시 연못이 솟구쳤다. 물을 빨갛게 달궈 하얀 날개를 달아준 불은 다시 물이 되어 내리는 물에 의해 자신의 형태를 바꿨다. 물 속으로 들어간 불은 차가워졌다가 다시 열기를 더하며 소생하기 시작했다. 휘휘— 바람이 거세졌고 폭풍우 속에서 천지를 뒤흔드는 천둥소리가 울렸다. 그리고 거짓말처럼 태초의 고요함이 찾아왔다.

나 이렇게 너를 기억하련다.
모든 존재의 몸짓에는 고유의 언어가 있다.
천상의 신이라도 판독하지 못할 비밀의 문서를
쓴다, 너의 원시 동굴 벽화.
신비한 모래의 춤이 잉태한 언덕
달빛 물에 젖어 푸르릉 거리며 울 때,
오랫동안 아파본 적이 있는 가슴 가슴의 파편들이
황금의 전설되어 영글었구나.
시간은 모래알로 쌓여 산이 되고 별이 되고
어느 때 느낌표 하나 여기 서 있었음을
잊지 마라, 닳고 녹슬고 부서져 내려서도.

"당신 전화예요."
맑고 깨끗한 음성이었다. 여자는 벗은 몸을 일으켜서 침대를 빠져나갔다. 남자는 감상하듯 반개한 눈으로 올려다보았다. 코어와 요가로 잘 만들어진 몸매였다. 거실에서 다시 들어온 여자가 셀룰러폰을 건네고 욕실로 사라진다. 남자는 헛기침을 한 번 해보고서, 여보세요? 하고 통화하기 시작한다.
"잘 있었나? 날세. 너무 일찍 전화한 건가?"
"아닙니다. 막 일어났어요."
좀 전까지 축 늘어져있던 남자가 침대에 앉으며 큰 소리로 말했다. 욕실 쪽에서 희미하게 샤워소리가 들렸다.
"요즘도 밤새며 고리타분한 자료들을 들추나?"
"아뇨. 새벽 두 시를 안 넘기려고 애써요."

"선약 없으면 나와서 점심 먹지. 자네와 상의할 일이 있네."

거절할 수 없는 사람의 제안이었다. 남자는 장소를 물은 다음 욕실로 들어갔다. 여자가 막 샤워를 끝내고 가운을 걸치고 있었다.

"나 오늘 점심 나가서 먹어야겠는데. 정한수 교수야. 알지? 예전에 힘들게 공부할 때, 많이 도와줬던 분! 할머니의 선친 제자의 손자."

가까운 지인인데도 설명하려니까 되게 복잡한 관계가 되었다.

"알아요. 피로 쫙 풀렸죠?"

"뿅 갔었어."

"호호, 아로마 마사지 자주 해줘야겠네."

"당근이지."

"당신 요즘 탈모가 부쩍 심해졌어. 뒤꼭지 부위가 훤히 드러나 보여요."

여자의 걱정에 남자가 하초만 간단히 씻어내고 거울에 머리꼭지를 비춰본다. 애석하게도 정수리부터 가마가 있는 곳까지 속살이 비친다.

"스트레스가 주범이야. 좀 있으면 비 맞은 타조머리 꼴 되겠네. 내가 어영부영 살다가 이렇게 될 줄 진작 알았어야 했는데…."

남자가 혀를 차며 투덜거렸다.

"난 당신이 문어대가리처럼 다 벗겨져도 상관없어요. 하지만 더 이상 진행되지 않게 관리해주는 게 낫겠지?"

"문어대가리 되면 왜 사냐? 캬 죽어버려야지. 머리숱이 너무 많아서 불만이었던 적이 엊그젠데 뭐 하나 제대로 해놓은 것도 없이 꺾어지네. 열역학 제2법칙으로부터 자유로울 수 없을까?"

"불멸의 명작을 쓰면 되잖아요. 철학서건 소설이건 명작은 열역학 제1법칙으로 보존되니까."

"철학 담론들은 독자가 없고 소설이 그나마 나은데 그 자체로 엔트로피의 극치야. 세속도시에 떠도는 말들의 쓰레기통이지. 그래서 언어의 쓰레기통을 생산해서 먹고사는 내 머리가 좀 지저분해도 상관없겠지."

남자는 악동처럼 웃었다.

"하여튼 갖다 붙이기는…. 머리 안 감고 나가려고요?"

"매연 속으로 나가면서 왜 감아? 돌아와서 감아야지. 꼴이 이렇다고 먼지털이갠 줄 알아?"

"에고고, 선생님! 청결하게 해줘야 모공이 열려요. 머리 감을 때마다 잊지 말고 영양크림 꼭 발라줘요. 손가락으로 톡톡 두드려주면서."

남자는 주방의 냉장고를 열고 찬물을 벌컥벌컥 소리 내며 마셨다. 그 사이 여자는 거실 책상 위에 거울을 세워놓고 눈화장을 하고 있었다.

"너도 나가려고?"

"집에 가죠 뭐."

"날도 더운 한낮인데? 혼자 밥 먹고 있어. 점심만 먹고 바로 들어올 거니까. 이따 저녁에 호프 한 잔 하고 가지 뭐."

"탈모증에는 알코올이 치명적인 거 알죠? 집에 가서 해야 할 일이 있어요. 어차피 점심만 먹고 가려던 참예요."

두 사람은 옷을 챙겨 입고 찜통 같은 거리로 나섰다. 지하철은 초만원이었다. 냉방이 잘 된 차여서일까. 러시아워도 아닌데 붐볐다. 어느 시인이 기막히게 묘사한 것처럼, 밥벌레들이 기다란 순대 속으로 잔뜩 기어들어가 있는 틈에 비집고 들어갔다. 좀 전까지도 두 사람만 더듬던 몸을 이름도 모르는 무수한 밥벌레들과 골고루 부비며 땀을 묻혔다. 이러니 세상에 온전히 내 것이기만 한 것은 없다. 애인은 물론

나 자신마저도.

그들은 안국역에서 헤어졌다. 여자는 순대 속에 그대로 남았고 남자만 밖으로 튀어나왔다. 특별한 일이 없는 한, 둘은 다음 주기에 만날 것이다. 그들은 여타의 오래된 연인들처럼 주기적으로 그래서 의례적으로 만나 늘 같은 식으로 행사를 치러왔다.

비애래(秘愛來).

그들이 처음 만났던 청담동의 카페 이름, 둘만의 낡은 암호명이다. 공개하지 않고 숨어서 사랑을 나누어 오는 연인.

비애래(悲愛來).

어쩌다가 한 번씩은 뜻이 바뀌기도 한다. 아무리 오랫동안 한 몸짓을 지어왔어도 끝내는 타인일 수밖에 없는 우주 안의 떠돌이별들의 슬픈 도킹과 사랑을 실감할 때다.

비애래(備愛來).

한계를 인식한 두 사람이 상대를 위해, 아니 자신을 위해 철저히 몸을 관리하고 만나서 격정적인 사랑을 나눈다. 이른바 준비된 연인이 되자는 웰빙철학이다. 건강한 몸을 위해서는 잘 먹어야 하고 잘 자야 하며 적절한 운동을 해줘야 한다. 사람이 일상적으로 하는 반복행위는 결국 그 사람의 인생을 결정한다. 그것들은 한 파이프라인으로 연결돼 있다. 하나가 좋으면 다 좋고 하나가 나쁘면 다 나빠지는 연쇄반응을 보이기 때문에 그 하나를 제대로 경영하는 것이 웰빙의 핵심이다. 그 하나는 사람마다 다르다.

가장 본질적인 사랑이랄 수 있는 남녀간의 애정은 공개되는 순간 변질되고, 제도화되는 순간 의무가 되어버린다. 그러므로 진정한 사람은 비밀의 성(城)에 가둬둬야 한다. 그 사랑이 아무런 걸림돌 없이 스스로 탈출하거나 타인에게 정복되는 위험을 감수할 때만 진정한 사랑이 된다. 소중한 것들은 늘 그렇다.

　남자는 두 사람 사이의 비애래 변천사를 생각하며 인사동 골목으로 들어섰다. 곰살갑고 예쁜 가게이름들을 보면 인사동 시절이 떠오른다. 그것이 싫어서 몇 년 동안 이쪽에는 발도 붙이지 않았었다. 어느 날 시간이 말했다. 이제 괜찮다고. 그래서 가끔 오게 되었지만 그다지 즐겁지는 않다. 어두운 기억의 저편에는 아직도 손톱 밑을 파고드는 거스러미가 남아 있음에.

　편도나무, 자작나무, 마가목, 우주목, 옴파로스, 북두칠성, 바이칼… 둘하! 그래, 둘하가 좋겠다.

둘하
노피곰 도다샤
머리곰 비취오시라.
(달님이시여 높이 돋아서 멀리멀리 비춰주소서.)

　무수한 이름들을 되새김질하다가 번개처럼 떠오른 이름이 '둘하'였다. 이름을 얻었으니 실체가 필요했다. 그는 달을 본떠 설계도를 그리고 골목 안쪽에 건물을 지었다. 그리고 정문입구에 커다란 미인송을 심었다. 재즈카페 '둘하'는 그렇게 세상에 나왔다.
　정말이지 그는 무지 달을 사랑했다. 달의 이미지가 묻어 있는 모든 것들을 사랑했다. 젊은 날에 그가 미친 듯이 사랑을 찾아 헤매고 그때마다 번번이 상처 입은 까닭이 모두가 달을 사랑한 때문이었다. 도무지 알 수 없는 삶의 비밀이 어디 한두 가지랴만 세상 여인들은 모두가 그 탐스런 달을 둘씩이나 가지고 있었다. 그 달들에 바친 열정을 추억하기 위해 카페를 열었다. 그리고 "Fly Me to the Moon"을 새벽까지

틀어놓았다.

정확히 일곱 달 만에 카페를 닫았다. 제 스스로 만든 생지옥이 그곳이었다. 세상은 비밀코드로 축조된 성채(城砦)다. 성 밖에 있으면 성 안으로 들어가고 싶고 성 안에 있으면 성 밖에 나가고 싶어한다. 밖에서는 안으로부터 갇히고 안에서는 밖으로부터 갇혀버린 존재가 인생이다.

열려라 문!

전라도식 한정식집에 들어서니 정 교수가 먼저 와 기다리고 있었다. 아직 10분이나 이른 시간이었다.

"방학하셨죠?"

"어제 했네. 강 박사, 자네에게 부탁할 일이 생겼어."

밥상을 마주 대하고 앉자마자, 정 교수는 본론을 꺼냈다. 깔끔한 이마가 언제 봐도 시원하다. 원래 느긋한 성격인데 오늘은 어지간히 다급했던 모양이었다.

"제가 뭘 도와드릴까요?"

"자넨 항상 시원시원해서 좋아. 달포 전부터 대구에 모신 조부가 자꾸 꿈에 나타나네. 뭔가 말씀을 하시려다가 말고 그냥 사라지시곤 하네. 놀라운 건 차관으로 계시는 형님도 같은 꿈을 꾸고 있다니까 뭔가 사연이 있는 것 같아."

"그거라면 용한 점쟁이나 지관(地官)에게 물어야지요. 제가 알 수 있나요?"

"그래도 강 박사 자넨 동양철학을 전공했고 그 계통의 글을 많이 썼잖은가. 그 방면 대가들도 많이 알고 취재한 사례도 많을 테고. 나는 조경학 전공이라 양택(陽宅) 풍수에만 관심 있지 그쪽은 문외한이야."

결국, 취재하면서 만난 영험한 지관을 소개해달라는 부탁이었다.

강 박사라는 남자는 난감했다. 대가들은 하나 둘 떠나갔고 풍수 열풍은 잠들었다. 국가적으로 화장이 권장되었고 요즘에는 화장한 분골은 나무 밑에 묻는 수목장(樹木葬)이 유행하는 판국이었다. 집터나 인테리어 풍수라면 몰라도 음택(陰宅), 곧 묏자리 풍수에 관심 갖는 사람들은 일부 마니아들뿐이었다. 이제 음택풍수는 심심풀이 땅콩처럼 재미있는 이야기로 전해지는 옛 문화였다.

"마땅한 사람은 없지만 함께 고민해보죠. 정 교수님, 참 묘하네요. 구한말 전설적인 풍수의 맥을 이은 가문의 후예들이 그것 때문에 고민하며 마주 앉게 되다니요."

"그러게 말일세. 현대물리학이 아무리 어쩐다 해도 우리 동양인들은 자네가 공부하는 천지인(天地人) 삼재사상의 범주를 좀처럼 못 넘는가봐. 하긴 요즘에는 서양사람들도 동양의 정신문명에 관심이 부쩍 늘었어."

"뉴욕의 성자 앨빈(Alvin)처럼요? 그분의 정신세계는 완전한 동양인이잖아요."

강 박사는 은발의 곱슬머리에 잘 발달된 턱을 가진 앨빈의 모습을 떠올렸다. 외모는 분명 서양인인데 생각은 지극히 동양적이었다. 그런 사람이 앨빈뿐만은 아니었지만 그와 히말라야를 여행한 경험이 있어서 자연스럽게 생각이 미쳤다. 앨빈은 정 교수의 둘도 없는 친구였다. 몇 년 전 여름, 히말라야 여행도 셋이서 함께 했었다.

"동양인은 서양식 생활을 즐기고 서양인은 동양적 사고를 즐기고. 이게 통합의 전주곡일까?"

"지혜롭게 살기 위한 모색이죠 뭐. 요즘에 동·서양이 어딨어요."

"하긴 그렇지. 아무튼 마땅한 지관 한 사람 물색해봐. 우리 형님도 걱정이 태산이야. 자네도 함께 대구에 내려가보세. 그래 주겠나?"

"물론입니다."

"묏자리 문제라고 하면 이참에 화장하자는 게 우리 형제의 생각이네. 사는 일도 힘겨운데 꺼림칙하게 그런 일로 신경 쓸 필요가 없지."

"동래정씨 내로라하는 명당집 자손도 화장을 선호하는 걸 보니, 정부의 정책이 제대로 먹히고 있는 건 확실하네요."

"웬걸, 집안 어르신들은 쌍수 들고 반대네."

그때 정 교수의 셀룰러폰이 울렸다. 발신자를 확인한 그가 눈을 휘둥그레 떴다. 좀처럼 표정 없는 그답지 않았다.

"자네 도사 다 됐군. 좀 전에 자네가 말한 그 앨빈이야, 뉴욕의 성자!"

"네?"

강 박사가 더 놀랐다. 철학서야 전공서적이니 그렇다 치더라도 영상매체에 밀려 소설시장이 죽어가고 있었고, 새로 개척한 역사평론과 사상사 산책 역시 잘 안 팔려도 영감만은 아직 살아 있었다. 지금처럼 간간이 책을 내는 시간강사로 썩기에는 아까운 자원이었다.

"무슨 얘긴가! 앨빈, 자네 지금 무슨 소릴 하고 있는 거야?"

반갑게 웃으며 영어로 전화를 받던 정 교수가 갑자기 뜨악한 표정을 지었다. 삽시에 당혹스런 얼굴빛이 된 정 교수가 자리에서 몸을 일으켰다. 그는 휘청거리며 밖으로 나갔다.

강 박사도 더 앉아 있지 못하고 뒤따르며 정 교수의 몸을 부축해줬다. 정 교수는 물먹은 걸레처럼 털썩 주저앉아서 오른손으로 얼굴을 감싸 쥐었다. 전화기에서 앨빈의 목소리가 울려나왔다.

"정 박사! 마음 단단히 먹게. 자네 아들이 익사했어. 방금 전, 정군의 여자 친구가 내게 알려왔다네."

사려 깊은 앨빈은 조용히, 그리고 천천히 말했다. 그의 목소리는 먼

저승세계에서 울려나오는 메아리 같았다.

"뭐라고? 믿을 수 없어. 아니, 그런 일은 있을 수 없어."

정 교수는 가까스로 몸을 가누며 두런댔다. 현기증이 일며 대낮에 일식을 만난 것처럼 눈앞이 깜깜했다. 날벼락도 이런 날벼락이 없었다. 그는 비통하게 몸을 떨었다.

"사실이네. 내가 경찰에 확인도 했어. 정 박사! 잘 듣게. 정 박사! 듣고 있나?"

"……."

"정 박사!"

"…그래."

"지금 부인이랑 곧바로 뉴욕으로 오게. 비행기 편명과 도착시간을 알려주면 수잔이 차를 가지고 나갈 걸세. 난 지금 곧장 애틀랜틱시티 시립병원 영안실로 가 있겠네. 침착하게. 나는 불의의 사고가 뭔지를 아는 사람 아닌가? 이럴 땔수록 이성적이어야 해."

황당한 사고에 관해서 앨빈보다 실감나게 체험한 사람은 많지 않다. 불과 몇 년 전, 세계가 다 아는 문명의 충돌현장 중심에 그가 있었으니까. 앨빈은 사선(死線)을 넘어와 생존한 사람이었다. 하지만 지상에 하나밖에 없는 젊은 아들놈의 죽음 소식을 듣고 이성적일 수 있을까.

강 박사는 허둥대는 정 교수 대신 밥값을 치렀다. 정 교수는 음식점을 나서며 아들에게 전화를 걸었다. 긴 신호음 끝에 잔뜩 잠긴 목소리의 여자가 아들의 셀룰러폰을 받았다. 영어로 미스터 정의 전화라고 밝힌다. 서울의 아버지인데 아들에게 무슨 일이 생겼느냐고 물었다. 여자는 흐느꼈고 곧이어 미안하다는 말만 반복했다. 맞았다. 아들은 분명 죽었다.

"택시!"

차를 잡은 강 박사가 동행했다.

정 교수는 안색이 창백했다.

지금 뭘 할 수 있는가. 아니 뭘 해야 하는가.

아직 아내에게 전화도 하지 않았고 비행기표도 구하지 못했다. 먼저 아내에게 전화를 걸었다. 심장이 약한 사람에게 어떻게 말해야 할까 고민이었다. 더구나 아들놈은 아내가 세상을 사는 이유였고 세상의 중심축이었다. 아이비클럽 유학생을 만든 것은 전적으로 아내의 공이었다. 그랬다. 아들은 아내의 작품이었다. 자그마치 20여 년 동안을 한결같이 공을 들여 만든 작품이었다. 그런데 그 작품이 지금 깨져버렸다. 방학으로 곧 오게 될 아들을 위해서 별의별 것들을 준비해 놓고 있는 아내였다. 아들은 오지 않고 비보만 날아들었다. 어떻게 말해줘야 할까.

"네, 여보. 늦어질 것 같아요?"

이쪽에서 말도 꺼내기 전에 아내는 지레 짐작으로 나왔다. 평소 밖에서 집으로 전화하는 일은 거의 없었기 때문이다.

"미국에 다녀와야겠어. 당신도 함께."

정 교수는 애써 아무렇지도 않게 말했다.

"당신 왜 갑자기?"

"일 좀 생겼어."

"당신 호, 혹시, 우리… ."

아내가 말을 더듬었다. 직감적으로 불길한 예감이 드는 모양이었다. 그렇다. 탯줄이 잘린 지 오래지만 사랑이 각별한 어미와 자식 간에는 끝내 끊어지지 않는 교감의 줄이 있는 것이다.

"우선 차분히 내 말을 들어봐."

"우리 윤서에게 무슨 일 생겼죠? 말해요. 무슨 일예요!"
"당신 마음 단단히 먹고 들어요."
"됐어요. 어서 말해요."
"사고가 났나봐. 방금 앨빈에게서 연락이 왔어."
"오, 하느님 맙소사. 여, 여 … 보!"
"진정해. 내가 좀 있으면 집에 도착할 거야. 간단히 짐 꾸리고 있어. 그리고 부탁이 있는데 윤서에게 전화 걸지 마. 전화 못 받아."
"왜, 왜 못 받아요. 내 아들이 왜 내 전화를 못 받아요?"
아내는 이미 제정신이 아니었다. 전화는 그냥 끊어졌고 정 교수가 재발신 버튼을 누르자 이미 통화중이었다.
"빨리 갑시다!"
차가 잘 빠지는데도 정 교수는 택시기사를 채근했다. 가뜩이나 심장이 약한 아내가 쓰러진다면 문제가 더 심각해졌다. 이번에는 아내의 셀룰러폰으로 전화를 걸었다. 받지 않았다. 도리가 없었다. 조상신이 돌봐주기를 바랄 뿐이었다. 입술이 바싹바싹 타들어갔다. 일기는 왜 또 이렇게 후덥지근한가. 세상의 종말을 눈앞에 둔 것 같았다.

집에 와보니 예상 밖으로 아내는 침착했다. 짐을 꾸려놓고 처제와 통화를 하고 있었다. 집과 뒷일을 부탁하는 눈치였다. 수화기 옆에 빈 청심환 곽이 눈에 띄었다. 아내는 아들의 죽음을 알았고 그 다음에는 어땠는지 모르지만 지금은 가까스로 침착함을 유지하고 있었다. 하지만 간헐적으로 몸을 떠는 것은 어쩔 수 없었다.

"자네 고맙네."
"전화 주세요. 제가 도울 게 있으면 기꺼이 도울게요."
왜였을까. 강 박사는 불현듯 정 교수네 선영(先塋, 선조들의 무덤이 있는 선산)을 떠올렸다. 조부가 개운치 않은 모습으로 꿈에 보이고 미국에 유학하던 아들이 사고로 죽었다. 아무래도 서로 연관이 있는 일인 듯싶었다. 그는 매우 논리적인 사유를 하는 사람이었지만 동양철학자답게 공명현상이나 동시성의 원리를 매우 합리적으로 수용하는 편이었다. 이 세상에 배타적으로 완전 독립하는 존재나 독자적으로 발생하는 일은 없었다.

정한수 교수는 부들부들 떠는 아내의 어깨를 감싼 채, 곧바로 공항으로 달렸다. 달리는 택시 안에서 아내는 소리 없이 울고 있었다. 눈물이 흥건히 쏟아져 내렸다. 공항에서 어렵사리 비싼 티켓을 구했건만 이곳에서 아들의 주검이 있는 낯선 이국도시 사이에는 세상에서 가장 넓은 태평양과 거대한 대륙이 가로놓여 있었다. 자그마치 하루의 절반이나 비행해야 할 거리였다.

아내는 기내에서도 하염없이 흐느꼈다. 눈물의 정거장 같은 태평양 건너 아메리카 대륙은 꿈의 무대인가. 결과적으로 그곳은 아들의 무덤이었고 종착역이었다.

우리가 행복하다고 느낄 때 혹은 그것을 당연한 것으로 받아들이고 채 실감하지 못할 때, 예고도 없이 틈입해 들어와 난동을 부리는 불행한 사건들은 도대체 어떤 힘이 작용해서인가.

'인생은 고달프다. 이따금씩 들르는 간이역을 제외한 모든 여로는 힘겹다. 불행의 나날인 것이다. 고통을 즐기지 못하면 불행하다. 악취미 같지만 분명한 사실이다. 왜냐하면 우리에게는 행복한 날보다 불행한 날이 훨씬 더 많기 때문이다.'

태평양 상공을 날면서 정 교수가 되새긴 말이었다. 그것은 아까 비보를 알려왔던 친구 앨빈의 잠언이었다. 푸른 눈의 그 친구는 한때 뉴욕에서 제일 잘 나가는 펀드의 대표였다. 5년 전이던가. 세계가 다 아는 9·11 테러사건을 겪은 뒤, 음유시인으로 변모했다. 강 박사의 말처럼 지극히 동양적인 그가 변모해온 과정을 지켜본 사람들 사이에서 그는 '뉴욕의 성자'로 통했다.

아들이 죽었다.

지상에 하나밖에 없는 내 아들이 죽었다. 그는 촉망받는 수재였다. 세상의 끝처럼 느껴지는 이 판국에 절망적인 고통을 즐길 수 있을까. 어려운 일이다. 고통도 고통 나름이다.

찰나에 아들의 성장과정이 파노라마처럼 지나갔다. 삶과 죽음, 존재와 부재가 이렇게 빈틈없이 붙어 있을 수 있다는 게 신기했다. 아무리 이질적인 세계라도 경계선 위에서는 거리감이 없다. 아득한 거리감은 세월이 흘러가면서 어느 한편에 깊숙이 들어와 있을 때 비로소 느껴지는 것이다.

앨빈의 깊고 따뜻한 눈길이 떠올랐다. 인생을 완전히 뒤바꾼 사건 이후로 더 따뜻해진 눈길이었다.

앨빈은 정말 매력적인 인물이었다. 과연 뉴욕 맨해튼 월가의 귀족다웠다. 그는 매우 부자였고 정열적이었다. 게다가 그는 자칭 미(美)의 순례자였다. 아름다운 것들 속에 파묻혀 오래오래 즐기는 게 인생의 미덕이라고 주장하는 사람이었다. 이런 철학을 지녔으니, 당연히 미인들이 넘쳐났을 터였다. 하지만 그것은 젊은 날의 한때였다.

"멋진 애인은 별장과 요트처럼 누구나 갖고 싶어하지만 막상 가지고 보면 관리에 신경이 쓰이지. 자유롭기 위해서는 할 수 있으나 하지 않는 절제가 필요해. 그런 사람을 고수(高手)라고 하는 거야."

앨빈처럼 여유가 있고 이미 겪어본 사람만이 할 수 있는 말이었다. 그의 말을 뒤집어보면, 할 수 없으나 하려고 과용하거나, 할 수 있다고 다하는 사람은 하수(下手)였다.

'뉴욕의 성자'라는 애칭이 그냥 나온 게 아니었다. 앨빈은 자본시장에서 피어난 한 송이 연꽃이었다. 많이 가졌어도 검박하고 세계 최고의 번화가에 살면서도 자연주의자였다.

그는 산을 좋아했다. 그렇다고 알피니스트는 아니었다. 등반보다 산수를 음미하면서 트래킹을 즐기는 타입이었다. 머리가 터지는 숫자놀음으로 울고 웃는 월가의 긴장된 생활을 보다 더 잘하고자 틈틈이 산을 찾았고 그러다 그만 산에 빠져버렸다.

처음에는 캘리포니아나 애리조나 주의 세도나에서 명상하는 정도였다고 한다. 동료들이 요트를 즐기고 미인들과 밤늦도록 파티를 열 때, 이 낭만적인 미학 예찬론자는 한 걸음 더 깊숙이 들어가서 수려한 풍광을 심호흡했다. 같은 종바위(Bell rock)라도 해뜰 때와 한낮, 해질녘과 달밤이 사뭇 달랐다. 바람도 마찬가지였다. 계류를 훑고 내려온 바람도 봄날과 여름날, 가을날과 겨울날이 다 달랐다. 수려한 자연은 그의 내면세계를 풍부하게 만들었고 정신을 맑게 했다. 그의 판단은 정확했고 막대한 돈이 모였다. 모아도 모아도 부족한 것이 돈이었다. 그 결핍증은 호모 에코노미쿠스의 즐거움임과 동시에 비극이었다.

자연미에 대한 탐닉은 앨빈을 서서히 다른 세계로 인도했다. 마흔 살 되던 해에 아시아 대륙 네팔을 방문했던 앨빈은 설산 히말라야에 빠져들었다. 몇 년 뒤, 월가에서 한쪽 발을 뺀 그는 히말라야를 넘어 티베트의 카일라스와 아프가니스탄의 힌두쿠시, 중국의 쿤룬산맥, 티엔산맥 등 이른바 세계의 지붕을 누볐다. 이후로 황산, 계림 일대를 휘젓고 다녔다.

사무실을 비워두는 날이 많아졌다. 시나브로 그는 월가에서 괴짜 취급을 받았지만 여전히 부자였고 선망의 대상이었다. 알 수 없게도 그의 버릇된 부재가 그의 사업을 망친다거나 재산을 축내지 않았다. 가정도 평안했고 대인관계도 원만했다. 그러다가 누구도 예기치 않는 사건이 터졌다. 공교롭게도 그의 사무실이 현장의 중심에 있었다.

2001년 9월 11일 아침, 뉴욕 맨해튼 세계무역센터 남쪽타워 78층. 출근 직후의 앨빈은 여느 때처럼 컴퓨터 앞에서 커피를 마시며 여러 경제지표들을 체크하고 있었다. 등 뒤 남쪽 창가로 뉴욕항과 자유의 여신상이 보였다. 푸른 바다 위로 페리나 예인선 따위의 선박들이 길고 흰 물거품을 남기며 진수하는 광경이 한가로웠다.

"앨빈! TV를 보세요!"

불현듯 여비서가 노크도 없이 들어서며 리모콘을 작동했다. 화면에 도저히 믿어지지 않는 장면이 나왔다. 바로 쌍둥이빌딩 가운데 북쪽타워에 항공기가 부딪혔다.

"세상에! 무슨 일이 일어난 거야."

사무실이 웅성거렸다. 여기 저기 요란한 벨소리가 울렸다. 그의 셀룰러폰도 울렸다. 아내 수잔의 전화였다.

"여보, 당신은 괜찮은 거죠?"

"난 괜찮아."

"다행이 북쪽타워네요. 지금 집으로 돌아오면 안 돼요? 불안해 죽겠어요."

앨빈은 수잔을 안심시키고 전화를 끊었다. 동료들이 부산을 떨었다. 일단 건물을 빠져나가는 게 좋겠다는 의견이 대부분이었다. 그가 의자에서 몸을 일으켜 무심코 남쪽 창가로 시선을 던졌을 때, 거대한 항공기 동체가 정면으로 돌진해왔다. 무시무시한 속도였다.

"오우, 갓!"

앨빈은 본능적으로 몸을 책상 밑으로 엎드렸다. 천지가 진동했고 사무실이 박살이 나버렸다. 눈에 번개가 일었다. 무엇인가 둔부를 강타했다. 컴퓨터와 파티션 조각이 떨어져 내렸던 것이다. 파편들이 날리고 비명소리가 울렸다. 건물이 서편 허드슨 강 쪽으로 기우뚱하는 것이 감지되었다. 사람이 이렇게 죽는 것인가. 이건 아니다 싶었다. 정신을 수습했다. 복잡하게 뒤엉킨 전선을 걷어내며 일어선 앨빈은 자신이 아직 살아 있음을 느꼈다. 하지만 아직은 속단이다. 이 지옥에서 벗어나야 한다. 그는 화염과 비명과 매캐한 냄새 속에서 몸을 일으켰다. 발이 허공에 떠 있는 느낌이었다. 아니, 시각과 청각과 후각이 서로 뒤섞여서 갈피를 잡을 수 없었다. 혼돈도 잠시, 무엇인가 후끈한 것이 양미간 사이에서 퉁겨져 나오는 느낌이었다.

바로 그 순간, 앨빈은 우주의 비밀과 만났다. 빠르게 돌아가던 시간의 톱니바퀴에 쇠막대기가 걸렸고 삐걱거리면서 시간이 멈췄다. 문 앞의 지옥 같은 현장이 스냅사진처럼 정지된 모습으로 찍혔다. 사람들은 여전히 아우성인데 앨빈 자신은 얼음처럼 차가운 제3의 존재가 되어 현장을 관망하는 입장이 되어 있었다. 이른바 유체이탈(幽體離脫)이라는 것이 이런 것인지도 몰랐다.

눈앞에 펼쳐지는 세계가 모두 비현실적이었다. 거대한 먹지에 철필을 긁어서 세상만물을 그려내는 손이 보였다. 쓱쓱 싹싹 소리가 날 때마다 생기가 불어넣어지면서 살아 움직였다. 그러다 그만 철필이 미끄러지면서 선이 빗나가버렸다. 어마어마하게 커진 손이 나타났다. 먹지를 움켜쥐고 구겨버린 손은 공처럼 말린 먹지를 아무렇게나 내동댕이쳐 버렸다. 세상이 그 안에 갇혔다. 시간이 멈추고 공간이 닫힌 허상에 그가 떠 있었다. 슬픈 표정이었다. 그는 구겨진 먹지뭉치를 펼쳤다.

시간과 공간이 꿈틀꿈틀 되살아났다. 스냅사진들이 무수히 겹쳐지면서 기억과 시각과 청각이 정리되었다. 하늘을 날던 항공기가 건물 안을 뚫고 들어와 부서졌다. 벽이 허물어지고 불이 났다. 질식할 것만 같은 검은 연기가 뿜어 나오고 사람들의 시체가 널브러져 있고 생존자들도 공황상태에 빠졌다. 엘리베이터는 사라졌고 악마의 입으로 돌변한 검은 구멍으로 불과 연기를 토해낸다. 비상계단 역시 부서진 건물 잔해에 막혔다. 공포가 뒷덜미를 내리누른다. 불에 타 죽을 수 없다고 생각한 사람들은 창문으로 몸을 날린다. 앨빈의 비서도 그랬다. 자그마치 200미터 상공에서 맨몸을 날렸으니 살아남을 가능성은 없었다. 절체절명의 순간에 이성은 마비된다. 지옥에서 빠져나가야겠다는 생각이 한치 앞을 보지 못하게 만든다.

이 순간 이 현장에 신은 없다. 있다면 그는 완벽한 구경꾼이다. 인간이 만든 최첨단의 기계 항공기가 세계 경제중심의 초고층 건물에 꽂혔다. 하나도 아니고 쌍둥이빌딩 모두에. 분명 수천 명의 죽음이 따르겠지만 이것은 유희다. 뒷짐 진 신은 인간들을 마음껏 조롱하고 가증스러워할 것이다.

살아가는 일은 슬프다. 앨빈은 문득 자신에게 연민을 느꼈다.
"어서 탈출해!"
자신이 지른 고함소리와 함께 그 자신의 본래 모습이 현실적으로 돌아왔다. 그는 침착하게 엘리베이터 쪽으로 달려나갔다.

엘리베이터가 있던 곳은 이미 화염과 연기에 휩싸였다. 항공기 동체가 그대로 쓸어버린 직후였다. 주변에 부상자들과 시체들이 널려 있었다. 여비서가 혼이 빠져서 발을 동동거렸다. 그러더니 말릴 틈도 없이 남쪽 창문 밖으로 몸을 날려버렸다.

그 광경을 보고도 면도날처럼 분명하고 이성적일 수 있었다. 하나를 보는 게 아니라 전부를 보기 때문에 가능한 일이었다. 아니, 다른 사람들이 볼 수 없는 것을 보기 때문이었다. 자욱한 연기와 먼지 속으로 출구가 또렷하게 보였다. 어둠 속에서 빛을 보는 것처럼 선명했다. 그는 이미 육안이 아닌 영안(靈眼)을 지니고 있었다. 그는 그쪽을 향해 침착하게 걸었다. 건물 잔해더미에서 생존자 하나를 발견했다. 그를 끌어내 보니 다리가 부러져서 유혈이 낭자했다. 앨빈은 그를 들쳐업었다.

자욱한 연기와 먼지 속에서 허둥대는 남자가 보였다. 옆 사무실 후지은행 직원이었다. 대머리가 찢겨서 피가 흘렀다.

"이쪽 계단으로!"

그에게 통로를 알려주고 부상자를 업은 채로 달렸다. 부서진 건물 잔해가 통로를 막고 있었다. 부상자를 내려놓은 다음, 손으로 건물 잔해들을 치우기 시작했다. 날카로운 파편들이 손을 찢었다. 통증이 느껴지지가 않았다.

"안 되겠소. 뛰어 넘어요!"

어디서 나타난 다른 사내 하나가 몸을 날렸다. 후지은행 직원도 통로 치우는 걸 포기하고 몸을 빠져나갔다.

"그분은 곤란해요. 혼자라도 어서 넘어와요!"

하지만 앨빈은 부상자를 생지옥에 버려둘 수 없었다.

"내가 들어올릴 테니 이 사람을 받아줘요."

대머리 사내가 방금 전 잽싸게 혼자 계단으로 탈출해 내려갔던 사내의 뒤를 따르다 말고 돌아섰다. 그의 도움으로 부상자를 구출해낸 앨빈은 낑낑거리며 계단을 내려갔다. 많은 생존자들이 계단으로 몰려들었다. 땀과 피로 범벅이 된 앨빈은 그 틈에 섞여서 마의 78층 계단을 내려왔다. 혼자도 아니고 부상자를 엎은 채로였다.

그는 기진맥진한 상태로 응급차에 실려 맨해튼 섬을 빠져나왔다. 그리고 몇 분 있다 남쪽타워가 풀썩 주저앉아 버렸다. 29분 뒤, 북쪽 타워마저 붕괴되면서 세계 최고층의 쌍둥이빌딩이 서 있던 자리는 그라운드 제로가 되어버렸다. 수천 명의 사람들을 집어삼킨 후였다.

돈이 몰려드는 황금의 섬 맨해튼은 삽시에 지옥으로 돌변했다. 어느 누가 맨해튼 쌍둥이빌딩이 항공기와 충돌하여 둘 다 무너질 거라고 상상이라도 했겠는가. 단 한순간의 테러리스트의 결단이 그렇게 만들어버렸다. 천국과 지옥은 역시 말 한마디에 갈린다. 선악을 불문하고 영향력 있는 사람의 말 한마디가 바로 경계선이다.

그 경계선상에 한 사람이 있었다. 성자의 눈빛을 하고 있는 오사마 빈 라덴이었다. 아무리 큰 죄도 이유와 명분이 분명하면 죄의식이 사라진다. 오히려 공명심이 생긴다. 그렇더라도 그가 저지른 일은 참혹하게 피를 뿌린 잔인한 테러. 그럼에도 불구하고 이 긴 피의 대결에서 그들 쪽이 이기면 역사는 그를 진짜 성자로 만들어준다.

앨빈은 그후로 사업을 정리했다. 천문학적인 돈이 그의 계좌에 들어와 있었다. 그는 세계를 무대로 여행하며 터 하나를 잡고자 애쓰고 있었다. 천재지변과 전쟁, 테러가 없는 터를 확보하는 것이 관건이었다. 인위적인 고통이 없는 땅, 샹그릴라나 무릉도원 같은 마을을 세우고자 함이었다. 인도의 오르빌 같은 명상센터는 아니다. 다른 사람들과 똑같이 일상생활을 영위하면서도 삼재(三災, 병란·기근·전염병)를 피할 수 있는 그런 시스템을 구상하고 있었다. 숲을 끼고 있는 유럽의 도시들도 모델이 아니다. 그 도시들은 생태적으로나 공학적으로는 훌륭했지만 혼이 없었다. 그 혼이라는 것은 권위적인 신의 이름으로 얼룩지지 않은 유심(幽深)한 하늘과 어머니 품속 같은 대지, 그리고 하늘을 마음에 담고 있는 사람들이 만들어내는 교향악 같은 거였다. 산업혁명 이후 철저히 무시돼온 동양 현자들의 말씀들이 중요한 단서였다.

예기치 않는 변란이나 그에 따른 죽음은 모든 것을 망가뜨린다. 천재지변이야 어쩔 수 없다고 치지만 인류사를 피로 얼룩지게 한 전쟁이나 테러는 어리석은 사람들이 불러들인 것이다.

아들의 주검

비행기가 곧 착륙한다는 기내방송이 나왔다. 아내는 모딜리아니 그림에 등장하는 여인처럼 비쩍 마른 목을 길게 늘어뜨린 채 멀건 눈빛으로 허공을 응시했다. 정 교수는 현기증이 일었다. 눈앞에 태양광이 작렬하더니 커다란 공 모양의 홀로그램이 펼쳐졌다. 그곳에 모든 세계가 서로를 비추며 달려 있었다. 화엄의 세계관, 곧 인드라 망(網)이었다.

9·11 테러와 아들의 죽음은 시간과 공간이 전혀 다르다. 그러나 분명 무엇인가가 연결돼 있다. 그렇다. 앨빈은 아들의 후견인이었고 그가 세우고자 하는 이상향은 아들이 도시공학을 전공하게 된 동기였다. 그렇다면 나 자신은 왜 그 이방인을 만나게 된 것일까. 바로 한국의 정원을 연구하는 조경학자라서 가능했다. 그렇다면 나는 왜 조경학을 전공했는가. 조부의 영향이었다. 일생을 대구 비슬산(琵瑟山) 자락에 묻혀 살았던 당신은 최고의 지성이었고 최고의 자연미학자였다. 가형이 고시에 매달려서 가문을 빛내는 쪽을 선택했기에 나는 내가 하고 싶은 공부를 편안히 할 수가 있었다. 그런 나를 조부는 너무 대견

스럽게 여기셨다.

그런데 그 조부가 근래 들어 자꾸 꿈에 보였다. 비슬산 자락에 묻힌 지 햇수로 3년 만이었다. 개운치 않았다. 면례(緬禮, 이장)를 해드려야 하는 것인가. 가형과 숙의했고 실력 있는 지관에게 보여서 자리가 나쁘다고 한다면 화장할 셈이었다. 그런데 그 사이 아들이 죽었다. 그리고 지금 아들의 주검을 지키고 있는 이가 바로 앨빈이었다.

앨빈의 아내 수잔이 공항에 마중 나와 있었다. 그녀는 정 교수와 그의 아내를 안아주며 위로했다. 수잔은 남편 앨빈에게 정 교수 내외가 방금 케네디공항에 도착해서 그곳 애틀랜틱시티로 출발했음을 알렸다. 그들은 최고급 승용차 롤스로이스 팬텀에 올라 남쪽도로를 탔다. 애틀랜틱시티까지는 세 시간이 소요된다고 했다. 아들이 다니던 브라운 대학은 반대쪽이었다. 공항에서 북쪽으로 네 시간쯤의 거리에 있었다.

아들이 보스턴 동해안도 아니고 뉴욕의 롱비치도 아닌 그 먼 애틀랜틱시티 연안까지 갔던 것은 친구들 때문이었다. 그쪽 여행을 마치고 곧바로 귀국할 계획이었다.

"녀석이 워낙 잘나다보니 백인 여자애들 친구도 많아요, 글쎄."

봄에 아들에게 다녀온 아내가 스냅사진 한 장을 보여줬었다. 그저 쉽게 만나고 헤어지는 게 젊은애들이어서 얼핏 들여다보았다. 아들 녀석의 옆에 선 깃은 금빛의 대학생이었는데 눈에 띄는 미인이었다.

"기숙사에서 만난 영문학도래요. 국제결혼은 안 된다고 했는데 지가 좋다면 어쩌겠어요."

아내는 너무 앞서가고 있었다. 서가에서 먼지를 뒤집어쓰고 있던 앤솔러지를 꺼내 펴들고 영시를 외워댔다. 백인 며느리 앞에서 유식한

체하고 싶어서였다. 실없게 여겨버리고 말았었는데 아들 녀석은 문제의 그 여학생과 함께 있다가 사고를 당한 모양이었다. 그랬다. 어제 울면서 아들의 전화를 받았던 여학생이 바로 그 여자였다.
"수잔, 아들녀석이 왜 그 먼 데까지 간 걸까요?"
"친구들과 함께 제니퍼 집에 간 거랍니다. 그애 집이 거기라는군요."
"그것이 내 아들을 잡아먹었어. 그 금발 여자애가…. 흐흑…."
아내는 울부짖었다. 애증의 기준점이 이처럼 부실했다. 보름 전만 해도 국제결혼을 들먹였던 사람이었다. 세상의 아들 가진 어머니들은 대부분 자기 편리한 대로 아들 주변을 판단한다.
"진정해요. 아직 뭐가 어떻게 된 건지 잘 모르잖아."
정 교수가 아내를 달랬다.
"해변에서 물에 빠진 사람을 구하고 희생됐어요. 아드님은 훌륭한 청년이었습니다."
운전하면서 수잔이 자초지종을 설명해줬다. 어젯밤부터 아들의 주검이 있는 병원에 가 있는 앨런에게 들었다고 한다. 의로운 청년의 죽음이라며 시장까지 애도의 뜻을 전해왔단다.
"나, 안 되겠어요. 잠시 차 세워줘요."
아내는 길옆에서 토악질을 해댔다. 토해지는 건 멀건 물뿐이었다. 어제 오전, 비보를 듣고 나서부터 아내가 먹은 것이라고는 약과 물이 전부였다. 기내식도 먹지 않았다. 그러기는 정 교수 자신도 마찬가지였다.
"난 이제 못 살아요."
절망적인 어조였다. 얼굴이 새파랗게 질려 있었고 몸을 부들부들 떨었다. 그런 사람을 다시 태우고 남쪽으로 달렸다.

시립병원 영안실.

앨빈과 아들의 친구들이 대기하고 있었다. 제니퍼와 그녀의 부모도 나와 있었다. 아들의 주검을 확인했다. 익사체는 분명 아들이 맞았고 차갑게 굳어 있었다. 아내는 비통하게 울부짖었고 죽은 아들녀석은 냉정했다.

"아이고 이 자식아! 이게 말이 되는 죽음이니! 노름빚에 몰린 뚱보 영감과 네 목숨을 바꿔? 수재가 죽고 비계 덩어리가 살아남다니!"

옆에 서 있던 자살미수자는 무슨 말인지 못 알아들으면서도 머쓱한 표정을 지었다. 법적으로야 자유롭지만 심정적으로야 죄인의 입장이었다.

누가 생각해도 어이없는 생명의 맞바꿈이었다. 하지만 어쩌랴. 억울해도 별 도리가 없었다. 아들은 의롭게 죽었고 덕분에 한 생명이 살았다. 인간의 목숨을 놓고 비교하면서 효율성을 따지는 건 부질없는 수작이다. 사람 목숨은 누구나 똑같이 소중한 것이니까.

경찰과 의사가 간단한 서류를 내밀었다.

"자네가 원한다면 시에서 묘지를 마련해주겠다고 하네. 물론 서울로 데려갈 수도 있고 여기서 화장할 수도 있네."

정 교수는 아내의 의견을 물었다. 처음에 아내는 무조건 서울로 데려가겠다고 했지만 이내 생각을 바꿨다. 아무런 연고가 없는 이 먼 이역만리에 매장하는 것도 내키지 않았다. 오히려 자주 찾지 못하는 게 마음 아플 거였다. 아니, 지상 어디에건 앞세운 자식의 무덤을 남긴다는 것 자체가 고통이었다. 부모 가슴에 깊숙이 묻어둘 수밖에 없었다. 결국 화장하기로 했다.

몇 줌의 분골로 남은 아들을 그래도 조국의 산하에 뿌려줘야 할 것 같았다. 제 할아버지들이 잠든 대구 선산이 적지였다.

그런데 예상 밖의 일이 벌어졌다.

"스나이퍼 정을 제게 주고 가세요."

여태껏 죄인처럼 침묵하고 있던 제니퍼가 나섰던 것이다. 다소곳했지만 단호한 어조였다.

"부탁이에요. 제 곁에 두게 하세요. 제가 정말로 사랑한 사람입니다."

정 교수 내외가 난감해하자 재차 애원했다.

"추억의 장소에라도 뿌려줄 모양이네. 저애 좋은 아이 같네. 부모도 집안도 다 좋고. 저애 아버지는 여기 화학약품회사의 중역이네."

앨빈이 제니퍼 편이 되어주었다. 부모가 낳고 길렀지만 장성하면 짝에게 보내는 것이 도리였다. 아들의 최후를 지킨 애인이 분골을 가져도 되는 이유였다.

"알았네. 우리는 브라운대 기숙사에 가서 유품이라도 정리해서 가져가야겠네."

정 교수는 제니퍼에게 분골상자를 넘겨주었다.

"고맙습니다. 나의 작은 신(神), 스나이퍼 정은 지상의 별이에요. 저는 그가 자랑스러워요. 그의 일부를 잃었지만 그는 다른 형태로 언제까지나 내 곁에 있을 거예요."

다른 형태로 곁에 있다니! 죽은 사람은 이미 산 사람과의 경계선을 넘어가버린 것이다. 시간이 흐르면 누구나 기억에서 지워버린다. 그리고 새로운 짝을 찾아 깃든다. 그것이 일반적인 사람들이 걷는 길이고 사실 또 인생은 그래야 한다. 과거에 머물러 있어서는 살아도 산 것이 아니니까.

분골함을 껴안은 아들의 여자는 커다랗고 푸른 두 눈동자를 빛냈다. 그 눈동자를 들여다보고 있자니, 이런 여자친구와 추억을 만들었던 아들 녀석이 그렇게 불행한 삶을 살지는 않았다고 생각되었다.

아들은 죽고 부모 앞에 걷어낼 수 없는 불행의 그늘을 남겼지만 그 자신은 행복했다. 그렇다. 아들은 분명 행복했다. 아내는 제니퍼를 아들 잡아먹은 마녀쯤으로 본다. 저 아이와 열락의 시간을 함께 나누는 동안의 아들 모습을 떠올렸다. 고마웠다. 나의 분신을, 아니 또 다른 나를 행복하게 해줘서 정말 고마웠다. 그리고 분골까지 소유하려 드는 사랑 앞에 숙연해졌다.

보스턴 교외, 아이비클럽 가운데 하나인 브라운대에서 도시공학을 전공했던 아들은 그가 지상에 세우고 싶었던 이상향 같은 곳으로 갔을까. 분명한 건 그 녀석은 죽었고 사랑했던 여인의 품속에 분골이 되어 안겼다.

"그런데 스니퍼(Sniper)가 뭐예요?"

아까부터 제니퍼의 요구를 못마땅해하던 아내가 신경질적으로 물었다.

"저희들끼리 쓰던 애칭입니다. '도요새 사냥꾼'. 귀여운 이름이죠. 자기 이름이 제니퍼니까 그와 어울리는 스니퍼 이름을 택한 것 같군요."

앨빈이 일러주었다.

"하필이면 왜 스니퍼야. 그렇게 잘났던 내 아들이 왜 도요새 사냥꾼이었냐구요?"

수척해진 정 교수의 아내가 망연하게 이죽거렸다. 저 도도한 금발의 백인 여인이 자그마치 24년을 애써 길러온 외아들 녀석을 온전히 자기 소유로 만들어버렸다고 생각해서였다.

"또래들끼리의 애칭인데 뭘. 우리 다 털고 돌아갑시다."

정 교수는 아내의 여윈 어깨를 감싸 안았다. 분골을 누가 어디에 뿌린들 어떠랴. 어차피 먼저 떠난 자식은 부모 가슴에 묻히는 법이었다.

다음날, 정 교수 내외는 아들이 다녔던 대학 기숙사를 찾았다. 제니퍼가 안내를 맡았고 앨빈 내외도 동행해 주었다.
막상 챙겨가려고 하니 손에 잡히는 유품이 거의 없었다. 겨우 챙긴 것이 사진 따위와 노트북이었다.
"나머지 물건들은 제니퍼 양이 알아서 처리해줘요. 그리고 서울에 한 번 와요. 우린 외로운 사람들입니다. 딸처럼 생각할게요."
정 교수는 명함을 건네며 아들의 여자였던 그녀의 손을 가볍게 잡아 주었다. 매사에 열정적이었던 아들의 머리를 감싸고 불 같은 몸을 쓸어주었을 손이었다. 그래서일까. 이방인의 손이라는 이물스러움보다 친밀감이 느껴지는 따뜻한 손길이었다. 이 손도 이제 새 주인을 찾아 가겠지. 그녀는 이제 고작 스물세 살의 대학생이었다. 더구나 매력이 넘치는 명문사립 아이비클럽의 문학도였다. 이 손을 빈손으로 놔두지 않을 터였다.
그랬다. 어차피 살아남은 사람 앞에는 예전과 전혀 다른 또 다른 삶이 기다리고 있는 것이다. 앨빈의 말을 인용하겠다.

> 우리가 사는 지구별은 우주의 변방에 겨우 한자리 잡고 있다. 스스로 타올라서 빛을 발할 수 없다면 별이 아니다. 그래서 지구는 태양과 달과 별빛을 빨아들인다. 그 빛은 인간들에 의해 다시 발산된다. 사람이 별이다. 빛나는 사람을 스타라고 부르는 이유가 그래서다. 무수한 사람의 별들이 유전하는 지구가 스스로는 타오르지 않으면서도 별이 되는 까닭이 그래서다. 별의 일생은 장구하다. 인생이 짧다고 말하는 사람은 우주의 이법을 모르는 무지렁이다. 끝도 시작도 없는 인생은 길다. 우리는 인생의 긴 여로에서 간이역에 들를 때마다 대합실이나 플

랫폼에서 함께 춤추거나 동행할 여행자를 만난다. 그것이 행복이다. 물론 이별도 한다. 긴긴 이별의 연속처럼 불행한 일도 없다.

"잘 가세요. 오랫동안 기억할게요."
제니퍼는 파도처럼 하얗고 가지런한 이를 드러내며 인사했다.
아들이 죽지 않았으면 저애가 낳은 손자를 볼 수도 있었겠지.
쓸쓸하고 부질없는 몽상이었다. 하나밖에 없는 자식을 어이없이 잃었다. 그토록 똑똑하고 이성적이며 비판적이던 녀석은 마지막에 왜 자신의 몸을 던져버렸을까. 아들이지만 아주 약은 녀석이라고 봤었는데 끝내 약지 못했다. 어쩌면 자신이 죽을 수도 있다는 생각을 못했을 것이다. 아무튼 외아들은 죽었다. 냉정히 말하자면, 이제 정한수의 직계 자손은 막을 내렸다. 나이 쉰을 넘긴 지금, 씨받이를 들이지 않는다면야 절손을 피할 수 없다.
새삼스레, 자식을 남긴다는 행위가 죽어도 죽지 않는 묘법이라는 생각이 들었다. 생명체의 자기복제야말로 영생의 꿈을 실현하는 일이었다.

망자가 남긴 첩지

미국에서 돌아온 정한수 교수는 밤마다 잠을 설쳤다. 외아들의 갑작스런 죽음이 몰고 온 충격은 너무 컸다. 아내는 숫제 몸져누웠고 친척들의 위로방문조차 거절했다. 단지 그것 때문에 정 교수가 밤잠을 못 이루는 게 아니었다. 조부가 꿈길에 나타났다가 피눈물을 흘리면서 사라졌다. 말없이 슬픈 표정을 짓고 서성이다가 사라지곤 했던 전과 달랐다. 유망한 증손자가 유학 가서 꺾여버린 것을 슬퍼하는 것인가. 지하에 누워서도 애석할 일이었다.

정 교수는 대구로 내려갔다. 한식 때 찾아봤지만 다시 조부의 묘소를 찾기로 한 것이다. 자손에게 유고가 생기면 선영을 찾아보는 것이 도리였다. 현직 차관인 가형과 철학자 강 박사, 지관과 수맥연구가가 함께했다. 대구에서 숙부와 사촌이 합류했다.

"어째 이런 일이 있다더냐? 너무 기가 막히다."

숙부는 정 교수 앞에서 눈물을 찍어냈다.

"죄송합니다. 제 업본가 봅니다."

"네가 무슨 죄가 있겠냐? 그놈이 인정 많아서이지. 그러게 요새 사람들 아들 하나만 낳는 풍조가 옳지 못해. 그러니 자칫 대가 끊겨버리는 게지."

대가 끊긴다는 말을 들으니 향촌에 왔다는 게 실감났다. 이 땅 사람들은 돈이나 권력보다도 대가 끊이지 않게 이어나가는 것을 최고의 미덕으로 삼아왔던 것이다. 그래서 묏자리도 이른바 자손만대영화지지가 최고의 명당이었다.

"우리 정 차관은 바쁠 텐데 어려운 걸음을 했구먼."

숙부는 이 판국에도 거드름 섞인 인사치레를 잊지 않았다. 집안사람들에게는 가형이 간판스타였다. 관직에 나간 사람을 예우하는 가풍 때문이었다. 대대로 영의정과 대제학을 쏟아낸 가문이지만 현직이라는 사실이 더 중요했다.

대구 비슬산 서쪽 기슭 정득량의 묘.

낙동정맥의 사룡산에서 분기하여 남으로 내려오면서 구룡산, 선의 산, 용각산, 남성현재, 상원산을 짓고 팔조령에서 서쪽으로 굽이쳐 봉화산, 삼성산을 거쳐서 비슬산 대견봉을 융기시켰다. 남은 기운은 남쪽으로 꺾여서 다시 달려 내려가다가 수봉산과 묘봉산을 만들고 천황산에서 다시 동쪽으로 방향을 틀어서 화악산을 만드니 이것이 바로 낙동정맥에서 나온 비슬지맥이다.

조부 정득량(鄭得亮)의 묘는 비슬산 군립공원 안에 있었다. 구한말과 일제 때의 전설적인 도인 진태을의 수제자였던 조부는 6·25를 예견하고 이곳에서 칩거하며 일생을 보냈다. 풍수가 명당에 못 들어간다고, 조부의 묘는 눈에 띄는 길지가 아니었다.

동래정씨는 명당 발복으로 유명한 가문이었다. 조선조에 들어와서 전주이씨와 안동김씨 다음으로 많은 인물을 배출한 명문가였다. 부산 양정동의 시조묘는 천하가 다 아는 명혈이었고, 예천 지보의 정사 할아버지 묘 역시 답사산객들의 발길이 사철 끊이지 않는 명당이었다. 조상묘 잘 써서 후손이 출세한다는 말을 어떻게 수용해야 할까. 현대 물리학과 천문학이 먼 우주의 비밀을 캐고 별들의 성분을 탐색하는 시절에 생뚱맞게 묏자리 발복이라는 허무맹랑한 얘기냐고 하겠지만 그게 그렇게 무시해버릴 일이 아니었다.

조부 정득량은 일제 때, 경성제국대 법학부를 다닌 수재였다. 전주 갑부 자제로 태어나 건장한 체격에 수려한 외모, 비상한 두뇌를 지녔던 그는 나면서부터 성공이 예정된 인생이었다. 그런데 일생을 은자처럼 살다간 풍운아였다. 나라를 빼앗겼던 암흑기에 호의호식하면 군자가 아니라는 생각 때문이었다. 하면 정직한 정치인이 되거나 사업이라도 일으켜서 국가재건 사업에 헌신했어야 않을까.

유감스럽게도 그는 99세라는 놀라운 수명을 이어오면서 철저히 비주류로 남기를 고집했다. 야인을 자처한 것이다. 여기에 그의 남다른 삶의 비밀이 있었다.

정득량은 조선시대에 태어나서 일제의 교육을 받았고 아울러 한학과 도학을 도제수업 받았다. 점성술에 가까운 고천문학을 배우고 현대 물리학자들의 우주론을 읽었다. 왕조의 붕괴, 식민지시대와 독립, 한국전쟁, 도약적인 경제발전을 두루 경험하면서 당신은 침묵과 관조로 일관했다.

명문가에서 태어나 비상한 두뇌를 소유했고 최고의 교육을 받은 엘리트가 왜 자연에 묻혔을까. 정 교수뿐만이 아니라 후손들 모두가 아직도 이해할 수 없는 행적이었다.

궁즉독선기신(窮則獨善其身) 하고
통즉겸선천하(通則兼善天下) 하라

궁핍할 때에는 홀로 깨우침을 얻기에 힘쓰고 깨우침을 얻었을 때에는 세상에 나가 좋은 일을 하는 것이 군자의 삶이었다. 그는 언제나 궁했던 걸까. 아니면, 통했으나 시대와 불화하는 운명을 타고난 걸까. 천도를 즐기고 운명에 순응한다는 좌우명을 감안해보면 후자 쪽에 가까울 거였다.

樂天知命(낙천지명)

지금은 형님댁 현관에 걸린 휘호가 당신의 좌우명이었다. 우주의 이법, 곧 천도를 즐기고 자신의 운명에 순응한다는 뜻이었다. 일생동안 《주역(周易)》의 비밀을 익히고 음영하며 우주의 이법을 궁구한 당신이었다. 당대 최고의 스승을 만나서 풍수를 배웠지만 여간해서 남의 묏자리를 써주지 않았던 당신이었다. 구한말 전설적인 도인 진태을(陳太乙)! 그가 조부의 스승이었고 바로 오늘 함께 산에 오르고 있는 철학자 강 박사가 진태을의 외손이었다.

정득량은 중시조를 기점으로 했을 때, 11세가 되는 정인(鄭絪) 할아버지의 자손이었다. 전주와 정읍 일대에 정착한 동래정씨 후예들은 본관 동래나 예천에 못지않은 세력을 형성했는데 선조 때 기축옥사(己丑獄事)라는 정여립(鄭汝立) 모반사건 이후로 거의 몰락하다시피 했다. 전주나 금구 일원의 조상묘가 파헤쳐지고 전라도는 반역향으로 낙인찍혔다. 이후로 정씨들은 관직에 나가지 못하고 숨어서 연명했다. 그리다가 기름진 호남평야를 기반으로 재물을 모아 전주의 만석꾼이 되었다. 세월이 흘러 다시 관직에 나가면서 정득량의 조부는 참판이 되었다. 나라가 기울고 시절이 험악해지자, 중년에 낙향한 정 참판은 김제에서 사금광(砂金鑛)까지 벌여 막대한 재산가가 되었지만 그의 아들 정진국 대에 이르러 다시 몰락의 길을 걸었다. 지금은 사라지고 없지만 일제 때까지만 해도 남문 밖 솟을대문집 '정 참판댁' 하면 근동에서 모르는 사람이 없었다. 그런데 지금은 그 많던 재산이 모래알처럼 부서져 날아가고 자손들은 동으로 북으로 뿔뿔이 흩어졌다. 불과 100년도 안 된 일이었다.

사람들은 만석꾼 집안이 몰락한 원인을 대개 두 가지로 든다.

첫째는 정 참판의 도참신앙에의 경도였다. 구한말에 조선왕조가 기울어가자, 기미를 엿본 정 참판은 전주 이씨의 관향에서 정씨의 새 나라를 창업하고자 엉뚱한 모사를 했다. 그 근거는 황당하게도 《정감록(鄭鑑錄)》이었다. 옛날 정여립이 꿈꿨던 것과 유사한 발상이었다.

절묘한 문자 퍼즐로 이루어진 그 책은 시대가 어지러울 때마다 세상에 유포되었다. 한문 글자를 쪼개고 은유와 비유법을 가미하여 뜻을 감춤과 동시에 신비화시키는 이중효과를 보았다. 그야말로 믿거나 말거나 식의 유언비어인 셈인데 옛사람들은 상당수가 믿고 있었다. 그만큼 몽매하고 어수선한 시절의 일이었다.

정 참판은 전국의 무수한 풍수들을 불러서 구산(求山)한 끝에, 천하대명당이라는 무안 승달산 호승예불혈(胡僧禮佛穴)에 묻혔고, 그 직후부터 사달이 생기면서 집안이 급격히 기울어갔다는 것이다.

둘째는 시대적인 요인이었다. 국운이 사납고 일제의 폭정이 이어지면서 어느 명문가건 친일하지 않으면 몰락할 수밖에 없었다는 상황논리였다. 상당히 설득력 있는 분석이었다.

원인이 뭐가 됐건 전주의 만석꾼 정씨집안은 평범해졌다. 수재 정득량은 어이없게도 법관이 아니라 풍수가 되어버렸고, 이후로 태백산 낙맥 궁벽한 산촌에서 자식들을 지지리도 고생시켰다.

그나마 머리들은 밝았던지 손자들 대에서 조금씩 빛을 보기 시작했다. 정한수 교수의 형제와 사촌들, 조카들 가운데서만 박사가 다섯이었고 고시출신이 둘, 언론계 진출이 둘이었다. 아직 공부하는 조카들이 많으니 미래는 더 밝다고 할 수 있었다. 그런데 공부하던 2세들 가운데 제일 촉망받던 아들 녀석이 미국에 유학 가서 죽었다. 그리고 연일 꿈속에 나타나는 조부 정득량!

묘역에 당도했다. 이 높은 곳에 올라올 때마다 언제나 느끼는 것이지만 빼어난 명당이 아니었다. 그렇다고 흉지도 아니었다. 기운차되 짜임새가 부족한 그런 곳이었다. 발아래 멀리 부마고속도로가 돌아나가고 오른편으로는 대구시내가 보였다. 조망이 좋다고 명당은 아니었다. 이 자리만 놓고 본다면 할아버지가 터잡기의 고수라고는 할 수 없을 것 같았다.

"할아버지, 저희들 왔습니다. 다 아시겠지만 윤서가 당신 곁으로 갔어요."

정 차관이 묘 앞에 술을 따르며 여쭸다. 주(酒)·과(果)·포(脯)는 제사의 필수품이었다. 소주와 사과 명태포로 조촐한 제물을 진설했다.

정 교수는 할아버지의 말년 모습을 떠올리면서 두 번 절했다. 아들 생각에 눈시울이 붉어졌다.

"그런데 저건 뭐지?"

정 차관이 놀란 어조로 청룡 날 끝자락을 가리켰다. 묘 왼쪽 산줄기였다.

"임도(林道) 아니고 뭔가?"

숙부가 대수롭지 않게 말했다.

"지난 한식 때에도 없던 길이잖습니까?"

"낸 지 얼마 안 되나 봄세. 국유림에 임도내는 거야 아무 때고 할 수 있는 일이지 뭐."

"정 교수, 그리고 강 박사, 저 문제는 설마 아니겠지?"

정 차관은 동생과 강 박사를 부르면서도 지관과 수맥연구가 쪽을 보며 물었다. 지관과 수맥연구가가 그 말을 시점으로 묘역을 유심히 둘러보기 시작했다.

"글쎄요."

정 교수는 정 차관의 말을 소극적으로 받아넘겼지만 내심 꺼림칙했다. 청룡 날이 다쳐서 좋을 건 없었다. 완전히 잘린 것이 아니고 표토층에 구불구불한 임도가 났다 하더라도 용(龍)이 다친 것은 사실이었다. 산을 단순히 암반과 흙 집적체로 보지 않고 살아 있는 용으로 본다면 흉한 일이었다.

'할아버님, 저것입니까? 저 임도 때문에 당신께서 불편해하시는 겁니까.'

정 교수는 속으로 물었다. 하지만 자신이 장손도 아니었고 아들 역시 그랬다. 조경학을 하면서 자연스레 익힌 풍수에는 아들의 죽음을 설명할 법수가 없었다. 아들의 죽음은 이 묘와 별개였다.

"요즘 세상에 저 정도는 아무렇지도 않다. 포크레인으로 까뭉개며 묘지를 조성하는 시절 아닌가. 산을 뚝뚝 잘라서 도로 내고 뻥뻥 터널 뚫는 세상이야. 댐도 막고 바다도 막는 판에 저것 가지고 신경 쓸 거 없단 말이지."

숙부의 말씀은 틀리지 않았다. 시절은 변했다. 괭이와 삽으로 흙을 파내던 시절에 자연의 감각은 예민했다. 포크레인이나 다이너마이트가 등장하면서 자연은 단련되어 갔다. 인간의 자극은 점점 거칠어졌고 자연의 반응은 점점 무뎌져갔다. 아니, 시나브로 죽어가고 있는 것인지도 모른다.

"그래도 마음에 걸립니다."

정 차관은 공무원 출신답게 신중했다.

"절대 걱정 말게. 아무 탈 없을 테니까. 다른 이도 아니고 우리 아버진데 내가 괜찮다면 괜찮은 거야. 설령 문제가 된다 해도 어떡하겠냐? 마땅히 면례할 데도 없는 걸."

"요즘에는 수목장이라는 것도 있습니다, 숙부님."

"화장해서 나무 밑에 묻는다는 거? 정 차관, 그런 섭섭한 소리 말게. 우선 당장 편한 것만 찾다가 나중에 후회할 일 생기네. 뼈대 있는 가문에서 할 일이 못 되지."

숙부는 단호했다. 시골학교 교장으로 정년한 사람 아니랄까봐 훈계조로 나왔다. 뼈대 있는 가문에서는 조상의 뼈대를 잘 보전해야 한다

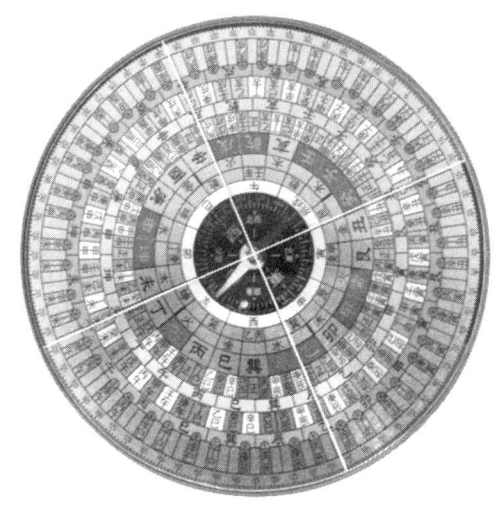

패철륜도

는 논조였다.

"아버지, 화장이나 수목장은 묘지문제가 심각해서 나온 자구책입니다."

사촌이 대신 초를 쳤다.

"누가 몰라? 우리처럼 이렇게 석물 안 하고 아담하게 쓰면 충분해. 이것도 자연의 조화인 거야. 땅보탬이 되어서 사라지면 그뿐인데 왜 억지로 불구덩이에 집어넣어. 그래도 우리 아버지 이 자리 묻히고 다 잘됐어. 미국가서 공부하던 조카는 단순한 사고사일 뿐이야. 막말로 아무나 할 수 없는 의로운 죽음이었잖아? 살신성인이지. 신문이나 방송에 안 내서 그렇지 알렸으면 우리 시대의 영웅이야."

숙부의 소신은 분명했다.

지관은 자신들이 밥벌이를 위해서 보물처럼 다루는 나침반, 곧 패철(佩鐵, 터를 잡을 쓰는 기구로 '뜬쇠'라고도 함)을 들고 법수를 따졌다. 수맥연구가는 L로드를 꺼내서 묘역 사방을 체크했다.

"나빠 보이지는 않는데 어떻습니까?"

강 박사가 지관과 수맥연구가의 감정결과를 물었다.

"수맥이 지나가긴 하지만 혈에서는 피했군요. 이 묘는 대지랄 수는 없지만 분명 고수가 잡은 자립니다."

"나도 같은 생각입니다. 무해지지요. 아무 문제없어요. 묘 쓸 때 보셨겠지만 분명 혈토(穴土, 좋은 터에서 나오는 미묘한 색깔과 형질의 흙)가 좋았을 겁니다."

두 사람이 결론을 내렸다. 강 박사가 워낙 분명한 사람이어서 두 사람 모두 헛소리를 할 수 없었다. 대개 지관들이나 수맥연구가들은 자리를 옮겨야 돈벌이가 되므로 흠을 잡고 나오기 일쑤였다. 사실 흠 없는 자리는 세상에 없기 때문에 그네들의 말은 틀리지가 않았다. 좋은 대안이 있느냐가 문제였다.

"좀더 두고 보지."

정 차관이 정 교수에게 말했다.

"그럼, 그래야지. 누가 잡은 자린데. 이렇게 튀지 않고 숨어 있는 자리가 명당인 법이야."

숙부가 내심 걱정했던 것을 빗질하듯 말끔히 쓸어내며 말했다.

그들은 하산했다.

그리고 보름가량 뒤, 다시 묘역에 모였다. 뜻밖에도 이번에는 묘를 파헤칠 인부들을 대동하고서였다. 숙부의 꿈길로 조부가 찾아와서 애원한 일이 발생한 직후였다. 아무리 고집스럽고 중심을 잘 잡고 사는 교장선생님이라도 선친의 애원을 몰라라 할 수는 없었다.

이장(移葬)할 적지도 없었다. 정 차관의 제안대로 화장해서 나무 밑에 묻어줄 요량이었다. 화장하면 해도 없고 이익도 없다는 믿음 때문이었다. 과연 그런지는 두고 보면 알 수 있었다. 화장해서 납골당에 보관하는 예도 많았지만 집안사람들이 아무도 흉물스런 석물인 납골당을 원하지 않았다.

오늘은 정씨집안 사람들과 인부들 외에 앨빈과 강 박사가 참석했다. 앨빈은 정 교수를 위로할 겸, 함께 여행하려고 며칠 전부터 한국에 와 있었는데 조부의 묘를 파내는 일에 각별한 관심을 보였다. 철학자 강 박사야 가족이나 다름없는 사람이었다.

포크레인이 올라가지 못하는 곳이었기 때문에 괭이와 삽으로 산역(山役, 산소를 만들거나 파내는 일)을 했다. 거대한 볼록렌즈 형상의 봉분은 잘 자란 떼가 덮고 있었다. 밑으로는 지기(地氣)를 받아들이고 위로는 해와 달, 별빛 등 삼광(三光)을 흡수하는 구조가 봉분이라고 했던가.

산 위라고는 하지만 일기는 여전히 무더웠다. 작은 차양이 쳐지고 일꾼들을 위해서 음식을 만들었다. 그러는 사이 봉분이 까뭉개졌다. 조성한 지 3년 만이었다. 토질은 예나 지금이나 좋았다. 고운 입자의 황금빛 흙을 걷어내자 광중(壙中)이 드러났다. 물은 차지 않았다. 잘 육탈된 유골이 노란빛을 띠고 있었다. 유골을 수습해서 창호지 위에 펼쳐 놓았다. 습기를 햇빛에 말려주기 위함이었다. 다 마르면 창호지에 다시 쌀 셈이었다. 그 작업은 숙부가 손수 나섰다.

"아깝구나. 이런 자리를 포기하고 화장해드린다는 건."

숙부는 황골이 된 당신의 선친 유골을 살아생전처럼 정성스럽게 매만졌다. 이따금씩 고개를 흔드는 건 역시 화장하는 게 마음에 걸려서였다.

"파헤쳐진 땅에 소나무를 심고 평평하게 고르게."

숙부는 인부들에게 마무리 작업을 지시했다. 당신은 이내, 손가락 하나 상하지 않고 온전한 유골을 맞추고 창호지에 싼 뒤, 칠성판 위에 올려놓고 다시 쌌다. 주검은 늘 별자리를 타고 이동한다. 천상의 북두칠성으로부터 왔기에 다시 그곳으로 돌아가야 하는 것이다.

일생동안 명당을 찾아다니다 저물어간 속절없는 인생이었다. 아쉽고 야속하기도 한 심정이었다. 풍수에 눈이 멀어 헛된 세월 100여 년의 역사가 종막을 고하는 순간이다. 화장장 불구덩이에 들어가면 모든 게 끝난다.

"앗!"

그때 인부 하나가 광중 속으로 빠졌다. 깊은 구덩이 속에다 소나무를 심기 전에 흙을 채우려다가 그만 발이 미끄러진 것이다.

"저런 저런! 조심하지 않고."

숙부가 야단을 쳤다. 인부는 광중 안에서 허우적거렸다. 토질이 워낙 좋아서 매트를 깔아놓은 듯했으므로 다친 데는 없는 듯했다.

"이게 뭔가요?"

굴러 떨어졌던 인부의 손에 네모진 작은 상자 같은 게 들려졌다. 미끄러지면서 바닥에 손을 짚었는데 그 손에 상자가 닿은 것이다.

"아, 맙소사! 그래, 그랬었지! 하마터면 그냥 묻힐 뻔했구나."

숙부가 외치면서 달려갔다. 그는 재빨리 상자를 가로채서 가슴에 품었다. 사람들이 모두 어리둥절했다. 그러나 정씨집안 사람들은 뭔가 알겠다는 표정들이었다. 숙부가 흙을 털어내며 광중 밖으로 나왔다. 그쪽으로 이목이 쏠렸다. 특히 앨빈과 강 박사가 비상한 관심을 나타냈다.

신비한 일이었다. 인부가 광중 속으로 굴러 떨어지지 않았더라면 까맣게 잊고 덮어뒀을 상자였다. 상자가 매장된 채로 광중이 흙으로 채워지게 되자, 안으로부터 비밀스런 힘이 작용하여 인부를 끌어당긴 것일까. 그 힘의 근원은 상자였을까, 아니면 정득량의 혼이었을까. 뭐라고 속단할 수 없었지만 믿어지지 않을 만큼 놀라운 일이었다.

가로 세로 높이가 모두 한 자가량 되는 나무상자였다. 부직포와 비닐로 여러 번 감쌌고 물이 침범하지 않아서 보관상태가 완벽했다. 그랬다. 그것은 조부의 유품이었다. 매장에 참여했던 정씨 가족들은 누구나 아는 상자였다. 생전 조부의 유언대로 광중에 넣어주었던 물건들이었다.

차일 그늘 아래서 포장을 걷어내고 상자를 열었다. 왕이라면 황금관이나 종복들을 순장하지만 시골 은자의 무덤에는 손때 묻은 물건 서너 점이 전부였다. 평생 몸에 지녔던 패철과 돋보기, 즐겨 쓰던 세필용 붓과 펜 한 자루, 그리고 손수 한지에 필사해 묶은 책 몇 권과 여러 권의 노트였다. 안 보아도 풍수에 관련된 책이나 기록물이 분명했다.

모든 유품들은 죽은 자의 유골처럼 미동도 없는데, 오직 살아 움직이는 것이 하나 있었다. 그것은 바로 패철이었다. 패철 중심부의 동그란 홈 속에서 바늘이 요동치더니 숙부가 부러 평평한 곳에 놓아보자, 정확히 남북을 가리키며 멈췄다.

아, 변하지 않는 가치판단 기준!

동아시아인들은 인류 역사에서 맨 처음으로 자석의 존재를 알아냈다. 지구가 자성체이고 만물, 특히 새나 사람이 움직이는 나침반임을 그들은 알았다. 그리하여 이 나침반을 이용하여 하늘 궁륭의 천체운행을 재고 그 법수를 인간의 길흉화복에 적용하고자 애썼다. 전설적인 존재 황제(黃帝)는 치우와 전쟁을 하면서 안개 속에서 이 나침반으로 방향을 가렸고, 정크선을 몰고 항해했던 상인들은 북극성과 함께 이 나침반으로 뱃길을 헤아렸다.

우주의 바다에서 알 것도 같다가 끝내 알 수 없는 인생의 항로!

동양문명사에서 무수한 현철(賢哲)들과 술객들이 인생, 그 운명의 길을 안내받고자 이 패철을 휴대했다. 시대마다 유행처럼 새로운 법수가 등장했고 그 법수에 따라 패철의 바늘, 뜬쇠를 돌렸다. 그리고 어찌어찌 되리라고 예언했다. 과연 그 말처럼 되었을까.

정 교수는 가슴속에 는개가 내리는 것을 느꼈다. 한 시대를 풍미했던 명사나 천재도 세월이 흐르면 한갓 흙 보탬이 되고 만다. 조부는 육탈이 되고, 남은 것은 백골뿐인데 당신이 생전에 휴대하던 패철은 살아남아서 한껏 벌린 두 팔로 남북을 가리킨다. 이것이 속절없는 우리네 인생이다. 더운 여름날, 가슴에 바람이 불었다. 그래도 살아야 한다. 그밖에 다른 선택이 없으므로. 자기 파괴행위는 선택이 될 수 없다. 단지 시간을 당겨주는 행위일 뿐이다.

"허물없이 오래 사는 건 미덕이다. 하지만 나는 너무 오래 살았구나 싶다. 쌀 한 섬만 더 먹으면 100살 아니냐. 이제 돌아가고 싶다. 말년에는 벗 하나 없어서 그렇게 외로웠구나. 내가 죽으면 이것들을 내 무덤에 묻어다오. 내가 쓰던 것들로 너희들에게는 아무짝에도 쓸모없는 것들이니 펴볼 것도 없이 그대로 묻어줘라. 평생 하던 짓이니 저승길 가면서도 마저 하면서 갈까한다."

세상을 뜨기 전, 조부의 유언 한 대목이 귓전에 울렸다. 과연 조부의 말씀 그대로였다. 이런 유품들이 누구에게 소용 있겠는가. 패러다임이 바뀐 세상이었다. 호랑이 담배 먹던 시절의 풍수관련 유물들이었다. 풍수가, 살아서 좋은 터를 잡아 웰빙하는 방법론이라거나 환경론이라면 몰라도 죽은 조상의 뼈를 묻어 복을 바라는 술법이라면 벌써 종쳐버린 얘기였다. 예외야 왜 없겠는가. 천하의 대명당이라면 모를 일이다. 그러나 그 명당이 아무에게나 잡아지던가. 덕 쌓고 복 지은

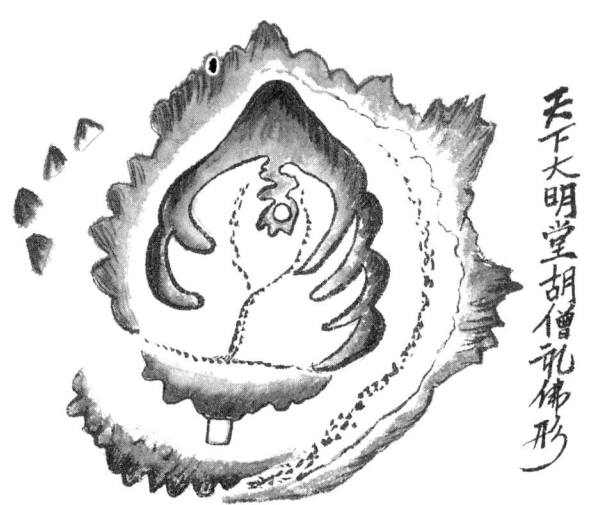

무안 승달산 호승예불혈

사람에게만 오는, 로또보다도 더 어려운 일이었다.

"얘들아, 이것 좀 봐라."

숙부가 펼쳐 보인 첩지에는 놀라운 내용이 써 있었다.

오랜 만에 햇빛을 보니 뼛속까지 상쾌하구나. 예로부터 장사지내고 3년을 전후로 면례(緬禮, 이장)하는 풍습이 있구나. 조상의 유골상태를 점검하는 의식이지. 만일 광중에 물이 찼다거나 유골에 오렴(五廉, 다섯 가지의 흉한 상태)이 들었는지 여부를 확인할 수 있지. 누런 황골이면 최고이니 제자리에 다시 모시면 된다. 나는 분명 황골이 돼 있을 게다. 하지만 이 자리는 육탈만을 위해 애벌로 마련한 임시처소였느니라. 요즘 말로 치면 텐트나 방갈로 정도랄까.

아래 도면에 내 영원한 유택이 준비돼 있다. 너희들은 날 그곳으로 옮겨주면 되느니라. 내가 생전에 말로써 크게 실수한 일이 없고, 사람과 교우하면서 믿음을 저버린 적이 없다. 당장 눈앞의 이익을 좇다가 훗날에 욕먹을 행위도 하지 않았다.

이 산도에는 혈이 여러 개 있다. 그 가운데 한 곳이 내가 영면할 자리니라. 그곳에는 이미 생전에 내가 치표를 해놓았느니라. 너희들은 그대로만 따르면 그뿐이다.

전라도 목포 시내에 하득중(河得中)이라는 사람이 산다. 성씨만 다르지 너희들과 동기간이다. 그에 관해서는 더 말하고 싶지가 않구나. 사람에게는 저마다 하늘로부터 품수한 자신의 운명이라는 게 있다. 거부할 수 없는 그것을 천명(天命)이라고 하지. 나처럼 일생을 수도자처럼 살았어도 천명을 어찌지는 못하였구나. 다만 욕된 일은 없었으니 떳떳하다.

내 유골을 수습해서 그를 찾아가면 깜짝 반가워하며 맞이할 게다. 왜냐고? 그 역시 천명이다. 그때부터는 그에게 모든 걸 맡겨라. 그가 알아서 만사를 부족함도 남음도 없이 처리하리라.

이제야말로 눈을 감는 순간이로구나. 저 창천은 말이 없이 합벽한다. 하여 우주가 무시무종(無始無終)으로 맞물려 돌아가는 관계로 본래부터 탄생도 죽음도 없는 것인데 유한한 것만 보고 유한한 것만 듣고 유한한 것만 말하는 인간사인지라 나의 돌아감을 죽음이라 이를 수밖에 없구나. 나는 아무 미련이 없다. 살아남은 너희들도 큰 허물없이 인생을 경영할 거라 믿는다.

남들 다 겪는 고통은 이미 고통이 아니다. 그 고통이 있기에 즐거움도 있으니 양팔저울 논리와 같지. 내가 할 수 있는 것은 다 했고 남은 것은 너희들의 몫이다. 길함을 좇고 흉함을 피하는 게 인생살이다. 그러나 너희가 좋다고 타인에게 해를 입히거나 세월이 흘러서 허물이 되는 위선은 하지 마라. 그것이 다행한 사람이 되기 위한 왕도다.

이 유품들 역시 그대로 묻어다오. 너희 가운데 혹시 눈 맑고 머리 밝은 이가 있어 한 번쯤 읽어보는 거야 말리지 않겠지만 세상에 내보내서는 득보다 실이 많을 것들이다. 신이명지(神而明之)는 존호기인(存乎其人)이라. 신명은 누구나 열리지 않는다. 오직 그 사람만이 가능한 법이니라. 그 사람이 있으면 가능하지만 그 사람이 없으면 어림도 없다. 나는 그 사람이었을까. 오판은 금물이다. 그 사람은 함부로 오지 않기 때문이다. 나는 보았다. 바로 그 사람 가운데 한 분이 내 스승이셨다. 나는 명문가 만석꾼의 후예로서 최고의 대학에서 공부했고 누구보다도 명석한 두뇌를 소유했다. 뿐더러 당대 최고수의 수제자였음에도 끝내 그 사람이 될 수는 없었다. 그 사실을 알았기에 일생을 은자처럼 숨어살았던 것이다.

몇 년 전, 신문에서 충격적인 기사를 보았다. 화장한 유골을 캡슐에 담아 우주로 쏘아 보내는 최첨단 장례법에 관한 것이었다. 우주개척의 선두주자인 미국인들은 참으로 놀랍다. 동양인들은 하늘이 무서워서라도 하지 못할 일을 앞 다퉈 결행한다. 만 불 가량만 내면, 비문과 함께 유골을 달나라에 매장해주는 상업용 위성업체도 있다 하니 우주명당을 잡아주는 지관이라도 양성해야 할 판국이다.

달에 최초로 묻힌 사람은 너희가 아는 바와 같이 미국의 천체지질학자 유진 슈메이커(E. M. Shoemaker, 1928~1997) 박사다. 그는 아내와 함께 1,125개나 되는 최다 소행성을 발견한 천문학자였는데 일생의 소원이 우주인이 되는 것이었다. 하지만 그는 하찮은 이유로 끝내 우주인이 될 수 없었다. 엄격한 건강검진에서 가벼운 의학적 문제로 실격당했기 때문이다. 그는 낙담을 금치 못했다. 이후로 여생을 달을 그리워하며 달 속에 묻히기를 원했다. 그의 화려한 여성편력은 달을 동경한 천문학자다운 대안이 아니었을까 싶다.

동료 천문학자들은 뒤늦게나마 그의 소망을 실현시켜 주었다더구나. 1967년 인류가 달에 첫발을 내디딘 지 꼭 30년 만이었다. 그의 미망인 캐럴린 슈메이커는 눈시울을 붉혔다 한다. 남편은 자신의 분골이 달에 묻히게 되리라고는 꿈에도 생각하지 못했을 거라고. 그래서 더 감격할

거라고.

너희들에게 묻겠다.

유진 슈메이커 박사는 과연 명당에 묻힌 것일까? 내 대답은 한마디로 '물론'이다. 살아서나 죽어서나 사람은 자신이 원하는 길을 가면 그것이 곧 명당에 들어간 것이 된다. 세상사람들 대부분은 어떤 이유에서건 자신이 원하는 길을 좀처럼 가지 못한다.

우주 안의 모든 존재는 변한다. 명당관(明堂觀) 또한 변하는 것이 순리다. 지금에 태어나서 옛것만을 고집하는 것은 망령된 것이다. 옛것을 바탕으로 날마다 새롭게 거듭나야 한다. 사람의 세포나 뼈, 심지어는 의식까지도 끊임없이 개혁한다. 그렇지 않으면 곧 죽게 되는 것이다.

사는 동안 사람들 속에 있는 명당에 들어가보지 못한 사람은 죽어서도 절대 명당에 들어갈 수 없다. 너희들은 부디 살아서나 죽어서나 명당에 들어가도록 해라. 지름길은 오직 성(誠)이다. 불성(不誠)이면 아무것도 이룰 수 없다. 성실은 복을 짓는 첫 매듭이다.

복을 지었거든 마음껏 누려라. 그렇지만 죄다 써버리지는 마라. 반드시 곤궁한 때가 온다. 나는 만석꾼 집안이 돌풍에 마른 재가 날리듯 흩어지는 광경을 목격했다. 그나마 내 대에서 몸을 낮추고 내공을 온축(蘊蓄) 했음에 너희들 대에서는 서서히 회복되는 기미를 보리라. 옛적에 어느 현자가 이른 말씀으로 변명 아닌 변명을 남긴다.

유유여부진지복(留有餘不盡之福) 하여 이환자손(以還子孫) 하라.

여유로운 복을 다 누리지 말고 아꼈다가 자손에게 돌려줘라.

— 完山人 鄭得亮 識

자손에게 이르는 조부의 유지(遺志)는 거기서 끝났다. 나머지는 얼추 훑어보니, 장장 100년 동안의 인생역정을 기록한 일종의 자서전이었다. 그것은 누구에겐가 보여주기 위한 것이 아닌 오직 당신의 삶을 정리하는 차원에서 써내려간 글이었다.

첩지를 펼쳐 놓고 정씨집안 사람들은 다소 혼란에 빠졌다. 이것은 전혀 예상치 못한 돌발사태였다. 조부 정득량이 보통사람이 아니라지만 사후 2년 후에 이런 일이 있을 것을 예단하고 모사해뒀으니, 과연 고수요, 이인(異人)이 아닌가. 동서를 넘나드는 현란한 지식이야 새삼스런 일이 아니다. 동서양 철학과 물리학, 심지어는 인터넷 서핑까지 즐기다 가신 분이셨으니까.

문제는 하득중이라는 사람의 정체였다. 성씨만 다르지 동기간이라니! 만나서 자세히 물어보기 전에는 알 수 없는 사연이었다.

또 한 가지 문제는 당신의 명당관이다. 예로부터 내려오는 풍수 법수에 의존하지 않은 명당이 가능하다는 논조인데 그것을 어떻게 받아들일 것인가가 남겨진다.

"자, 그만들 머뭇거리고 서둘러 고인의 유지나 받들자꾸나."

숙부가 진두지휘했다. 유골을 수습한 마당에 더 미룰 일이 아니었다. 화장하지 못하고 지정한 터에 면례해야 한다면 서둘러야 했다.

묘역을 평탄하게 골라놓고 준비해간 소나무를 심었다. 그 사이 정 차관과 정 교수는 목포의 하득중이라는 사람에게 전화를 걸었다.

"네, 제가 하득중이올시다."

여비서가 연결해준 전화를 받는 사내는 노숙한 음색이었다. 숙부 또래쯤으로 짐작되었다.

"저는 대구 정 득자 량자 되시는 분의 손자입니다. 저는 현직 차관이지요."

정 차관이 자신의 신상을 밝혔다.

"아, 예, 잘 알고 있습니다. 전화 기다렸습니다."

처음에는 당황하는 기색이더니 이내 예상했던 일로 받아들였다. 조부의 첩지 내용은 과연 믿을 만한 것이었다. 정 차관이 오늘 있었던 일을 말해주자, 저쪽에서는 당장 모시고 오라 한다.

"인부들은 필요 없습니다. 제가 여기서 조그만 토건업을 합니다. 선생님 유골 수습해서 가족들만 오십시오. 불편함 없이 모시겠습니다."

하득중 씨는 조부에게 선생님이라는 호칭을 썼다. 이로써 다른 엉뚱한 상상은 하지 않아도 되었다.

"전화로 외람되지만 너무 뜻밖의 일이어서 여쭙니다. 저희 조부님과는 어떤 관계신지요?"

"그런 건 만나서 말씀 나눠도 충분합니다. 지금 바로 서둘러 오십시오. 기다리겠습니다."

대구에서 목포 가는 동안 미니버스 안은 그야말로 난상토론장이 되었다. 특히 앨빈은 한국의 장례문화가 이렇게 오묘한 문화유산이라는 걸 처음 알았다며 흥분을 감추지 못했다. 죽은 자의 무덤을 열어서 그동안 교감이 없었던 타인과 새로운 인연을 짓는 일이야말로 삶과 죽음의 경계를 넘나드는 교신이라고 했다. 뉴욕의 성자다운 분석이었다.

"놀랍습니다. 이거 이름난 묘지들은 유네스코에 등록해서 보호해야 하는 거 아닐까요? 한국의 풍수, 믿고 안 믿고 문제가 아니라 특이하고 의미심장한 문화유산입니다."

앨빈은 누구도 생각지 못한 발상을 했다.

반면에 뒷좌석에 처박힌 강 박사는 아까부터 줄곧 침묵했다. 바로 조부가 남긴 기록들에 혼을 빼앗기고 있었던 것이다.

한반도 남녘의 동서를 가로지르는 88올림픽도로를 탔다. 광주에서 다시 남서쪽으로 내려가는 길은 멀었다. 목포에 당도하니 날이 저물고 있었다. 험준한 낙동정맥에서 출발하여 가야산, 지리산을 지나 자작

나무 가지처럼 섬세하고 구슬처럼 올망졸망한 평야지 산들과 만났다.

하득중 씨는 목포의 부호였다. 전화로 밝힌 것처럼 조그만 토건업자가 아니었다. 규모가 큰 토건업이었고 선박도 수십 척이나 가지고 있었다.

"잘 오셨습니다. 이렇게 뵐 날을 고대했어요. 정득량 어르신은 돌아가신 제 선비(先妣)와 의남매를 맺으신 분입니다. 두 분은 서로 만날 때나 못 만날 때나 평생 동안 변함없는 우정을 나눴지요. 그러니 우리도 한가족인 셈입니다."

그는 칠순이 넘었지만 건장했고 활동적이었다.

"선비의 함자가 어떻게 되는지요?"

숙부가 물었다.

"진주 하씨입니다. 지(智)자 인(仁)자를 쓰셨지요."

"하지인 … ."

숙부가 되뇌었지만 아주 낯선 이름이었다.

"일제 때 서울에서 공부하면서 지은 인연들이랍니다. 자, 호텔에서 묵는 게 편하시겠지만 어르신 유골도 있고 하니 제 집으로 가시지요. 그래야 고인이나 제 마음이 편할 것 같습니다."

이쪽 사람들만 일곱이었다. 아무리 잘 사는 집이라 해도 치러내기 쉽지 않은 손님이었다. 하지만 하득중 회장은 한사코 일행을 집으로 데리고 갔다. 유달산 기슭의 저택으로 밤바다가 한눈에 조망되었다. 검은 바다 위로 등을 밝힌 배들이 점점이 떠 있었다. 저 밤바다에서 항로가 서로 다른 배들이 무심코 스치다가 도킹한 거라고 할 수 있을까. 참으로 기이하고도 재밌는 해후였다.

강 박사는 가든파티가 된 저녁식사 도중에도 줄곧 정득량이 남긴 글에 생각이 가 있었다. 주체할 수 없을 정도로 숨 막히고 눈을 뗄 수 없게 만드는 대하드라마였다. 하, 지, 인! 그랬다. 분명 그런 이름도 몇 차례 등장했었다. 그런데 그녀의 아들인 저 사람은 왜 하씨인가? 같은 하씨라도 본이 다른 하씨 성의 아버지를 둔 것인가. 아직 절반도 훑어보지 못했으니 더 보다보면 내막을 알 수 있을지도 모른다. 그것은 지엽적인 것이다. 더 중요한 건, 앨빈의 지적대로 어떻게 죽은 자를 매개로 하여 생전에 알지 못하던 사람과 만나고, 이처럼 중대한 일을 도모할 수 있는가의 문제였다.

강 박사는 술자리로 이어지는 가든파티 현장을 슬그머니 빠져나왔다. 정한수 교수가 그를 목격했지만 가볍게 웃어주었을 뿐이었다. 두말할 것도 없이 그가 올라간 곳은 숙소였다. 가방 속에는 정득량의 노트가 들어 있었다.

가든파티는 여름밤이 이슥토록 벌어졌다. 이따금씩 웃음소리가 2층 방까지 날아들어 왔지만 강 박사는 귀신에 홀린 사람처럼 노트에 몰입되었다. 그는 그날 밤을 꼬박 지새웠다.

정 차관이 공무 때문에 시간이 촉박했으므로 새벽부터 움직였다. 하득중 회장은 열성과 추진력이 타의 추종을 불허했다. 아들들이 있었지만 어떻게 끼어들 여지가 없었다. 그의 진두지휘로 면례작업이 시작되었다. 날이 밝기도 전에 승달산 현장으로 트럭을 올려보냈다. 일행이 아침을 드는 동안 미리 작업을 해놓기 위함이었다.

승달산 남록 월선 저수지 윗마을.

지프 두 대에 나눠 탄 사람들이 마을을 통과하여 키위농장 위쪽으로 등산하기 시작했다. 명혈이 있다는 소문이 세상에 난 지 수백 년이나 되었기에 어지간한 곳에는 반드시 봉분이 조성돼 있었다. 산역하는 곳이 그리 높지 않은 지점이어서 10여 분쯤 걸어올라 가니 그 자리에 당도했다.

강 박사는 로또복권을 연상했다. 수많은 사람들이 복권을 사고 염력을 넣은 숫자를 기입하지만 그 가운데 1등에 당첨될 확률은 몇백만 분의 일이었다. 이 땅 사람들이 수백 년간 명당차지를 위해서 들인 공도 똑같지 않을까. 아무 데에 가면 어떤 명당이 있다고 비결이 담긴 책자가 떠돈다. 하늘이 감추고 땅이 숨긴 대지를 찾아내는 고수들의 이름이 저자로 둔갑한다. 이른바 결록(訣錄)이라는 책들이었다. 사람들은 혈안이 되어 그 결록에 나와 있는 보물지도 같은 산도(山圖, 명당을 조감하여 생략법으로 그려놓은 도면)와 몇 구절의 지문을 길잡이 삼아서 온 산을 뒤진다. 어렵게 터를 잡아 묘를 쓴 사람들은 자신들이 결록에서 말한 명당에 제대로 썼다고 믿는다. 이제 세월을 기다리기만 하면 된다. 하지만 좀처럼 복 받는 기미가 나타나지 않는다.

뗏장이 쌓여있고 인부들이 광중을 파내고 있었다. 시간을 아끼며 빈틈없이 진행되는 산역이었다.

정득량이 제대로 묻힐 자리는 누가 봐도 천하명당이었다.

둥글넓적하고 도톰하게 올라온 혈자리에 서보면 누구나 주인공이 된 기분이었다. 그림 같이 수려한 만산(萬山)이 이곳을 겹겹이 감싸고 보호한다. 천 리를 달려온 산맥이 더 이상 달려나가지 못하고 멎은 곳에 은어떼처럼 반짝이는 영산강이 감아 돌아서 멀리 바닷물과 합류한다. 그야말로 산진수회(山盡水回, 산이 다하고 물이 감돎)다. 가지 끝에 과일이 열리듯 산천은 이런 곳에 혈자리를 만든다. 이름하여 호승예불형 명당이다.

뒤로는 광주 무등산이 힘을 실어주고 섰고, 겹겹이 쌓은 오른쪽 좌청룡 너머로 월출산이 솟구쳤다. 앞쪽 안산은 열두 봉우리인데 예불하는 노승을 시봉하는 열두 상좌를 상징한다. 상아를 깎아 놓은 것처럼 특립한 봉수산은 영락없이 홀기(笏記)를 쥔 모양이고 구름 너머로 유달산이 모란꽃처럼 피어났다. 오른쪽으로 동글동글한 봉우리들이 연달아 둘렀는데 노승의 백팔염주다. 그 뒤로 힘찬 산맥들이 호종하니, 노승이 입은 가사장삼이 바람에 날리는 형국이다. 노승께 문안 올리던 제자가 그만 염주 한 알을 떨어뜨리니 명당수(明堂水, 좋은 터 앞을 흐르는 물)가 흘러가는 수구(水口)에 원봉을 지었다.

일품 화공도 이처럼 빼어난 종교의식 장면을 묘사할 수는 없다. 오직 하늘의 조화라야 가능한 일이다. 생동하는 애니메이션 한 장면이로되 말로 표현하지 못할 영성이 담겼다.

"지시한 것처럼 세 자쯤만 팠나?"

"네, 회장님!"

산역을 지휘하는 현장소장이 머리를 조아렸다.

"지금부터는 조심스럽게 파라. 곧 사발이 나올 것이야."

하득중 회장이 직사각형으로 반듯하게 파여진 조성된 광중을 들여다보며 일렀다. 현장소장이 광중에 뛰어들어 손수 삽질을 하기 시작했다. 모두가 광중에 빙 둘러서서 주시했다. 평범한 흙이 나오고 있었다. 두 자쯤 더 파 들어갔을까.

"나왔습니다, 회장님!"

하얀 사기 사발 하나가 나왔다. 안에 재가 가득 담겨 있었다. 재를 털어내자, 바닥에 먹물 글씨가 나타났다.

下元 甲子 元年 東萊鄭家 得亮 置標

하원갑자 원년이면 1984년이었다. 그 해에 정득량이 묏자리 표시를 해놓았다는 내용이었다.

1984년이면, 고시를 패스한 정 차관이 서기관으로 승진한 해였고 정한수 교수는 박사논문을 준비하던 해였다. 정 교수의 부친은 회사에서 정년을 앞둔 시점이기도 했다.

조부 정득량은 그해 어느 날엔가 이곳에 와서 이 사발을 묻었다. 자손들 누구도 모르게 했고 오직 이 사람, 하득중만 대동하고서였다고 한다. 두 사람은 그 위에 야생난초들을 심었다. 진달래와 뒤섞인 난초밭이어서 남의 눈에는 별반 띄지 않는 두 사람만의 표식이었다.

"됐다. 이제 한 자를 더 파라. 소장은 그만 나오고 삽질 잘하는 인부가 들어가서 파도록 해."

두 사람이 번갈아가며 광중을 파들어갔다. 그때 바닥에서 밝은 기운이 비쳐 올라오기 시작했다. 구경꾼들이 야릇한 눈빛들이 되었다.

"자, 이제부터 나오는 흙은 따로 받아야 쓴다."

하득중 회장의 말이 떨어지기가 바쁘게 현장소장이 천을 깔았다. 노랗고 붉은 빛을 띤 딱딱한 흙이 천 위에 쌓였다. 꼭 시루떡 같았는데 만지면 단단한 느낌이다가도 힘을 주면 분가루처럼 미세하게 부서졌다.

"여인네들 화장품으로 쓰는 분가루 같지 않습니까? 비석비토(非石非土), 돌도 아니고 흙도 아닌 최고의 혈토(穴土)입니다. 촉촉하되 질퍽하지는 않죠. 색깔도 붉고 또한 노랗지 않습니까? 이런 것을 홍황자윤(紅黃滋潤) 한 혈토라고 하는 겁니다."

둘러선 사람들이 일제히 손으로 만지기 시작했다. 앨빈은 엄지와 검지로 비비더니 얼굴에 찍어 발라보았다. 강 박사는 한술 더 떠서 입으로 가져서 맛을 보고 있었다. 이 깊은 땅 속에 이처럼 특이한 흙이 들어있다는 게 신비했다. 마치 삶은 계란 껍데기를 벗겨내고 다시 흰

자를 벗겨내면 황금빛 노른자가 나오는 것과 같았다.

"이것이 천지의 오묘한 조화지요. 어르신께서는 이곳에 여덟 자 깊이까지 이런 혈토가 있다 하셨지요. 위로 한 자 반, 아래로 한 자 반 해서 세 자가량의 혈토층이 있는데 정확히 그 가운데에 모실 겁니다. 이러면 100년이 가도 황골로 보존된다 하셨습니다."

곧 유골이 짜맞춰졌고 유품상자도 함께 매장했다.

"자네가 필요하다면 책들과 노트는 빼도 좋겠는데 … ."

정 교수가 강 박사에게 제안했다. 정 차관도 고개를 끄덕였다. 그런데 숙부가 정색을 하며 쐐기를 박았다.

"안 되네. 당신께서 지하에서라도 보실 것들이야."

"물론입니다. 제가 얼추 다 보았는걸요."

강 박사가 사양했다. 아쉬운 기색은 어디에도 없었다. 정 교수는 강 박사의 자료욕심이 남다른데 예상 밖이라고 생각했다.

혈토층이 다 덮이자 하득중 회장은 석회를 버무려서 위를 다졌다. 혈토에는 본래 물이 들지 않지만 혹시라도 건수가 침입하는 걸 막기 위함이라 했다. 그 위로 평평할 때까지 흙을 채웠다. 이로써 평토가 끝난 것이다.

이제 평토제(平土祭)를 지낼 차례였다. 하득중 회장은 목패에 신주까지 써서 준비해 놓고 있었다. 주·과·포를 진설하여 제사를 올렸다. 조상이 편안히 잠들도록 비는 의식이었다. 예법의 하나가 장례요, 면례였다.

이후의 일은 일사천리로 진행되어 금시 봉분이 만들어지고 뗏장이 입혀졌다. 거짓말 같은 산역이었다.

"정 차관께서는 공무로 바쁘실 테니 그만 내려가셔도 됩니다. 시간 여유가 있을 때 다시 내려와 예를 갖춰요."

하득중 회장은 참으로 무던하고 웅숭깊은 사람이었다. 정씨집안 사람들은 허리 굽혀 감사하면서 조부 정득량의 음덕을 칭송했다. 생전에 아름다운 인연 가꾸기를 한 사람만이 이런 대접을 받을 수 있었다.

"저 앞에 예쁜 산 있지요? 그 아래 저 묏자리가 저의 선비 유택이올시다. 물론 이 어르신께서 잡아주신 자립니다. 그곳에서도 여기 못잖은 오색 혈토가 나왔지요."

하득중 회장이 정 차관에게 일러줬다.

"정확히 두 분이 마주보고 있군요. 저쪽 분이 이쪽 분을 향해 예를 올리시는 형국이란 말씀입니다."

강 박사가 의미심장한 말로 해석했다.

"정말 그렇군요."

현장소장이 무심코 대꾸했다.

정씨집안 사람들과 하득중 회장의 얼굴이 굳었다. 양편 모두 복잡한 생각을 달리는 기색이 완연했다. 뉴욕의 성자 앨빈은 강 박사와 정 교수, 하득중 회장을 번갈아보면서 탐정 같은 자세로 깊은 눈을 굴렸다. 누군가를 위로하는 일이라면 몰라도 오래 묵은 비밀을 추적하기에는 전혀 어울리지 않는 눈빛이었다.

이 방면 고수는 따로 있었다. 강 박사였다. 지난밤, 일찌감치 가든파티 장소를 빠져나온 강 박사는 숙소로 올라왔다가 아무도 몰래 시내에 다녀왔다. 돌아올 때 그의 손에는 아까의 곱절이 되는 분량의 서류 뭉치가 들려 있었다.

2
산객(山客)

기이한 만남

탑이 있었다.
크고 작은 탑들이 무리지어 창공을 이고 있었다.
진안 마이산(馬耳山), 한 쌍의 말귀처럼 쫑긋하게 선 바위산은 숱한 전설과 비밀을 머금은 채 운무에 가려졌다가 걷히기를 반복해왔다. 동쪽 봉우리와 서쪽 봉우리 사이의 천황문 쪽에서 바람이 몰아치면 운해는 은가락지처럼 봉우리 상층부를 휙휙 감돌았다. 흡사 두 봉우리가 쑥쑥 자라나는 것처럼 보였고, 운해에 더 가려지면 용이 승천하는 광경처럼 보였다. 실제로 이곳에 사철 부는 바람은 산이 지닌 기묘한 형세로 인해 상승기류를 형성한다. 그 증거로 한겨울에 정화수를 떠다 놓으면 중앙에 막대기를 세워놓은 것처럼 고드름이 맺혀 올라왔다. 위에서 아래로 열리는 게 아니라 아래에서 위로 올라가는 역(逆)고드름

운해에 싸인 마이산

이었다. 중력을 이기는 비밀스러운 힘이 자기장처럼 포진되어 있다는 증거다.

여름에 비가 내리고 운해가 걷히면 물기를 머금어 검어진 바위 봉우리 여기저기에서 하얀 폭포가 장쾌하게 쏟아졌다. 그것은 천지의 장엄한 무대에 연출되는 한 편의 행위예술이었다.

백두대간이 힘차게 뻗어내리다가 덕유산을 만들고 다시 남으로 달리다가 백운산 못 미쳐 영취봉에서 서쪽으로 갈래를 친다. 그 맥이 U턴하여 북으로 치솟아 오르다 동봉과 서봉을 빚었으니 운장산과 대둔산, 계룡산을 만드는 천을(天乙), 태을(太乙) 귀봉이 된다. 음과 양으로 짝짓기를 좋아하는 사람들은 이 동봉과 서봉을 두고 부부봉이라 했고, 글깨나 읽은 문사들은 문필봉이라 불렀다. 겨울에 눈이 내리면 두 봉우리는 영락없이 흰 붓에 먹물을 찍어놓은 형상이었기 때문이다. 그 붓으로 하늘에 써내는 글이야말로 성경(聖經)이 될 것이었다. 종파를 떠난 우주의 경전이었다.

탑은 산의 남쪽 엄마봉우리 아래 옴팡진 계곡에 있었다. 조선 팔도 명산의 자연석을 날라다가 쌓았다는 원추형의 음양오행탑(陰陽五行塔)은 바람에 흔들리면서도 절대 무너지는 법이 없는 신비한 탑이었다.

그곳에서 도(道)를 닦아 우주의 비밀을 캐고 현묘(玄妙)한 세계에 들겠다는 사람이 시대마다 끊이질 않았다. 산 주변에 금당사나 은수사를 비롯한 암자가 여럿이고 천연의 동굴 수행터도 많았다. 고금당이나 태자굴, 화엄굴이 그것들이었다. 강한 기운이 흐른다는 혈사(穴舍)로서 전국에서 도인들이 몰려들었고 신탁을 받으려는 샤먼들도 뒤를 이었다.

하지만 그들은 음양오행탑이 있는 곳에는 얼씬도 하지 못했다. 참나무와 싸리나무, 칡덩굴, 다래 머루덩굴이 쫙 절어 있어서 대낮에도 북두칠성이 보일 정도로 음침했다.

그처럼 무서운 곳에도 임자는 있었다.

이갑룡(李甲龍).

1860년 경신(庚申) 생. 평범한 사람으로 태어나, 오랜 수행 끝에 자신의 한계를 뛰어넘어 급기야 도사(道士)의 경지에까지 이른 인물. 세종대왕의 둘째 형이었던 효령대군의 16대손으로 전북 임실(任實)에서 나고 자랐다. 일찍부터, 그러니까 젊은 시절 각별한 만남이 있은 뒤로부터 전국 명산을 떠돌며 기도를 해오다가 스물다섯 살 나던 해에 이곳 마이산 탑골에 들어와 산막을 짓고 수행자의 길을 걸었다. 말이 그렇지 홀몸으로 원시림이나 다름없던 곳을 정리하여 하늘을 드러내고 무너진 탑을 다시 일으켜 세우는 작업은 고달팠다. 신심과 강단으로 뭉친 그가 아니면 어림도 없는 일이었다.

그는 왜 이곳에 들어와 몸을 던졌을까.

동기는 어느 기이한 만남이었다.

대군의 자손이라고는 하지만 조선왕조가 이미 이울어 가는 해였고, 이래저래 거덜난 살림이었다. 떠돌이가 되고 싶어서 바람과 벗한 게 아니었다. 산기도가 좋아서 이 산 저 산을 쏘댔던 게 아니었다. 찢어지는 가난 때문에 늘 배를 곯아가며 컸고 서당은 구경도 못해 봤다. 그래서 까막눈이었다. 창호지 한 장 먹칠해본 적이 없었고 몽당붓 한 자루 굴려본 적이 없었다. 무지렁이 팔자였다. 영락없이 그날그날 품이나 팔아서 죽이나 쑤어먹고 살다가 고꾸라질 인생이었다.

그러다 열여섯 살에 부모상을 당했다. 가문이 기울대로 기울었지만 그래도 대군의 자손이었다. 주자가례에 따라 3년 시묘를 살았다. 효성이 남달랐지만 오두막에서 사나 무덤 근처 움막에서 사나 거지같이 살기는 일반이었다.

3년 시묘가 끝나가던 어느 날이었다.

"젊은이."

움막에 행각승 하나가 기어들었다. 행색을 보니 말이 중이지 거지도 그런 상거지가 없었다. 이쪽이나 그쪽이나 이름이 사람이라니까 사람이었지 꼴은 짐승의 행색이었다.

"젊은이, 윽!"

신세 좀 지자는 모양인데 마다 할 기회조차 없었다. 움막에 들자마자 맥없이 고꾸라진 것이었다. 보아하니 병든 중이었다. 햇빛과 바람에 찌든 얼굴은 흉측했고 도무지 나이를 짐작할 수가 없었다. 중의 목숨은 거의 다 끊어져가고 있었다. 시묘하던 움막에서 떠돌이 중의 송장까지 치워야 할 판이었다. 지지리도 운 없는 인생살이였다.

이제 겨우 소년티를 벗은 갑룡은 쓰러진 중을 간병하기 시작했다.

자리를 만들어 편히 뉘고는 사지를 주물렀다. 한참을 주물러도 제정신이 돌아오지 않았다.

"으으음… 으어이 끄응!"

도리 없이 비상시에 쓰려고 간직해뒀던 우황을 꺼냈다. 아까웠지만 사람 목숨 구하라고 있는 약이었다. 못 배우고 없어서 그렇지 본시 마음 하나는 선량한 사람이었다. 더운물에 매매 으깬 뒤, 입 안에 흘려 넣어 주었다. 그런 다음, 정성을 다해 사지를 주물렀다. 그렇게 얼마를 기다렸을까. 다 죽어가던 얼굴에 생기가 돌아오더니 나무껍질 같은 입술이 움찔했다.

"무, 물을 좀…."

환한 얼굴이 된 갑룡은 수저로 더운물을 떠 넣어주었다. 드디어 병든 중은 힘겹게 눈을 떴다. 눈꺼풀에 부기가 심했다. 숫제 소도둑같이 생긴 눈이었다. 게다가 눈썹은 필요 없이 짙고 무성했으며 홍투성이 이마와 볼에서 풍기는 기가 탁했다. 어쩌면 이리도 괴상망측하게 생겼을꼬. 그래도 사람이겠거니.

"정신이 드시오?"

'스님'이라는 말이 차마 안 나왔지만 그래도 살아나니 반가웠다. 이것이 어짊이었다. 죽음보다 삶을 바라는 본능이었다.

"고맙소. 다 간 저승길… 문턱 높아 되돌아왔구려."

"어쩌다가 이리 되도록?"

"용(龍)에 미쳐 떠돌다 몸을 망쳐버렸네."

지금 이 떠돌이중이 무슨 말을 하고 있는 것인가. 용이라니. 갑룡은 황당했다. 아무래도 정신까지 어떻게 된 중이었다.

"저 바랑 좀."

갑룡이 누더기처럼 기운 쥐색 바랑을 갖다 주자, 중은 몸을 일으키려고 용을 썼다. 갑룡이 상체를 부축해 앉혔다. 그러자 중은 바랑을 헤치더니 그 가운데서 작은 죽통을 찾아냈다. 손때가 묻어 반질반질한 통이었다.

중은 옷을 벗으려 했다. 영문도 모르는 갑룡이 옆에서 거들었다. 뭘 하려는 것인지 짐작이 가지 않았다. 중은 곧 털 빠진 쥐새끼처럼 알몸이 되었다. 왜소하고 볼품없게 고부라진 체구였다. 등 굽은 상반신이 눈에 띄게 부어 있었다.

편안히 가부좌를 틀고 앉은 중은 죽통을 집어들었다. 죽통 안에서 여러 종류의 은침이 나왔다. 그러나 침을 골라잡는 자세에서 이제껏 찾아볼 수 없었던 기품이 묻어났다. 고통스러워하며 얼굴을 일그러뜨리던 기색은 온데간데없고 진지하고 엄숙한 풍모마저 배어 나왔다.

갑룡은 의술을 배운 중이라고 생각했다. 무턱대고 업수이 여겨도 괜찮을 사람은 아닌 듯했다.

이윽고 눈을 감은 중.

호흡을 고르는가 싶더니 이내 침을 찌르기 시작했다. 자신의 몸에 스스로 하는 침질이었다. 먼저 머리와 얼굴 경락을 짚어 차례로 침을 찔렀다. 눈을 감은 채 손가락으로 더듬어 경락을 찾았고 손가락이 떠난 자리에는 여지없이 침이 꽂혀 있었다. 침을 다루는 솜씨가 예사로 보이지가 않았다. 침 자리는 상반신에서 하반신으로 차츰 내려가고 있었다. 침질을 멈췄다.

"젊은이. 손을 좀 빌리려네."

다 끝난 것이 아니었던가.

굽은 등을 곧게 펴 들이대며 중이 말했다. 중은 척추뼈가 앙상한 등 뒤로 손을 돌려 엄지로 척추경락을 찾았다.

"이곳에 이 침을 곧추 찔러주게."

그러면서 침을 건네줬다. 갑룡은 난감했다. 한 번도 다뤄보지 않은 침이었다. 엉겁결에 침을 받아 쥔 갑룡은 파르르 손을 떨었다.

"죽은 고목나무에 못 친다고 여기게. 그러면 별 거 아닐 걸세."

실제로 중의 살갗에 손을 대보니 고목이 다 돼 있었다. 갑룡은 중이 짚어준 경락에 마지막 침을 찔렀다. 이물스런 느낌의 살갗 깊숙이 침이 꽂혔다.

"부탁 하나 더하세."

갑룡을 향한 시선에 간절함이 실렸다.

"무슨 일이온지 … ."

"보아하니 어렵사리 시묘하는 몸 같은데 형편이 어렵겠지만 신세진 김에 더 질까 하네. 나는 본시 하늘을 이불 삼고 땅을 자리 삼고 떠도는 중. 이 깊은 산중 길에서 한낱 미물처럼 쓰러져 죽을 처지였네만 다행인지 불행인지 젊은이의 움막을 만났다네. 그래서 벌레 같은 목숨을 건졌네만 몸에 병이 깊어 거동이 불가하게 생겼네. 약을 좀 쓰면 어떻게 아쉬운 대로 일어날 것 같은데 가진 게 없다네. 내가 거렁뱅이 꼴로 팔도를 쏘대지만 본래 그렇게 근본 없는 땡추는 아니니 좀 적선하시게. 세상의 많은 공덕 가운데 사람 목숨 살려내는 일이 제일 중한 것 아니겠는가."

잉어와 적두(赤豆, 붉은팥), 진피(陳皮, 귤껍질 말린 것)를 구해다가 탕약을 지어달라는 부탁이었다. 우선 신장(腎臟)에 도진 병이라도 다스려서 일어나고 봐야겠다는 말이었다. 넉살 한 번 좋은 객승이었다. 서까래조차 없이 겨우 움집이나 짓고 사는 형편인데 대들보를 내놓으라고 하니 어이가 없었다. 적두야 마을에 내려가 어떻게 아쉬운 소리를 하면 된다지만 땡전 한 푼 없이 무슨 수로 진피와 잉어를 구한단 말인가.

그래도 갑룡은 천성이 착했다. 우선 사람부터 살려놓고 봐야 했다. 마을 부잣집에 내려가 사흘 선품을 팔기로 하고 탕약재료를 구했다. 죽으라는 법은 없다고 혹시나 싶어서 주막집에 들르니 마침 잉어 한 마리를 잡아와 술을 바꿔 먹는 사내도 만났다. 비지땀을 흘리며 움막으로 돌아오니 객승의 주문이 까다롭다.

"약은 정성이오. 이제부터 잘 들으시오."

잉어의 내장을 발라내고 흐르는 물에 깨끗이 씻은 뒤, 그 뱃속에 팥과 진피를 넣은 다음 실로 묶으라 했다. 물을 적당량 붓고 소금을 치고는 푹 고란다. 갑룡은 이왕 쓰는 인심, 어쩌나 보게 잘 해주자고 맘 먹었다. 정성을 다해 탕을 지어 올렸다. 일시에 부기를 빼준다는 일명 적두리어탕(赤豆鯉魚湯)이었다.

객승은 땀을 뻘뻘 흘려가면서 그 탕을 다 들었다. 그러고는 잠에 곯아떨어지더니 하루가 지나서야 비로소 자리를 털고 일어났다.

"부친의 시신이 복시혈(伏屍穴, 무덤 속에 물이 차서 시신이 뒤집어지는 자리)이군. 형편이 닿는 대로 속히 이장(移葬)하게."

객승의 입매에 힘이 실렸다. 실없이 이죽거리는 말이 아니라는 뜻이었다. 하지만 이 무슨 해괴망측한 소리인가.

"시신이 엎어졌다는 말일세."

"그럴 리가요? 이제 겨우 장사지낸 지 2년째요."

제까짓 게 중놈이면 중놈이지. 슬쩍 겉만 보고서 어찌 땅속 사정을 알아내랴. 갑룡은 씨도 안 먹히는 흰소리로 여겼다.

"산공부로 이날 입때껏 보냈네. 풍수에 눈이 떴다는 얘길세. 믿어지지 않거든 파보게. 만약 내 말이 사실로 드러나거든 저 앞산 염소의 발처럼 갈라진 그 틈새에 이장하게. 얼굴을 보니 세속에서는 팔자 편한 인생이 못 되네. 나처럼 떠돌면서도 몸과 마음을 닦는 수행생활을 한다면 그대는 몰라도 후손이 영화를 누리게 될 걸세. 자네가 공부하는 터가 바로 자손만대 영화지지야."

떠돌이 중은 갑룡의 얼굴을 빤히 쳐다보면서 말했다. 관상을 보는 듯했다. 풍수는 흔히 관상도 잘 본다는 말이 떠올랐다.

이 자는 풍수를 보는 술승(術僧)이로구나.

그래서 아까 용에 미쳐서 떠돌다가 몸을 망쳤다고 한 모양이었다.

"머릴 깎고 중이 되라는 말씀입니까?"

"머리가 길어도 중 팔자고, 깎아도 중 팔잘세. 그대 편한 대로 하구려. 하지만 그대의 후손들은 대대로 중노릇을 하게 될 게야. 탑들이 보이는군. 자네와 자네 후손들이 거기서 치성을 드리고 있구먼."

뭔 소린지 알다가도 모를 말뿐이었다. 아무것도 없는 허공에서 허깨비라도 보면서 말하는 눈치였다.

"그럼 나는 이만 떠나네. 고맙다는 말은 않겠네. 그럭저럭 주고받은 게 있는 셈이려니."

세상에 전설처럼 떠도는 괴승(怪僧) 미후랑인(獼猴狼咽).

풍수의 대가인 이 괴승은 무안 승달산(僧達山)을 답사하고 오던 길에 쓰러졌다가 그렇게 목숨을 건지고 떠나갔다. 자신이 주석하고 있는 계룡산 동학사를 향해서.

그러나 시묘하는 청년 갑룡은 물론 마을사람 누구도 그를 알아보지 못하고 있었다. 그는 본래 그런 인물이었다. 흉측한 외모와 처신 때문에 불리는 이름 그대로 원숭이처럼 승냥이처럼 그렇게 재주 부리고 떠돌면서 자신의 업보를 닦아가고 있었다.

이름도 모르는 객승을 떠나보내는 갑룡의 심사는 황당무계했다. 무엇에 단단히 홀린 느낌이었다. 과연 믿어도 될 말인가. 모신 지 2년 만에 파묘(破墓)라니 영 내키지 않았고 이장은 더 어려웠다. 그것도 밥술 깨나 뜨는 사람들의 사치였다. 객승의 말에 속아 조상의 무덤을 파고 쫄딱 망했다는 말을 들을 것만 같았다. 그래서 그냥 놔두기로 했다. 그런데 그날 밤부터 도무지 잠이 오지 않았다. 잠자리가 물에 흥건히 젖어 있는 느낌 때문이었다. 그렇게 사흘 밤잠을 설치니 멀쩡한 사람도 맥없이 누워 죽을 판이었다.

에라, 더 거덜날 것도 없는 몸뚱이 하나. 설마 이보다 더 못돼서 요절하기밖에 더하랴.

갑룡은 날을 잡아서 묘를 파보기로 했다. 시묘하는 처지에 자신이 부모의 유택을 허물기가 뭣해서 삯꾼을 불렀다.

"자네 미쳤나! 멀쩡한 무덤을 왜 파본다는 게야?"

"아무튼 파기나 하세요."

"허허. 별꼴을 다 …."

삯꾼은 산역을 하면서 영 내키지 않아 했다.

한 식경 뒤, 상황은 뒤바뀌었다. 과연 시신은 물에 둥둥 떠서 뒤집혀 있었다. 귀신이 곡할 노릇이 아니고 뭔가. 체백은 아직 썩지 않고 있었고 머리는 다복솔처럼 자라 있었다. 갑룡은 그제야 객승이 떠난 길을 우두커니 바라다봤다. 며칠 전에 떠나가 버린 병든 중은 돌아가신 선친의 혼령이 보낸 사자 같았다.

내친 김이었다. 그대로 이장까지 마무리지었다. 이장해 놓고 보니 까막눈이 봐도 괜찮은 자리였다. 한 가지 맘에 걸리는 건 고향을 등지라는 말씀이었다. 수행자 팔자라서 저간의 삶이 이토록 고달팠던 것인가. 그래, 한 번 수행길에 나서보자. 장부의 한 생을 기도로써 보내도 헛되지는 않으리.

갑룡은 그 뒤 홀연히 마을을 나서서 바람의 혼이 되었다. 그는 북쪽으로 발길을 잡았다. 바람을 마시고 걸었고 날이 저물면 길에서 잠을 청했다. 일이 있으면 품을 팔았고 산천이 빼어난 곳을 만나면 기도했다. 온 나라에 그의 짚신발자국이 안 찍힌 곳이 없었다. 그 동안 그 자신이 떠돌이였고 또 다른 거지 괴승이었다. 그리고 자그마치 6년이 지나서 지팡이를 꽂은 데가 이곳 마이산 탑골이었다.

바로 여기다. 이곳이 내가 뿌리내릴 터다. 등잔 밑이 어둡다고 이처럼 가까운 곳에 기도터를 놔두고 사방팔방을 떠돌았구나.

그는 확신했다. 그는 아직 젊었고 신심이 하늘의 별까지 뻗쳤다. 덩굴 숲을 파헤쳐가면서 도량을 만들어갔다. 양식도 없었다. 배가 고프면 칡뿌리를 캐 먹었고 기운이 달리면 호흡을 했다.

그가 시묘할 때, 신세를 지고 떠난 괴승이 전설적인 풍수지리가라는 걸 안 것은 고향을 떠나 무작정 북쪽으로 떠돌 때였다. 그러니까 아마 2~3년 가량 뒤였을 것이다.

청년 갑룡은 탑이 있는 골짜기면 어디든 가서 그곳이 자신이 머물 만한 곳인가를 살피고 다녔다. 아직 마이산 탑골을 찾지 못한 때였다. 원래 가까운 곳은 정작 잘 모르면서도 무시해버리고 먼 데 있는 것만 찾아다니는 게 사람의 생리였다. 가장 소중한 것들은 자기 주변에 있다는 걸 깨달으면 이미 철이 든 것이고 늙은 것이었다.

그는 어느덧 원주 치악산(雉嶽山)을 더듬고 있었다. 황골 입석마을에서 인상적인 탑을 만났다. 태종이 그의 스승 원천석(元天錫)을 위해서 쌓았다는 탑이었다. 원천석은 두문동 72현 가운데 하나인데 고려조의 신하로서 조선조의 신하되기를 거부하고 이 산에 들어와 은거한 학자였다. 그는 태종 이방원의 어린 시절 스승이었고 왕위에 오른 태종이 여러 차례 불렀으나 원천석은 끝내 치악산 삿갓바위 처소를 나오지 않았다.

치악산 서쪽 황골 남쪽 돌갱이 마을에는 원천석의 묘가 있었다. 벌의 허리처럼 잘록한 봉요혈(蜂腰穴)로서 소문난 명당이었다. 무학대사의 소점(所占, 묘를 잡음)이라고 전하며, 백호 줄기에 올라서 보면 마치 한 마리 벌이 꿀을 따먹기 위해 꽃 속으로 날아들어 가는 형국이었다.

갑룡은 탑이 있는 황골과 돌갱이 마을 일대를 유심히 답사했다. 자신이 산기도를 하면서 살 만한 터가 될까 싶어서였다. 하지만 아무리 봐도 이곳이 자손만대 영화지지가 될 만한 기도터는 아니었다. 그래서 돌아 나오다가 길에서 귀가 번쩍 뜨이는 소리를 전해 들었다.

"자네, 미후랑인 얘기 들었나?"

"그 험상궂은 괴승 말인가?"

"그렇다네."

"어디서 또 이변을 보였다던가?"

"엊그제 밤, 재 너머 내 친구 집이 폭삭 무너졌더랬는데 미후랑인의 말을 들어서 다행히 인명피해는 없었다는구먼."

두 사내가 둥구나무 밑에 앉아서 한담을 나누고 있었다. 갑룡도 다리를 쉬어 가던 참이라 그저 지나가는 말로 듣고 앉아 있었다.

"언제 그 괴승이 거길 지나갔던갑네?"

"그 양반이 안 가는 데가 있던가. 내 친구 집이 튼실하기 짝이 없는 집이라네. 그런데 오늘밤 안으로 무너지게 생겼으니 바깥 잠을 자라더라지 뭔가. 그러고는 바람처럼 사라져 버리더라네."

"용케 말을 들었구먼."

"하여간 그 양반 참 귀신같은 스님이여. 아무것도 바라는 것도 없이 팔도를 떠돌면서 남 존 일만 허구 다니니까 말이지."

갑룡이 두 사람 사이에 껴든 건 그때였다.

"방금 뉘시라고 했던가요?"

애기를 꺼냈던 사내가 흘끔 쳐다보며 대꾸했다.
"댁도 그 스님 이름은 들어보았소?"
"아니, 그냥⋯."
갑룡이 얼버무리자, 사내가 미후랑인에 대해서 설명하기 시작했다. 듣고 보니 몇 년 전 시묘 때 찾아들었던 그 괴승이었다. 그 괴승이 미후랑인이라는 것, 과연 이인(異人) 소리를 듣는 명풍수라는 것 등을 비로소 전해 들었던 것이다. 놀라운 일이었다.

원주를 떠나서도 미후랑인 얘기는 뜸하지 않게 들을 수 있었다. 그때마다 갑룡은 어서 그가 일러준 명당자리를 찾아야겠다고 벼르게 되었다. 마이산 탑골은 그 후 몇 년을 더 허비하고서야 발견했다. 그러나 어찌 그 방랑생활을 헛되다고만 하랴. 바람 맞으며 발품을 팔고 골골에서 기도하는 동안, 그는 속티를 벗고 있었다. 환골탈태(換骨奪胎)가 다른 게 아니었다. 자신의 미욱함을 벗어버리고 세상과 통로를 열어놓는 것이 도공부의 출발점이었다. 젊은 날, 극한에 가까운 고행을 해보고 자기한계를 넘어서 보지 못한 사람이 사람들 앞에서 도인 흉내를 내면 그게 바로 사기꾼이었다.

바람의 혼, 진태을

그리고 어언 사십 년.
참으로 오묘한 산이로고. 어쩌면 저리도 수려한 자태로 반공중에 우뚝 솟아오를 수 있을꼬.
주변의 산세를 조망해보면 이 산을 향해 머리를 조아리고 있는 형국이 완연하다. 신하들로부터 배하를 받는 임금의 모습인 것이다.

마이산.

금(金) 기운을 묶었대서 속금산(束金山)이라고도 하는데 남북으로 달리는 산줄기와 섬진강 금강의 물줄기가 만(卍) 자 혹은 활 모양으로 길게 뻗어 산태극 수태극(山太極 水太極)의 중앙 혈이 된다. 조선왕조의 창업자 이성계의 선산 조경단(肇慶壇)이 있는 전주가 여기서 서쪽으로 90리 길이었다. 야심 많은 이성계는 장군시절에 남원을 침략한 왜구를 토벌하고 이곳 마이산에 들러서 산신께 기도하고 꿈속에서 금척(金尺) 한 자루를 얻었다고 전한다. 황금자를 가지고 삼한강토를 다스리라는 계시였다. 몽금척(夢金尺)이라는 궁중아악이 여기서 유래했다. 역성혁명의 당위성을 확보하기 위한 미화작업의 일환이지만 사실 여부를 떠나서 그만큼 이 산이 영험하다는 걸 반증한다.

나그네는 석양을 마주보고 섰다.

명아주 지팡이에 갓을 썼고, 행전까지 쳤으며 걸망을 맨 모습이 멋스런 행장이었다. 중키에 백발이었고 잘 기른 희고 풍성한 수염과 서리한 눈빛이 강렬한 인상을 주었다. 이 사람이 바로 구한말 전설적 도인 진태을이었다.

진태을은 산바라기를 그치고 진안(鎭安) 읍내 우화정(羽化亭) 약수터에 올라서 목을 축였다. 조반 수저를 놓기가 바쁘게 대덕산 아래 무풍(茂豊)을 나섰었다. 무주 읍내에 당도하니 마침 오일장이 열리고 있었다. 시장에 들러 지난해 초겨울 지리산에서 나오던 중, 모르는 새에 빠뜨려버린 패철을 샀다. 패철은 무주산이 최고의 명품이었다. 그리고 곧장 좁혀온 길이 수월찮아서 온몸이 납덩이처럼 무거웠다. 그러나 목안을 적시는 석간수는 상큼하고 달았다. 백 리 길에서 얻은 주럽을 한꺼번에 씻어내 줬다. 이른 봄 갈수기이건만 여름 우기나 다름없이 꼭 그 양으로만 솟아나오는 생수였다.

그는 약수터 앞 좌대에 앉은 자세로 복장을 고치고 행전을 다시 쳤다. 괴나리봇짐에서 닥나무 껍질을 꺼내 들메끈 삼아서 너털거리는 가죽신을 단단히 묶었다. 지름길을 겨누는 그의 작고 예리한 영채를 뿜어내는 눈이 꼭 송골매의 눈을 연상케 했다.

이윽고 지팡이를 세워 든 그는 발걸음을 재촉했다. 휘적휘적 걷는 걸음걸이가 장정과 다름없었다. 평생을 길 위에서 지내온 사람다웠다. 하지만 성성한 학발이며 선풍(仙風)이 도는 흰 수염으로 봐서 노장임이 분명했다. 그는 총총히 군상리를 빠져나가 마령 쪽으로 돌려진 신작로를 탔다. 마이산 두 봉우리 사이 과협(過峽, 산맥이 잘록하게 지나가는 자리)으로 난 지름길이 있긴 했지만 하늘을 가리고 드는 원시림이 꽉 절어 있고 턱없는 된비알이어서 왼편 개활지로 감돌아 있는 신작로를 택한 것이다.

두어 식경 뒤, 그는 금당사(金塘寺)에 다다랐다. 마이산 남서쪽 자락에 자리잡은 절이었다. 해는 이미 곯아빠져 버렸고, 저녁 이내가 가람 주변을 감돌았다. 일주문 안에 들어서자 절집 가득 매화 향기가 진동한다.

"어르신 어서 오셔요."

불목하니로 있는 떠꺼머리 바우였다. 놈은 진작부터 일주문 쪽을 내다보느라 뜨락을 서성거리고 있었던 듯싶었다. 까치라도 울었던 걸까. 저는 저대로 어떤 요량이 있었던 게다. 생각이 거기까지 미치자 친정식구처럼 반갑고 고마웠다. 집을 나서면 아는 사람이 모두 가족이었다.

"어찌 중은 절에 없고 엉덩이에 뿔난 황소뿐인고?"

진태을은 대추처럼 혈색 좋은 입가에 거늑한 웃음을 흘려내며 농을 쳤다.

"아랫말 강정리 전씨 집이 상을 당해서요. 스님 말씀에, 오늘 해거름녘에 지친 양 한 마리가 들거든 잘 붙잡아매 두라시던뎁쇼. 헤헤."

바우란 놈은 어느새 더운물을 대야에 떠올리며 해죽거렸다. 신축(辛丑)생 소띠인 놈을 엉덩이에 뿔난 황소로 매겼더니, 기미(己未)생인 이녁을 겨냥해서 이내 해거름녘 지친 양 한 마리로 대거리해 온 수작이었다. 절밥 20년을 고봉으로 옹골차게 먹더니 이제는 부지깽이로 사리를 구워내겠다고 덤빌 낌새였다.

"허허, 그놈. 한소식 들은 풍월이로세."

진태을은 요사채 마루에 걸터앉아 두루마기와 갓을 벗고 행전을 끄르면서 읊조렸다.

"무슨 소식인데요, 어르신. 봄나물 캐는 과부라도 업어올 소식인가비요?"

바우의 수작은 점입가경이었다. 벌써 나이 스물다섯이니 능히 그럴 만했다. 중노릇하려면 모를까 그렇잖으면 쇠어도 한참 쇤 개두릅이 아닌가. 하지만 팔자에 없는 중질을 할 리 만무하고….

"얼레, 저 여자 또야?"

세수를 마친 뒤 마루에 앉아 부르튼 발을 주무르고 있자니 바우가 부엌문에 기대서서 담 너머 산길 쪽에 대고 구시렁댔다. 낮은 토담 위 퇴색한 용마루 너머로 젊은 아낙네의 뒷모습이 얼핏 보였다. 여인은 머리에 마지쌀자루를 이고 있었다. 여인의 모습은 곧 어둠이 짙어가는 암묵 산수화 속으로 잠겨버렸다. 한 마장 동쪽의 바위산은 시치미를 뚝 떼며 검은 휘장을 늘어뜨렸다.

"황달 걸린 세상이라도 대를 잇는 건 중하구나."

진태을은 여인을 삼킨 동쪽 산자락에 묵연한 시선을 넣었다. 나라가 망해 왜인들 세상이라도 아들 없는 집에서는 아들을 얻기 위해 지성으로 산을 찾아다닌다.
  바우는 절집 대신 탑골 산막으로 기도하러 가는 여인이 못마땅하다. 부처님보다 마이산 산신의 영험이 더 세다는 뜻이었다. 부처님이 산신과 맞붙어서 코를 납작하게 만든 지가 벌써 신라적이었다. 그런데 이 마이산은 어떻게 된 게 산신의 힘이 더 셌다. 모두 주지스님 탓이었다. 아들을 낳아준다, 복을 빌어준다 해야 신도들이 들끓는데 만날 마음만 닦으라고 해쌓으니 싱거운 노릇이었다. 주지스님이 아니라 맹물스님이었다.
  바우는 공양간으로 들어가서 주섬주섬 저녁상을 차린다.
  진태을은 방 안으로 들어섰다. 치자빛 호롱불이 엉글어 있는 산방의 세간은 단출했다. 앉은뱅이 서안 하나, 그 위에 쌓아놓은 경전 몇 권과 펼쳐놓은 산서(山書, 풍수 책), 개켜놓은 이불, 그리고 벽에 걸린 죽간과 누더기 가사장삼 따위가 고작이었다.
  "태을장, 겨울잠이 좀 과하셨네."
  구암선사(九巖禪師)였다. 명 끊어진 자의 저승길 닦음을 끝내고 방금 돌아오는 참이었다. 전 같으면 절대 하지 않는 일인데 그도 이제 꼬장꼬장한 선객에서 온후한 성직자로 변모해가는 듯했다. 하긴 칠순이면 그깟 경계를 너끈히 허물어 버려야 할 나이다. 오조가사 차림의 구암선사는 반가운 나머지 문 밖에서부터 인사말을 건네왔다.
  "그래, 그새 법당 목불(木佛)에서 은행은 좀 따셨던가?"
  "예끼! 그 늙은이 여태 태극(太極)은 못 잡고 공(空)만 굴리다 왔군그래."
  "허허허."

"하하하."

때맞춰 저녁상이 들어왔다. 시래기 된장국에 신김치 한 종발, 콩자반에 거친 잡곡밥이 전부였지만 오랜 만에 셋이서 마주한 저녁은 맛깔스러웠다. 상이 물려지고 소반에 구기자차가 올려졌다. 선사가 손수 절 뒤란에서 거둬 말린 것이랬다.

"정명암(正明庵) 명봉 선생님께 다녀올까요?"

바우는 물러가며 여쭸다. 놈은 생각이 깊었다. 이 밤에 그 먼 데까지 기별하러 다녀오겠다는 뜻이었다.

저놈인가.

저놈이 장차 내 뜬쇠와 죽장을 물려받게 될 후학(後學)인가. 해낼 수 있으려나. 저놈이 과연 해낼 수 있으려나. 어중이떠중이가 될 바엔 애당초 말아야 한다. 한낱 술사(術士)에 그쳐서 잔재주나 부릴 싹이라면 얼씬도 못하게 해야 해. 그러잖아도 난세를 틈타 잡술사가 판치는 시절인데.

진태을은 속으로 어림했다.

"아니다. 오늘은 노곤하실 테니 관두거라."

구암선사가 사양했다. 두 노장이 편한 자세로 찻잔을 들었다. 떨떠름한 맛 가운데 두 산객이 밟아온 세월의 정한이 묻어나는 듯했다. 둘은 한참을 말없이 앉아 있었다. 굳이 입을 열지 않아도 되었다. 오랜 벗이란 이래서 좋았다. 뜰 앞 참나무 숲에서 따르르— 따르르— 목탁새 울음소리가 저녁 산 공기를 쪼았다. 그 사품에 어느 가지 끝에선가 자발 맞은 새순이 틔고 말 것만 같은 산사의 봄밤.

두 노장은 한동안 말이 없었다.

"크흐음, 지리산에서 겨울을 나리라더니."

이윽고 고집스러워 보이는 입술을 연 쪽은 구암선사였다. 끓는 가래를 넘기느라, 일그러진 동굴 모양으로 들여다보이는 입 안의 치열이 고르지 못하다. 청년 시절 봉암사나 송광사, 범어사 등 선방을 찾아다니며 참선을 한다고 몸을 혹사하다 일찌감치 이빨 몇 개를 희생시킨 탓이었다. 아예 빠져버린 치아는 그렇거니 나머지는 그런 대로 건실해 보인다. 본래 강골이었던 것이다.

인생은 늘 한 박자가 늦었다. 깨달음 역시 그랬다. 몸뚱이를 고달프게 한다고 화두(話頭)가 풀리고 법안(法眼)이 열리는 게 아니라는 걸 안 때는 이미 늦어 있었다. 금강석같이 단단하던 몸은 이미 해진 걸레 조각이 다 돼 있었고 불타던 의지는 재가 되어 사위어가고 있었다. 그래도 이 고찰(古刹)에 상처 입은 산짐승마냥 스며들어와서부터 사람 꼴이 난 셈이었다. 인근 주민들은 선사가 오고부터 비로소 절 꼴이 나게 됐다고 쑥덕거려쌓지만 어쨌거나 한 스승 밑에서 동문수학하던 친구 진태을의 우격다짐이 아니었다면 끝나도 벌써 조선 때 끝난 이승이었으리라.

"게서 겨울을 났으면 뭣하리. 세상이 마냥 엄동설한인 걸."

"봄이로되 봄이 아니다?"

"주인이 바뀐 산천이 눈물을 흘리네."

태을의 눈꼬리가 아래로 처졌다. 그 사품에 작은 눈이 더 작아 보인다. 언제 봐도 재주 있는 눈이 아닐 수 없다고 구암은 되새긴다.

"10년도 더 지난 일이잖은가? 새삼 뭘…."

"지리산도 더는 숨어살 곳이 못 되네."

눈을 감은 태을이 절레절레 고개를 흔든다. 거미줄을 뒤집어쓴 것처럼 안면 가득 근심이 서려 있다.

"그래도 그곳은 난세를 탈 없이 지낼 십승지(十勝地, 전쟁과 기근, 전염병을 피할 수 있다는 좋은 터)가 아니던가."

구암이 왼손으로 염주를 굴리며 말한다.

저이는 바람이다. 한 줄기 바람이다. 그리고 또한 강물이다. 유장하게 흐르는 강물처럼 장부의 한평생을 길에 바쳐온 저 사람 진태을!

진태을을 바라보는 노선사의 눈빛이 애처롭다.

"틀렸네. 다 결딴나 버렸어."

태을은 한 번 눈을 떴다 감는다. 꿈틀— 하고 눈썹에 힘이 실린다. 저런 때는 상호가 맹호출림형이다. 사나운 호랑이가 숲 속에서 출몰하는 기상이 어려 있다. 큰 재목이었으나 난세를 만나 벼슬 한자리 하지 못하고 야인으로 일생을 흘려보냈다.

이 사람, 가엾은 친구 같으니.

구암선사는 그 말을 입 밖에 내지 않았다. 지금 가엾은 사람이 어디 진태을 한 사람뿐이겠는가. 세상은 끈 떨어진 공중의 연과 같았고 사람들은 말뚝 빠진 허수아비였다.

태평세월의 상징 요순시대.

고려 말의 신유학자들은 그와 같은 이상국가를 만들고자 조선 창업을 도왔다. 불교국가 고려는 불교의 폐단으로 기울었다. 그래서 철저히 종교를 배척했다. 현실정치만이 이상국가를 보장한다고 믿었다. 그 정치 철학적 기반이 바로 성리학, 곧 주자학이었다. 과거제도로 관리를 선발했고 선정으로 백성들을 다스리고자 애썼다. 호란과 왜란이 있었고 크고 작은 민란이 있었지만 자그마치 500년이나 이어온 나라였다.

1864년 갑자년(甲子年)부터 1923년 계해년(癸亥年)까지를 상원갑자(上元甲子)라 한다. 이 기간동안은 국운(國運)이 정말 사나웠다. 서양 오랑캐들과 청나라, 일본 등이 노략질하는 사냥터가 되었고

1894 갑오년에는 대규모의 농민전쟁이 일어났으며, 급기야는 1910년 경술년 8월 28일, 명치(明治) 43년 일본에 강제 병합되어 버렸다. 그 직전까지 짧은 기간이나마 조선은 황제의 나라였다. 중국의 연호를 버리고 독립된 연호를 썼다.

1928년 오늘, 소화(昭和) 3년이라는 일본연호를 쓰고 있다. 그랬다. 조선은 망했다. 1924년 갑자년에 시작된 중원갑자(中元甲子, 1924~1983) 시대부터는 국운이 서서히 회복되려나. 이 기간에 나라를 되찾지 못하면, 하원갑자(下元甲子, 1984~2043) 시대의 국운 융창을 장담할 수 없었다.

요즘 진태을은 그런 걱정으로 우울했다.

그가 겨울을 난 지리산 청학동(靑鶴洞)도 옛날의 청학동이 아니었다. 《동국여지승람》이나 옥룡자 청학동결, 무학선사 청학동결 등의 감결(鑑訣)에 거론된 전설적인 이상향 청학동은 십승지 가운데 첫째로 꼽는 곳이었다. 예전에는 현철(賢哲)이나 달사(達士), 진인(眞人)들이 회합하여 한담을 즐기는 은밀한 곳이었는데 이제는 시장판이 돼버렸다. 나라가 망하고 시절이 수상하다 보니 믿거나 말거나 식의 비결들이 떠돌았고 그 비결을 보고 지리산 골골에 스며들어와 터를 잡았다. 그들은 저마다 자신들이 있는 곳을 청학동이라고 불렀다. 그 가운데는 진짜 청학동도 끼어 있었다.

동학패의 후예들이야 전부터 더러 있었다지만 사람 죽이고 도망쳐 온 놈, 문둥이, 오사리, 송사리, 무녀리 등 팔도의 잡것들이 죄다 모여든 풍경이었다. 그랬으니 청학은커녕 눈 먼 노루새끼 한 마리 내려오는 법이 없었고 진인들의 발걸음이 끊겨버렸다.

터란 본시 청정함을 원칙으로 한다. 어지럽혀지고 더럽혀지면 영험한 기운이 사라져 버리는 법이다. 제주도에서 도를 이뤘다는 자하도인(紫霞道人)은 황해도 구월산으로, 편대인은 묘향산으로, 박 처사는 금강산으로 홀연히 떠나가 버리고 다시 발걸음을 하지 않았다.

진태을은 불현듯 자하도인의 도골 선풍을 떠올렸다. 벌써 10년 동안이나 뵙지 못했다. 살아있으면 두 갑자, 120세가 되었다.

"한대 피워볼 텐가?"

진태을은 괴나리봇짐에서 장죽을 꺼냈다. 그는 손으로 담배를 매매 쟁여서 입에 물었다.

"담배는 태을장이 피워도 구수한 냄새는 빈도가 다 맡네."

좁은 방이라 과연 그럴 거였다. 사실 구암선사는 약주는 더러 했지만 담배를 태우지 않았다.

진태을은 호롱불에 장죽을 들이대고 뻑뻑 소리내 불을 붙였다. 그리운 이의 얼굴을 담배연기 속에 떠올리고 만나볼 참이었다.

자하도인.

그는 정녕 신선이었다.

이슬을 먹고 구름 똥을 싸지는 않았지만 그는 분명 살아 있는 신선이었다. 100세가 넘었건만 혈색이 꽃각시 못잖은 동안(童顔)인데다 상한 치아 하나 없었다. 솔잎과 잣, 쥐눈이콩, 검은깨, 봉령 등의 약초만을 생식으로 해서 세월의 강을 건너왔다고 했다. 때문에 수족이 가늘디가늘어 영락없는 학의 다리였다. 하지만 힘을 모으면 장사였고 산을 탈 때면 소년이었다. 복식호흡을 즐기되 깨어 있는 시간, 잠자는 시간이 따로 없어서 언제나 조는 듯하면서도 수정같이 명징한 총기를 띠었다.

진태을이 그 도인을 처음 만난 것은 30여 년 전 금강산 유점사(楡岾

寺)에서였다. 진태을과 마찬가지로 도인은 세상을 정처 없이 떠돈다 했다. 그후 그는 유서 깊은 곳에서 여러 차례 그 도인과 조우했다.

20여 년 전 청학동에서였던가.

《청학집(靑鶴集)》과 《해동이적(海東異蹟)》에 얽힌 도담(道談)으로 며칠 밤을 지새운 적이 있었다. 그때 자하도인은 전국의 명혈(名穴, 이름난 명당)을 들먹이며 그 주인이 누구누구인가를 물어왔다. 주인이 누구인가보다 때가 더 중요하다고 답했다. 자하도인은 특유의 명징한 눈을 반짝이며 고개를 끄덕였다.

"때가 점점 악해지고 있는데 이 땅의 인물출현도 끝장인가?"

"쇠는 단련되면 더 강해집니다."

"옳거니. 일본 사람들은 언제 물러난다고 보는가?"

"지금은 영영 저들의 세상 같지만 다 다음 무진년(戊辰年, 1988) 세계잔치 전에는 깨끗이 물러납니다. 이 땅에서 세계인이 놀라는 큰 잔치가 벌어지고 이로써 도약의 발판이 마련되니까요."

"풍수는 동기감응을 원칙으로 한다. 집터나 묘가 아닌 데서 그런 예를 경험한 적이 있는가?"

"예전에 종장(鍾匠)이 똑같은 쇳물로 여러 개의 종을 만들었는데 그 종을 나란히 걸어놓고 하나를 울리자, 다른 종들에서도 같은 소리가 울렸습니다. 형제가 몸을 상하면 내 몸이 아픈 것을 느끼는 것도 같은 이칩니다."

"역대 선인들이 말한 전국 명혈의 기운은 왜 이런 때에 발휘되지 못하는고?"

"만물은 반드시 성하고 쇠하는 때가 있습니다. 지금은 쇠하는 때인데 지기(地氣)가 발휘해봤자 제 기능을 못하지요. 힘이란 써야 할 때 쓰고 비축해야 할 때는 비축해야 하는 것이니까요."

"태을장, 그대는 과연 당대 조선 제일의 풍수사(風水師)로다."

자하도인은 진태을을 최고수로 꼽았다. 하지만 진태을은 부끄럽기 짝이 없었다. 태산준령처럼 구름을 뚫고 거연히 서 있는 자하도인 앞에서는 한없이 왜소한 자신을 발견하기 때문이었다. 흡사 훈장선생님 앞에서 글을 깨치는 동몽(童蒙)의 입장과 같았다. 그랬다. 사람은 자신보다 훨씬 뛰어난 고수를 만나봐야 제 주제를 파악한다. 그 전까지는 제 잘난 맛에 안하무인이다. 진태을 역시 그랬다.

참봉의 아들로 태어나 일찍부터 남원 고을의 신동으로 불렸던 진태을이었다. 그러나 시대가 그러했듯 그의 삶 역시 예기치 않은 굴레 속에서 엉뚱한 똬리를 틀고 있었음을 누가 알았으랴. 사서(四書, 논어, 맹자, 대학, 중용 등의 유교 경전)를 읽고 열일곱 살에 《주역》을 읽던 중 어느 날 홀연히 세상일을 꿰뚫어보는 신통(神通)을 얻었으니 역학, 천문, 지리와 풍수는 그 후에 일사천리였다. 그런 그였던지라 웬만하면 혼자였다. 스승 삼을 이도 없었다. 누구를 낮잡아 보재서가 아니었다. 다만 사방팔방을 휘돌아 봐도 모실 수 있는 선생이 아예 없는 그런 입장이 되고 만 것이었을 뿐.

그러다 전설 속의 인물로 여겼던 자하도인을 만났다. 특히 청학동에서 그분과 함께 했던 날들은 태을의 일생일대에서 가장 뜻 깊은 일이었다. 두 사람은 국운회복의 날을 점치고 풍수와 천문을 논하다 시들해지면 바둑을 두었고 그 일마저도 따분해지면 권커니 잣거니 거나하게 취했다. 도인이 몸소 담근 감로주(甘露酒)는 마시고 마셔도 술독이 없었다. 그리고 무엇보다도 소중한 것은 도인으로부터 전수받은 비전(秘傳)의 전적(典籍)들이었다. 고천문학, 풍수, 의술, 그 밖에 명문가에서 전해내려 오는 비기(秘記)인 가장결(家藏訣)들이었다.

자하도인으로부터 이처럼 귀한 전적들을 넘겨받은 일은 인가를 받은 일이나 다름없었다. 법통을 받은 것이다. 옛사람들은 그 사람이 아니면 전하지 않는다는 불문율의 원칙이 있었다. 진태을 자신이라도 자신의 법통을 아무에게나 전하지 않을 셈이었다. 그릇이 작은 소인배가 남들 모르는 비법을 깨치면 반드시 날뛰고 장난을 쳤다. 함부로 천기를 누설하고 그 앙화를 자신의 몸과 세상에 두루 미치게 만들었다. 비인부전(非人不傳)이라는 경계의 말씀이 그래서 나왔다. 칠순이 되었건만 아직 제자 하나 두지 않은 이유였다.

슬프다.

어느 누가 장생불사를 마다하랴만 목숨 있는 뭇 생명은 어김없이 그 죽음이 있으니. 자하도인의 천기(天氣) 또한 어쩔 수 없이 이울고 있었고, 태을 자신의 몰년(歿年)도 성큼성큼 거리를 좁혀오고 있었다. 자하도인은 2년, 자신은 길어야 3년, 그것이 남은 생이었다. 하늘이 깨져서 나라를 잃어버린 판에 어찌 현자(賢者) 한둘의 힘으로 기둥을 삼아 떠받들고 있을 것인가. 눈 빤히 뜨고 있으면서도 액막이를 꾀할 수 없음이 안타깝다.

오직 바라는 바는 자하도인을 한 번 더 만나보는 것이었고 욕심이라면 쓸 만한 후학(後學)을 끼쳐 두고 가는 일이었다. 그뿐이었다. 그 정도라면 미련 없이 천복을 누리고 가는 인생살이였다.

어즈버, 박복한 이 늙은이의 발원이 과연 게까지 닿을는지.

산사에 밤이 깊어간다.

소쩍새 울음소리가 멀리서 가까이서 들려온다. 필시 저들끼리 자별한 사연이 있어서 서로 산중문답을 하고 있음이다.

"더듬어보면 참으로 미망의 세월이었네."

자리를 펴고 누우며 구암선사가 마른 입술을 다독거렸다.

"……."

"그 잘났다는 태을장은 땅을 보듬다, 이 땡추는 목불을 보듬고 공염불이나 씨부리다가 맥없이 곯아빠지는구먼."

"허허. 그 화상, 동녀 들여 회춘이라도 하고 싶은가 보네."

"선녀 들여도 아랫도리 살송곳 말라 비틀어진 지 오랜데… 죄다 그림의 떡일세."

"그렇기는 이쪽도 별반 다를 게 없다네. 천하의 명당을 가려냈다 한들 마땅히 내가 취할 것이 아닌데 그 또한 그림의 떡 아닌가."

옳은 소리였다. 홍진(紅塵)의 한평생이 다 그런 것이었다.

"나는 이렇게 곯아빠지더라도 그 화상은 아직 높이 이를 곳이 남아 있으니 눈에 보이는 걸 찾아다니며 구하느니 보이지 않는 불도를 구하는 게 훨씬 낫네."

태을은 자신도 모르게 한숨을 토해내고 있었다.

"실없는 소리. 늙은 중놈이라고 너무 놀리지 마시게."

구암선사의 어조가 사뭇 진지하다.

"이제 이녁이나 그 화상, 바야흐로 버릴 때가 아니던가. 이녁은 버리면 그것으로 한평생이 헛수고지만 그 화상은 다 버리게 됨으로써 도리어 득도(得道)하는 것 아닌가."

태을의 그 말에 구암선사는 이의가 있었다. 죽는 게 어찌 득도가 되겠는가. 그 또한 죽음의 미학일 뿐이었다. 하지만 구암선사는 대거리 하지 않기로 했다. 모든 걸 버리는 것이 불도(佛道)로되, 딱 한 가지만은 얻어야 하는 것이 불도였다. 그 얻어야 할 것을 능히 얻지 못했다면 버리고 버린대서 어찌 도에 이를 것인가.

그나저나 참 별스런 죽음이야.

구암은 아까 낮에 아미타경(阿彌陀經)으로 저승길을 밝혀줬던 아랫마을 강정리 전씨 아내의 생급스런 죽음에 생각이 미쳤다.

애기할까. 아니야. 원로에 여독이 심할 텐데 나중에 기회가 있으리.

급기야 구암은 누운 자리에서 윗몸을 일으킨다.

후욱 —.

등잔 위에서 한 송이 치자꽃이 떨어진다.

빛을 내주고 어둠을 받아들인 산방(山房)은 고요에 싸인다. 절집 불목하니 바우가 쓰는 요사채 윗방은 여전히 빛이 갇혀 있다. 잠 못 이루는 떠꺼머리의 심사를 관세음보살이나 알까.

마이산 산신령

그 시간 한밤중의 탑골 산막은 깊고 그윽했다.

산막 인근에는 땅거미가 지면서부터 늦은 아침까지 짙은 운무(雲霧)가 피어올랐다. 자욱한 그 기운은 어디서 피어나는 것인지 아무도 알지 못했다. 그저 깎아지른 모양의 바위벼랑이 천길 위용을 자랑하며 뒤편을 감싸고 돌 따름이었다. 그 아래 울창한 나무들과 집채보다 더 큰 바위에 기대 지은 산막은 누가 봐도 도력 높은 처사가 머물 만한 자리였다. 바람이 불면 휙휙 운무가 걷혔다가 이내 다시 모여들었다. 사람들은 마이산 산신령이 내뿜는 입김이라고 믿었다.

즐비한 탑들 사이로 겨우 한 사람이 지나다닐 수 있는 통로가 나 있고 정화수 그릇이 놓였다. 맨 위 천지탑과 오행탑에는 촛불이 켜졌다. 그 촛불은 바람과 비를 피할 수 있는 돌 틈에 놓여 사시사철 꺼질 줄 몰랐다. 아마 사람들의 염원이 있는 한 그 촛불은 언제까지고 타오를 터였다.

몸집이 작고 다부져 보이는 노인 하나가 불빛이 새어나오는 산막 앞에 멈춰 섰다. 어딘가 속세의 때를 벗어버린 듯한 자태였다. 그는 버릇처럼 밤하늘을 올려다봤다. 석벽과 교목 숲, 꽉 절어 있는 덩굴 새로 보이는 하늘은 좁디좁아서 이부자리만 했다. 그것은 노란 초승달과 별자리 몇이 수놓아져 있는 감청색 이불이었다.

쾌청한 일기로다.

방금까지도 기도했던 백발이 치렁치렁한 노인은 사뭇 흡족한 기분이었다. 청명한 천기를 받아야 머리 밝은 생명을 잉태할 수 있는 법이었다. 예로부터 아이를 얻지 못하는 여인들이 절집이나 산에 들어가 기도하는 이유는 자신의 몸을 정화시키고 맑은 천기를 받기 위함이었다.

신비의 마이산 산신령은 천의 얼굴을 하고 있었다. 사람의 형상이었다가 나무가 되기도 했고 석간수였다가 별빛이 되기도 했다. 산정에 있던 산신령이 흐릿한 불빛이 새어나오는 산막 앞으로 하강했다. 방문이 열리고 온기를 찾아 진한 운무가 빨려든다. 흡사 문 틈새로 스며드는 바람 같다. 아니, 스르르 잠입하는 미끄럽고 기다란 그 무엇과도 같다. 훈김이 달려든다. 그 속에 인간의 숨결이 느껴진다. 농익은 여인의 살 냄새가 배어 있다. 아까 산기도를 마치고 먼저 내려온 여인이었다. 여인은 잠이 든 것처럼 누워 있었다. 속적삼에 속치마인 채로였다. 시골 아낙네 치고는 제법 흰 속살이라고 생각했다.

밤의 정령이 된 산신령은 알았다. 여인이 아직 잠들지 않았다는 걸. 왜 잠들었겠는가. 여인은 산신령의 화신을 기다리고 있을 게다. 벌써 이레째 계속 해오고 있는 산기도였고 잠자리였다. 그간 여인은 마이산 산신령의 일거수일투족에 한껏 길들여진 형편이었다. 그리고 지금은 이레 산기도가 끝나는 날이었다.

방 안에 잠시 침묵이 흘렀다. 이윽고 마이산 산신령의 화신은 모래 함지에 관솔불을 비벼 껐다. 천장까지 할퀴던 시커먼 그을음보다 더 무겁고 시커먼 어둠이 낮게 내려앉았다. 그리고 낙엽 밟는 것 같은 소리가 들렸던가. 둘은 한몸이 되어 어둠 속을 꿈틀거렸다. 서른네 살 여인의 몸은 물이 많았고 달았다.

백발이 성성한 마이산 산신령은 비밀스런 공사를 시작했다. 속된 행위가 아니었다. 산천의 정기를 뿜어서 새 생명을 불러오는 의식이었다. 용출한 산은 윤택한 못을 만나야 생기를 얻는다. 산신령의 마른 몸은 그 물을 마시고 회춘이라도 하는 듯 활활 타올랐다. 놀라운 정력이었다. 산의 정기를 마음대로 끌어내 쓰는 까닭이리라.

여인은 아련히 멀어지는 의식 속에서 언뜻 동갑내기 젊은 남편의 얼굴을 떠올렸다. 그가 갑자기 측은해지기 시작했다. 남편은 오르자마자 콧물을 흘리고 시들어버리는 약골이었다. 꼭 그래서는 아닐 테지만 혼인하고 10년이 지났건만 태기가 없었다. 그래서 소문을 듣고 온 산기도였다. 말하자면 영험하다는 마이산 산신께 옥동자를 타러 온 것이었다.

여인은 곧 혼곤한 잠 속으로 젖어들었고 마이산의 정령은 다시 운무가 되어 바람 속으로 사위었다. 바람이 멎은 곳은 작은 바위굴이었다.

천지탑 위 바위 틈바구니에 작은 굴이 있었다. 그 굴속에 가부좌를 틀고 들어선 노인은 미동도 없이 호흡했다.

노인이 다시 산막으로 내려온 건 새벽녘이었다. 여인은 그때까지 잠들어 있다가 노인의 기척에 부스스 몸을 일으켰다.

"밤새 주무시지도 못하시고."

여인은 면구스런 표정을 지었다. 그러면서도 입가에는 알 수 없는 묘한 웃음기가 흘렀다.

"……."

노인은 끝내 입을 열지 않았다. 본래 말수가 적었고 산기도 때에는 일체 말을 하지 않았다. 그저 기다란 수염을 쓸어내리기만 했다. 다만 여인을 응시하는 눈에 암묵적인 의미가 담겼다. 그것은 사람이 아니라 마이산의 정령이 이르는 무언의 메시지였다. 산의 뜻, 하늘의 뜻이었다. 여인은 그 의미를 파악하지 못할 숙맥이 아니었다.

옷을 추슬러서 입은 여인은 자신이 이고 온 쌀자루를 풀어 밖으로 나갔다. 바야흐로 밥을 지어주고 떠날 시간이었다. 노인은 여인의 몸피 자국이 선연히 남아 있는 아랫목 이부자리에 누웠다. 남은 온기를 훔치며 새벽 단잠을 자기 위해서였다. 이런 잠은 짧아도 보약처럼 몸에 좋다는 걸 노인은 익히 알고 있었다. 노인 나름대로의 양생법이기도 했다.

여인이 밥상을 올릴 무렵, 노인은 어느새 자리에서 일어나 근엄한 자세로 가부좌를 틀고 있었다.

"자반고등어 맛이 어떨지…."

고등어구이를 밀어주며 여인이 조심스레 말했다. 새벽 차가운 산 공기 속에 묻어나는 생선냄새가 군침을 끌어올렸다. 깊은 산골에서 그나마 맛볼 수 있는 비린 것이 소금에 절인 간고등어였다. 노인은 아무런 표정 없이 밥상에 눈을 주었다. 산촌에서는 귀하기 짝이 없는 미역국과 이밥이 올려져 있었고 솔잎대접이 놓여 있는 아침상이었다.

"……."

밥상에 바투 당겨 앉으면서도 노인은 도무지 말이 없었다. 그는 오늘까지 이레째 한마디 말도 하지 않았다. 도사가 벙어리라는 말을 들지 못한 여인이었다. 하거늘 왜 돌장승마냥 말이 없는가. 처음에는 이상했지만 차차 신비하게 여겨지던 것이었다. 게다가 그의 식사버릇이 여간 특이한 게 아니었다. 아침저녁으로 하루 두 끼의 식사를 했고 그때마다 생 솔잎 한 줌씩을 곁들였다.

"순산하시게."

산막을 내려가는 여인의 등 뒤에서 노인의 음성이 울렸다. 그 목소리는 깊은 숲과 바위벼랑에 맞부딪쳐 동굴 속에서처럼 야릇한 떨림을 동반했다. 여인의 자신의 귀를 의심했다.

아니, 저 노인이? 저 노인이 말을 할 줄 알았던가.

여인은 뒤를 돌아다봤다. 하지만 노인의 모습은 이미 자취를 감춘 뒤였다. 길이 휘어진 까닭에 가까스로 보이는 산막의 뜰은 적막했다. 그 적막 어딘가에 노인은 산신령이 되어 깃들어 있을 터였다. 방금 들린 그 말은 어쩌면 노인의 말이 아니라 마이산 산신령의 말일 거라는 생각이 들었다.

알 수 없는 두려움이 엄습해왔다.

여인은 서둘러서 산길을 타 내렸다.

그리고 탑골을 지키는 노인에게는 이제부터 기다림이 남아 있었다. 삶은 곧 기다림이었다. 기회를 기다리고 때를 기다리고 그리운 이를 기다리고 종당에는 죽음을 기다리는 것이 인생이었다.

노인은 이런 기다림에 미립을 얻고 있었다. 이곳에 와서 그런 기다림을 계속해온 지도 어언 40년을 넘기고 있었다.

노인은 산막 위로 가파르게 나 있는 길을 사뿐사뿐 오르고 있었다. 아침 안개가 피어나는 산막 주위에 신묘한 기운이 감돌았다. 노인은 뼛속에 스며들 정도로 깊이 산 공기를 호흡했다. 몸이 깃털처럼 가벼워졌다.

탑에 담긴 염원

마령(馬靈) 주막.

대낮부터 벌겋게 취한 촌부들의 입씨름이 걸쭉하다.

"마이산에 웬 도사들이 그렇게 몰려드는 거여?"

"그 산 거쳐간 떠돌이가 어디 한둘이여? 죄다 만신 되려고 그라는 짓거리들이지. 하여간 팔도 어중이떠중이는 다 뫼여."

"필시 뭐에 씌운 놈들이지."

"나라가 망하고 우리 같은 사람들은 목구멍에 풀칠하기도 바쁜데 무슨 놈의 도를 닦겠다고 그 지랄들일꼬."

"그깟 바위투성이 산에 뭐가 있다고 그러는지 몰라. 그래도 용케 안 굶어죽고 버텨내는 것 보면 뭐가 있긴 있는갭여."

"아따, 오지랖 넓긴. 걱정도 팔자네. 남이야 마이산에서 지랄을 떨든 쌀뜨물에 용두질을 하건 뭔 상관이여. 우리는 장리쌀 갚을 걱정이나 하드라고. 우라질, 춘궁기 묵은 쌀 한 가마 가을 햅쌀 두 가마로 퍼줄 생각하면 눈알이 다 핑핑 도는구만 그랴."

"얼씨구. 아라리가 나셨군. 그랑께 아새끼들 적당히 퍼질러 놓잖구서. 밤낮 마누라 엉덩짝만 보듬고 사니께 주둥이가 한 광주리나 되지."

"지랄허구 자빠졌네. 니놈은 워낙 안 밝히더라. 없는 놈, 마누라 보듬고 자는 재미밖에 더 있어? 그라고 자손 번창한 게 어디 흠이간디? 내가 시방 삼대독자여. 손 귀한 집서 그래도 명당 찾아 묘 한 자리 제대로 쓰고 이만치 번성한 거여, 이놈아. 싸가지 없는 놈."

막걸리 사발만큼이나 걸쭉한 전라도 사투리가 울려나왔다.

세상이 어지러울수록 이름 없는 들풀들은 더 무성해지려 애쓴다. 나라나 민족혼보다 우선 배불리 먹고 새끼들 잘 치는 일에 매달린다. 먹고 잠자고 종족을 번식하는 일이 그들의 하늘이다. 그것을 무시하거나 가벼이 여기면 어떤 정치나 종파도 설 자리를 잃는다.

무지렁이 갑룡은 탑 아래 섰다.

맨 처음 지상에 탑을 쌓았던 사람은 누구였을까. 가슴속에 얼마나 간절한 비원이 고여 있었기에 돌덩이를 차곡차곡 포개서 하늘을 이게 만들었을까. 탑이 선 자리는 어디나 우주의 중심이 된다. 비록 비바람 맞는 노천일지라도 탑 하나가 들어서면 그 순간부터 신성한 장소로 바뀐다. 그것은 마치 아름드리 당산나무가 마을의 수호신이 되고 하늘의 뜻이 강림하는 장소인 것과 같다.

대체 이 탑들은 어느 때 누가 쌓았을까.

일찍이 하늘과 땅과 사람의 마음을 꿰뚫어본 어느 현자가 있어 이 깊은 산중에다 이처럼 고고하고 견실한 탑을 쌓았을꼬. 아무도 아는 이가 없었다. 언제 누가 쌓았는지 내력이 없었다. 혹자는 산천의 기운을 비보(裨補)하기 위해 쌓은 것이라고 했다. 비보란 자연환경에 인위적으로 보완하여 이상향으로 꾸미는 걸 말했다. 이곳 마이산을 비보해서 그 기운으로 왕조를 창업하려 했던 이성계와 연관짓는 이도 있었고 소도(蘇塗) 신앙의 유습, 혹은 단순한 염원의식의 발로로 보는 이도 있었다.

바람이 불었다. 제법 거센 꽃샘바람이었다. 시야가 흔들거렸다. 아니 탑이 흔들렸다. 탑들은 푸른 하늘을 이고 선 채 바람에 흔들거리고 있었다. 하지만 절대로 무너지지 않는 탑들은 언제 봐도 신비했다.

갑룡은 그 탑들 아래로 그것들과 똑같은 탑들을 쌓았다. 우선은 자신의 업장을 맑히고 싶었다. 그 다음에는 고통받는 사람들의 원과 한을 녹여내 주고 싶었다. 진심으로 기도하면서 돌을 날랐다. 돌 하나 올려놓고 절 한 번 올렸다. 하늘은 늘 그렇듯이 침묵했다. 무수한 시행착오가 있었지만 수십 년을 공들이자 기적 같은 일이 일어났다. 수십 기의 탑이 즐비하게 세워진 것이다. 장엄한 광경이었다.

소문을 듣고 사람들이 찾아오기 시작했다. 그들은 마지쌀을 이고 와서 초에 불을 켜고 산신기도를 올렸다. 간절한 염원은 헛되지 않아서 하나 둘씩 소원을 성취했다. 병이 든 사람은 약수와 맑은 공기를 마시고 심신의 안정을 하면서 병이 나아서 내려갔고, 아들이 필요한 아낙네는 몸을 정화하고 내려가서 아들을 얻었다. 갑룡은 말이 없었고 영험이 있다는 소문은 바람을 타고 근동에 퍼져나갔다. 탑이 자아내는 신령스러움과 말없는 도사의 기도를 그네들은 신앙으로 모시고 있었던 것이다.

이것이었구나.

그 옛날 떠돌이 중 미후랑인의 예언이 바로 이것이었구나.

목숨을 건 기도의 힘은 사람을 바꾸고 운명을 바꾸고 세상을 바꾼다. 사람들은 이 산과 이 탑골의 영험함을 겪고 내려가 입소문을 내기 시작했다. 산에 들어와 마음을 정화하고 영성을 체험하는 행위는 그 자체로 축복이다. 세상이 힘들고 마음 붙일 곳이 없을 때 산에 들어와 몸을 낮추고 기도하면 자성(自性)을 볼 수 있다. 그를 통해 힘을 얻고 다시 세상과 맞부딪쳐볼 엄두를 내는 것이다.

갑룡은 탑을 우러르며 묘한 웃음을 머금었다.

산막으로 내려온 그는 뜰 앞에 쪼그려 앉았다. 한낮이 되면서 따사로운 봄햇살이 산막을 비췄다.

그는 태평하게 앉아서 거미줄을 쳐다봤다. 발발 기는 놈이 펄펄 나는 놈들을 잡아먹고 사는 묘책은 역시 거미줄에 비법이 숨어 있었다. 땅을 기어다니는 것들은 아무리 쫓아봐야 날개 달린 것들을 잡을 도리가 없다. 그보다 기다리는 편이 훨씬 나았다. 그냥 기다려서는 허송세월이고 그물을 쳐놓아야 했다. 그물의 뒤에 숨어서 기다리면 나는 놈들은 저들의 날개 때문에 걸려들게 마련이었다.

바깥세상은 점점 더 고달파지는 눈치였다. 일본인들의 수탈은 극성을 떨어쌓고 민생고는 극심했다. 그러나 이 산 속은 살림살이가 나날이 나아지고 있질 않는가. 이게 묘 잘 쓴 덕이든 자리 잘 찾아든 덕이든 오감한 호사임에는 틀림없었다. 미후랑인의 말처럼 이 탑골에서 자손만대의 영화를 누리고 살지도 모를 일이다.

누가 올라오려나.

그는 왕거미처럼 쪼그려 앉아서 길 아래로 시선을 놓으며 기다란 머리를 쓸어넘겼다. 그러다 화들짝 놀라고 말았다.

그치였다.

잊을 만하면 찾아오곤 하는 송골매 눈을 가진 늙은이였다.

산 아래 금당사 주지와 도반처럼 지낸다는 산객이었다. 함부로 독설을 내뱉고는 당당히 산을 내려가곤 하는 그였다. 아마 이 탑골의 내력을 소상하게 알고 있는 유일한 사람이기도 했다. 그런 그가 갑룡은 심히 못마땅했다.

자리를 피해버릴까.

아니었다. 부딪쳐야 한다. 당장은 곤혹스러워도 부딪쳐서 이 탑들에 얽힌 내력이라도 귀동냥해 둬야 한다. 그런 다음에 이녁에서 손을 쓰면 되질 않는가. 영 눈엣가시같이 굴면 감쪽같이 없애버릴 수도 있으리라. 살생은 피해야겠지만 경우에 따라서는 불가피할 수도 있는 일, 산 속에 깊이 묻어버리면 그만이었다. 갑룡은 뜨락에 나뒹굴고 있는 돌덩이들을 눈으로 훑었다.

"그새 신수가 폈던가. 얼굴이 뽀얗게 되셨구먼."

코앞에까지 들이닥치며 태을이 뱉어낸 인사말이었다.

"적조하셨소이다."

갑룡도 지지 않고 맞섰다.

"반갑지도 않을 불청객이어늘."

"익자삼우(益者三友) 손자삼우(損者三友)인 것이 세상사니 어쩌겠소이까?"

도움되는 친구 셋이면 손해 끼치는 친구도 셋이라는 말이었다. 그럭저럭 비기는 관계라는 뜻이다.

"그새 문자도 제법일세. 탑도 많이 쌓았고. 억조창생을 구제하는 기도는 어느 세월에 끝나겠는고?"

초장부터 비틀고 나오기 시작했다. 비슷한 연치에 언제나 하대하는 것도 못마땅했다. 반상(班常)의 신분제도가 무너진 지가 언젠데 갓 쓴 먹물들은 그놈의 선민의식이 고질병이었다. 조상을 따진다면야 갑룡 자신은 대군의 자손이었다. 삼대 벼슬에 못 나가고 무식하고 가난해서 상민이 되었지만 혈통만은 뒤지지 않았다. 갑룡은 순간적으로 미간을 좁혔다 폈다. 자신도 모르게 눈이 돌덩이쪽으로 갔다.

"그 돌들로 64괘를 상징하는 탑을 쌓는가? 아님 108번뇌탑을 쌓는가?"

퍼뜩 정신이 드는 말씀이었다. 그간 빈 공간에 탑을 쌓을 줄만 알았지 그 수효에 대해서는 별반 개념이 없었다.

"……."

"태을장, 그만 가시게나."

금당사 구암선사였다. 그는 저쪽 오르막 바윗돌에 걸터앉아 이쪽을 내려다보고 있었다. 동봉 쪽으로 올라가다가 이 송골매 눈 사내만 산막에 들렀던 모양이었다.

"어쨌거나 음양오행탑만큼은 잘 보존해야 쓰느니. 그것은 옛 삼한 사람들의 유습 솟대니까. 산태극 수태극의 중앙혈 자리인 이곳의 기운을 보충하는 뜻도 있고."

진태을은 특유의 걸음걸이로 휘적휘적 탑 사이를 내려가 동봉으로 가는 등성이에 올랐다. 언제 봐도 기세가 대단한 노익장이었다. 광채가 뻗치는 눈빛, 위엄어린 언행과 높은 식견은 처음부터 갑룡이 키를 재자고 맘먹을 대상이 아니었다. 얼마나 공부하고 얼마나 내공이 쌓이면 저렇게 될까. 갑룡은 한없이 초라해지는 자신을 보았다. 그러면서도 '솟대'나 '비보'라는 말을 기억했고 '64괘', 혹은 '108기'의 탑을 쌓아야겠다는 생각을 굳혔다.

3
사람 팔자, 땅 팔자

땅속의 조화

마이산 동봉은 부처의 두상으로 보였다.

어떤 때는 코끼리 상으로도 보였는데 그 아래 석벽에 노송 한 그루와 함께 제비집처럼 붙어선 암자 하나가 있다.

정명암(正明菴, 지금의 은수사).

법당에 돌로 된 미륵불을 모셨으되 외양으로는 도무지 절집 같지가 않다. 단청도 없고 탱화도 없다. 그나마 뒤쪽 산신각에 하나 있는 탱화도 북두칠성을 의인화한 것이었다.

암자 주인도 승려가 아니다. 말을 몰고 잔심부름을 하는 종자 하나와 여러 신도들을 거느리고서 공부를 가르치는 이는 유건을 쓴 처사였다. 사람들을 그를 명봉(明奉) 선생이라 부르며 따랐다.

종자 하나가 복숭아 모양의 연적에서 물을 따라 먹을 갈고, 세 노장이 차례로 글씨를 써내려간다.

道通天地有形外 (도통천지유형외)
思入風雲變態中 (사입풍운변태중)
도는 천지의 형체 가진 것 밖으로 통하고,
사색은 바람과 구름이 변하는 가운데로 들어감이라.

명봉이 북송 때의 유학자 정명도의 〈추일우성(秋日偶成)〉에서 뽑아낸 대구였다. 산중에 묻힌 유학자로되 그 뜻은 우주에 노닐고자 함을 엿보게 하는 글이었다.

一日淸閑自在仙 (일일청한자재선)
六神和合報平安 (육신화합보평안)
하루가 맑고 한가로우면 자유로운 신선이며
오방을 지키는 신들이 화합하면 몸이 편안하네.

진태을이 휘갈겨 내린 글이었다. 중국 도가 전진교의 뿌리가 되는 신선 여동빈(呂洞賓)의 시였다.
구암선사가 그 다음 구절을 이어서 써 내렸다.

丹田有寶休尋道 (단전유보휴심도)
對境無心莫問禪 (대경무심막문선)
단전에 보배 있어 도 찾아다님을 그만 두고
경계를 대함에 무심하여 참선을 묻지 않노라.

먹향으로 대화를 나누던 세 노장 앞에 한과와 배즙이 나왔다. 배즙은 지난 가을, 뜰 앞에 선 커다란 돌배나무에서 따 장독에 갈무리해둔 것이었다. 맛은 시큼했지만 10년 묵은 체증을 내리는 명약이었다.

"명봉 선생님! 아주 좋습니다. 오랜만에 이 맛을 보오이다."

진태을이 자신보다 더 나이 많고 꼬장꼬장해 보이는 노인에게 말했다.

"사돈, 요즘은 도무지 고기를 잘 못 먹어요. 장기가 쇠해져서 소화가 안돼. 더부룩할 때마다 한 잔씩 하는데 그만이지."

진태을을 사돈이라고 부르는 명봉이 기다랗게 늘어진 흰 눈썹을 쓸어 올려서 귀에 걸쳤다. 관상에서는 이렇게 기다란 눈썹을 지니면 장수한다고 한다. 실제로 명봉은 팔순을 넘긴 노익장이었다. 진태을과는 사돈간이었다. 진태을이 명봉의 외아들에게 자신의 딸을 준 것이다. 그 딸은 본래 아우의 피붙이로 진태을이 거둬서 수양딸을 삼았다. 아우는 의병활동을 하다가 젊은 날에 죽었다.

"기력을 위해서도 고기를 잡숫고 오래오래 사셔야지요."

구암선사가 축수로 하는 말이다.

"다 살았어요. 몇 년 전에 금강불교를 창시한 광화 선생님 법언록도 발간했고 내 할 일은 다 했어요."

반가부좌를 한 명봉 앞에 작은 책자가 놓였다. 《광화 김 처사 법언록》이었다. 몸소 서울 동숭동에 올라가서 편집하고 전주에서 인쇄한 소책자였다. 단군교 대종사 정훈모에게 서문을 받고 동도들이나 후학들의 발문도 실었다. 몇 년이나 걸렸고 쌀 열 가마의 경비가 들었지만 내용은 조악했다. 광화 선생의 행장을 더 멋지게 엮었어야 했는데 공교롭게도 너무 일찍 순교하는 바람에 행적이 적었다. 후천개벽의 땅, 자하도를 찾아서 제주도로 떠난 남학 교도들의 행적도 빠뜨릴 수밖에 없었다. 그쪽 패의 두령격인 방성칠은 제주도에서 민란을 일으켰고 참수되었다. 하지만 내막을 소상히 모르는 처지에서 섣불리 기록할 수 없었다.

갑오년 동학농민운동 때, 이 산중에도 후천개벽을 선언하며 봉기한 사람들이 있었다. 훗날 남학(南學)이라고 불린 정신혁명운동 일파였는데 주모자들 여덟 명이 전주감영에서 처형되었다. 최제우, 김일부와 함께 구한말의 삼대 도학파를 형성한 김광화 계보의 종파였다. 그들은 금강불교라 해서 불교를 중심으로 기존의 유교와 불교, 선도를 통합해야 한다고 주장했다.

금강불교는 한마디로 《금강경》을 소의경전으로 하는 새 불교운동이었다. 600부 《금강반야바라밀다심경》이라는 방대한 양의 경전을 32분으로 줄여 공(空) 사상을 정리한 것이 《금강경》이다. 그 금강경을 다시 축약한 것이 《반야심경》이다.

수많은 불상과 나한 따위의 형식치레를 거부한다. 불교는 화려한 외양이 아니라 허령(虛靈)한 마음이 주요하기 때문이다. 또한 《팔만대장경》이라는 복잡한 경전을 《반야심경》 하나로 대신하고 도인술의 일종인 영가무도(詠歌舞蹈)로 심신을 수련하여 새 시대에 맞는 인간상을 만들자는 종파였다. 여기에 사람의 생사를 주관하는 북두칠성을 마음에 모시는 전통 칠성신앙이 가미되었다.

"내면이 허하면 자꾸 이런저런 허상을 만들어내지요. 그것은 명봉 선생님의 말씀처럼 부처님의 뜻이 아닙니다. 오늘날 우리 불교가 통렬히 반성해야지요."

구암선사가 나섰다.

"우리 금강불교도 아직 허상이 많아요. 자꾸 무엇을 만들면서 그것을 믿고 따라야 복을 받는다고 해야지만 신도들이 꾀니까 그렇지. 실은 저 불상마저도 말끔히 치워버릴 때, 마음 닦는 진정한 불교가 되는 거요."

"옳습니다. 종교의 세속화 가운데 가장 경계해야 할 것이 물질화, 형식화지요."

그들이 한가롭게 담론을 즐기고 있을 때, 숨넘어가는 소리를 하며 암자 마당에 엎어지는 사람이 하나 있었다.

"진 선생님, 살려줍쇼."

애걸복걸로 나오는 사내는 이제 막 오십 줄에 들어섰을까 말까한 나이였다.

"무슨 일인데 그 난린가?"

"제 자식들이 차례로 미쳐갑니다요. 진 선생님, 제발 한 번만 살려줍쇼. 고명하신 말씀 듣잡고 부리나케 무풍고을에 가봤더니 이미 떠나셨다더군요. 그래서 밤새 이곳까지 단숨에 달려왔습죠. 제발 부탁입니다요. 저 한 번 살려주시면 혀를 뽑아 신발이라도 삼아드리겠습니다요."

사내의 자초지종을 들어보니 사정이 절박했다. 사내는 거창에서 온 이달초라는 사람이었다. 지난 가을부터 두 달 사이에 다섯 아들이 모두 미쳐버렸다는 것이다. 의원을 들인다, 굿을 한다, 야단법석을 다 떨어봤지만 아무런 차도가 없었다. 집안은 말이 아니었다. 한집에 미친 자식이 다섯이나 됐으니 오죽했으랴. 그러던 중 어떤 사람이 일렀다. 무주 무풍 증산리 김 부자댁에 영통한 풍수 하나가 와 있는데 그를 불러 보이라고. 아무래도 묘에 이상이 있는 모양이라고 조심스레 진단했다. 그래서 이렇게 불알이 떨어지라고 예까지 쫓아왔다는 것이다.

"허허, 왔던 길을 되짚어가야 쓰겠군."

진태을은 사내의 딱한 사정을 듣고 미적댈 수가 없었다. 오죽했으면 이곳까지 달려왔을까. 그처럼 기이한 일이라면 분명 외부적인 원인으로 비롯된 병일 가능성이 있었다. 묏자리에서 생긴 사달이 아니고서는 불가능했다. 겨우내 편히 쉬었다 했더니, 해동이 되자마자 이리저리 불려다닐 팔자였다.

그날로 길을 떠난 진태을과 이달초는 이튿날 한밤중이 돼서야 거창에 도착했다. 지나가는 달구지를 잡아타기도 하고 걷기도 했다.

진태을은 이달초의 양친이 묻힌 산에 올랐다. 작은 개울에 놓인 섶다리를 건너서 등성이 하나를 넘었다. 주위가 꽉 막힌 분지가 나타났다. 그 언저리에 묘 두 개가 나란히 엎어져 있었다. 진태을은 세심하게 묏자리를 살폈다. 진태을의 미간이 바짝 좁아진 건 잠시 뒤였다. 눈꺼풀 또한 심하게 떨리기 시작했다. 데리고 온 산역꾼들 옆에 서 있던 이달초의 입술이 숯불처럼 바싹 타들어갔다.

"당장 이 무덤들을 파시게!"

"어인 까닭인지요?"

"이 무덤들은 둘 다 사혈(巳穴)일세."

"사혈이라면 … 뱀이?"

"그렇다네."

이달초는 어찌할 줄을 모르고 덤벙댔다.

"세상에, 세상에. 작년 봄과 여름에 차례로 돌아가신 분들의 묘 아닙니까. 목마른 말이 물을 마신다는 갈마음수혈(渴馬飮水穴) 명당자리라고 믿었던 묘랍니다."

"무턱대고 이름만 그럴 듯하게 붙이면 쓰는고? 사방이 꽉 막혀 바람한 점 안 들어오고 저습한 사혈일세. 뭐하고 있나. 뱀을 키우고 있을 셈인가!"

그제야 이달초는 산역꾼을 주선해서 봉분을 파도록 했다.

봉분이 파헤쳐지면서 땅속으로부터 김 같은 기운이 스며 나왔다. 아닌 게 아니라 명당이라고 볼 수도 있는 온기였다. 그러나 잠시 뒤, 산역꾼들이 외친 소리는 명당과는 너무도 거리가 멀었다.

"으윽, 떼뱀이다!"

관 속을 들여다보니 수십 마리의 떼뱀이 채 썩지도 않은 시신 주위에서 우글우글 뒤엉켜 있었다. 비릿한 냄새가 코를 찔렀다. 겨울을 막 난 탓이던지 뱀들은 힘이 없어 보였다. 관 밖으로 나올 기미가 전혀 없었다. 징그러워서 차마 눈으로 쳐다보고 있을 게 못 되었다.

"삽 이리 줘!"

산역꾼에게 삽을 건네받은 이달초의 눈은 벌써 뒤집어져 있었다. 그는 악마를 잡듯 사정없이 뱀들을 쳐죽이기 시작했다. 그의 눈가에는 눈물이 어른거렸고 어금니는 윽물려 있었다. 구경하던 산역꾼 하나가 더는 참지 못하고 거들었다.

"어떻게 이런 일이, 어떻게 이런 일이. 아버님, 죄송혀요. 불초소생을 용서허시고 노여움 그만 푸소서. 지가 존 자리로 잘 모셔드리겠습니다요. 으흐흐흑."

유골을 수습한 이달초는 끝내 비통한 울음을 터뜨리고 말았다. 그는 삭정이를 주워 모아서 불을 사르고 몸이 동강났지만 아직도 꿈틀거리는 뱀들을 태웠다. 분풀이이자 끔찍한 기억을 불사르자는 생각에서였다.

그러나 아직도 무덤 하나가 더 남아 있었다. 그 속에도 떼뱀이 우글거리고 있다고 생각하니 잠시도 숨을 돌릴 틈이 없었다. 그는 산역꾼들보다 먼저 어머니의 무덤으로 달려들어 봉분을 까 내리기 시작했다.

그는 거의 미쳐 있었다.

드디어 관 뚜껑이 열렸다.

이번에는 커다란 구렁이 한 마리가 똬리를 틀고 있었다. 구렁이는 고개를 치켜들고 혀를 날름거리고 있었다.

"이 우라질!"

이달초의 삽날이 허공을 날았고 구렁이는 그대로 두 동강 나버렸다. 놈 역시 여전히 꿈틀댔다.

"아―."

구렁이를 쳐죽인 이달초는 관 속을 들여다보며 한숨을 토했다. 어머니의 시신은 머리가 잘려진 채, 다리 쪽에서 나뒹굴고 있었다. 뿐만이 아니었다. 이름을 알 수 없는 수많은 벌레들이 뼛골을 파먹느라 난리였다. 당장 석유라도 뿌리고 훨훨 불을 붙여 태워 죽여버리고 싶었다. 그러나 아쉬운 대로 뼈를 수습해야 했다.

놀라운 일은 단 몇 초 만에 일어났다. 새까맣던 벌레들이 햇빛을 쐬자마자 거짓말처럼 녹아버리기 시작했던 것이다. 땅속 사정은 참으로 알 수 없는 조화 속이었다.

진태을은 내친 김에 묏자리를 잡아주었다. 명당이 어디나 있는 게 아니어서 해가 없는 보통자리에 잡았다. 양지 바른 곳이었다.

"본시 삼구부동총(三九不動塚)이네만 정황이 이러니 도리가 없지."

"예?"

"3월과 9월에는 묘를 손대지 않는 법이네만 어쩔 수 없잖은가?"

"물론입니다, 선생님."

세상에는 믿을 수 없는 일이 많다.

논리적으로 설명되지 않는 일들도 한둘이 아니다. 이 땅에 인공적인 시설물이나 문명의 이기물들이 아직 들어오지 않았을 때, 설명할 수 없는 일들은 더 많이 일어났다. 자연의 오묘함과 신비함을 그대로 경험하던 시절이었던 것이다. 과학화 이전의 그 길었던 원형적인 시대를 흔히 음(陰)의 시대라고 부른다. 반면에 자연적인 요소보다 인공적인 요소가 절대영향력을 행사하는 시대는 양(陽)의 시대가 되는 셈이다. 천둥번개의 시대냐, 전기전자의 시대냐로 변별할 수 있다.

이장을 마치고 돌아오자, 이달초의 다섯 아들들은 벌써 정상을 되찾고 있었다. 빠르다면 이렇게 빠른 게 묏바람이었다. 꼭 마법의 주술에 걸렸다가 풀려난 것만 같았다.

이달초의 집은 가난했다. 진태을에게 닭 한 마리를 잡아 접대하는 것도 남의 집 신세를 지는 눈치였다. 너나없이 형편이 여의치 못한 시절이었다. 그러나 귀인을 만나 흉사를 고쳤으니 경사였다. 이달초의 집 마당에는 솥뚜껑이 삼발이에 내걸리고 고소한 지짐이가 부쳐졌다. 쿵덕쿵덕 절구 찧는 소리도 울렸다. 동네잔치가 벌어졌던 것이다.

진태을은 그날 밤 이달초의 집에서 묵었다. 제법 걸게 차린 저녁상을 독상으로 받았다. 상을 물리니 문간에서 대기하고 있던 마을사람들이 우르르 몰려들었다. 그나저나 좁아터진 방에 마실꾼들이 몰리니 안방과 뒷방 사이의 문을 열어젖히고 받아도 숫제 포개고 앉은 형편이었다.

자연스럽게 이야기 한마당이 벌어졌다. 오늘밤 이 동네 사랑방은 이달초의 집이었다.

"어르신은 땅속이 훤히 보이시남요? 신통방통이네요."

아까 낮에 산역꾼으로 갔었던 사내가 먼저 운을 뗐다.

진태을이 땅속의 조화를 상세히 설명했다.

무덤 속에 뱀이나 벌레가 들어가는 걸 충렴(蟲廉)이라 한다. 빈틈

없는 석관을 써도 온갖 벌레나 뱀, 심지어는 쥐새끼까지 들어 있는 경우가 있어 기이하기 짝이 없다. 드물게는 죽은 사람의 똥이 쌓여 있는 예도 있다. 이렇게 충렴이 들면 자손에게 흉측한 화를 미친다. 대개는 중풍을 앓거나 정신질환을 앓게 된다.

무덤에 들어가는 건 그 외에도 많았다. 진태을은 이날까지 수많은 무덤들을 개장하면서 알 수 없는 땅속의 조화에 어떤 두려움마저 느꼈다. 물론 아무것도 안 들어가야 좋았다. 하지만 토질이 좋아도 광중(壙中) 작업을 야무지게 하지 못하면 염이 들게 마련이다.

목렴(木廉)이라 해서 나무뿌리가 들어간 경우였다.

명당자리는 주변에 나무가 가까이 있다 해도 절대 나무뿌리가 관속으로 뻗치지 않는다. 명당은 스스로 시신을 보호한다는 말이 그래서 나왔다. 목렴이 드는 경우는 대개 토질이 나쁠 때 생긴다. 자갈땅에 시신을 묻으면 영락없이 이 목렴이 든다. 어떤 때는 명주실을 흩어놓은 것과 같은 실뿌리가 관속을 하얗게 뒤덮고 있는 경우도 있었다. 만약 조상의 묘에 나무뿌리가 들면 자손 가운데 신경통이나 농창으로 고생하는 사람이 생기게 된다.

다음으로 수렴(水廉)이 있다.

수맥(水脈)이 지나는 곳에 시신을 묻거나 봉분을 통해 건수가 들어가면 관 속에 으레 물이 찬다. 무덤 바로 위 입수처(入首處, 내룡의 맥이 혈로 들어가는 용머리, 직룡·횡룡·비룡·잠룡·회룡 입수)가 바위와 흙으로 나뉜 곳이면 물이 지하로 스며들기 쉬워 수렴이 든다. 관 속에 물이 들면 시신이 썩지 않는 경우도 있고 어떤 때는 녹아 없어져 버리는 수도 있다. 드문 경우지만 복시혈이 되어 시신이 뒤집어지는 수도 있다. 칠성판에 묶인 채로 물 위에 떠 있다가 엎어지는 것이다. 이런 무덤의 자손들은 극심한 두통이나 만성질환을 앓는다. 간혹 익사

사고를 당하기도 한다.

유골이 불탄 것과 같은 화렴(火廉)도 있다.

여러 차례 눈으로 확인한 진태을 자신도 믿어지지 않는 일이다. 흡사 불에 탄 것처럼 수의의 일부분이 까맣게 타 있곤 한다. 시신의 한 부분이 타 없어지는 예도 있는데 마찬가지로 자손들에게 나쁜 영향을 끼친다.

마지막으로 풍렴(風廉)이 있다.

말 그대로 관 속에 바람이 드는 것으로 서북간에서 불어오는 칼바람을 지속적으로 맞게 되면 유골이 부석부석하게 되고 만다. 자손은 신경계통의 병을 앓는다.

"선상님! 어디 무서워서 묏자리 아무나 쓰겠어요?"

듣고 있던 아낙네가 참지 못하고 속내를 드러냈다. 당연한 반응이었다.

"누가 아니래."

"그러게."

"그러나 제대로 공부한 지관을 만나면 최소한 그런 오렴(五廉)쯤은 능히 피할 수 있소이다. 여러분들 몸이 아프면 아무한테나 몸을 맡깁니까? 아니지요? 풍수도 그런 겁니다. 의원이 잘못하면 환자 하나만 잡지만 풍수가 잘못하면 집안을 망칩니다."

진태을이 자상하게 일러줬다.

"이런 시골구석에는 작대기 풍수밖에 없는데 어떻게 선생님처럼 제대로 공부하신 분을 만나요? 돈도 없고 쓸 산도 없으니 허사지요."

이번에는 중년의 사내가 말했다. 옳은 말이었다. 그래서 풍수는 가진 자들, 기득권층의 술법이었다. 명당은 왕족이나 사대부들이 전횡

하고 일반 서민들은 명당이란 개념이 아니라 단순한 매장일 뿐이었다.
"덕을 쌓고 선행을 하다보면 좋은 자리를 구하는 수도 있지요."
진태을로서는 그렇게 얘기할 수밖에 없었다. 그것이 소박한 무지렁이들을 위안하는 일이었다.

그는 화제를 풍수설화 쪽으로 돌렸다. 명당을 두고 싸운 원수 가문 이야기며 딸이 친정집 명당을 훔친 이야기, 신라말 옥룡자 도선국사가 고려의 태조 왕건이 태어날 것을 예언했다는 대목 등을 맛깔스럽고 유식하게 풀어나갔다. 사람들은 침을 꼴깍꼴깍 삼켜가면서 이목을 집중했다.
"과연 인걸(人傑)은 지령(地靈)이로세. 논두렁 정기라도 타고나야 한 자리를 사는 거여."
"하모, 한 자리 잘 쓴 집 치고 다들 괜찮지."
이렇게 두 노인네가 장군 멍군을 주고받자, 가만히 듣고 있던 노인 하나도 툭 불거진 광대뼈를 들이밀며 초를 치고 나선다.
"그러니까 조상의 이빨 하나라도 명당자리다 묻으려고 안 하나?"
"맞아요, 우리 말 뒷산만 혀도 그렇잖아요."
"타관 놈들이 그러지, 이 고장사람들이야 어디 그러는가요?"
좌중에서 젊은층에 속하는 산역꾼이 말 호미걸이를 하고 넘어진다.
"모르는 소리 말아. 나 이만하니 코 흘리고 댕길 때, 그러니까 뭣이냐, 느그 부모가 아직 밤일도 개시하지 안 했을 때여. 그땐 참말로 난리였지."
"호호호호."
"하하하하."
광대뼈 불거진 노인의 구성진 말에 좌중이 박장대소했다. 은근히

넉살이 좋은 노인은 아랑곳없이 자신이 코 흘리던 때 얘기를 끄집어냈다.

이 마을 뒷산은 명당 날이라는 말이 전해올 만큼 명당이 많은 산이었다. 가야산과 덕유산 사이에 자리잡고 있어서 산세가 수려하고 물도 맑았다. 그런 명당 날이라면 부지런히 묘를 쓸 일이었다. 한데 묘라고는 하나도 없었다. 그 까닭은 이 뒷산이 마을의 주산(主山, 마을의 정기가 뻗어 내려오는 산)이기 때문이었다. 이런 경우는 누구라도 묘를 못 쓰는 금장처(禁葬處)가 된다. 이런 산에 묘를 쓰면 그 자손은 번성하나 산신이 노해서 마을에 재액을 내린다. 그래서 마을사람들이 공동 감시자가 되어 묘 쓰는 것을 막는 것이다. 하지만 명당임을 뻔히 아는데 그걸 놔둘 리가 없다. 그래서 한밤중을 이용해 쥐도 새도 모르게 암장(暗葬)하는 자들이 속출하게 마련이다.

어느 해 여름, 극심한 가뭄이 들었다. 논바닥이 거북등처럼 갈라지고 밭곡식들이 꼬챙이처럼 말라갔다. 우물물마저 바닥을 드러내고 마를 지경이었다. 기우제를 지내봐도 아무 소용이 없었다.

"암장이다. 언놈이 분명 암장을 했어!"

"턱도 없어. 누가 무슨 재주로?"

"그렇지 않고서야 이렇게 가물 리가 있나!"

"뒷산을 샅샅이 뒤져라!"

누군가 그렇게 외치자, 마을은 꼬맹이 하나 남김 없이 뒷산으로 하얗게 올라붙었다. 그러나 아무런 흔적도 없었다. 하도 경계가 심해서 주로 밤중에 하는 암장은 용이치 못했다.

"마른 풀 한 포기 없네."

사람들은 허탈하게 손을 털었다. 날 더운데 괜히 헛심만 뺀 꼴이었다. 모두가 하산하려던 참이었다.

"여기 마른 흙이!"

아이 하나가 그렇게 외쳤고 그곳으로 우르르 달려가 보니 과연 서너 삽 뜬 자리에 뿌옇게 흙이 말라붙어 있었다. 그곳을 파보니 작은 상자나 다름없는 관이 나왔고 그 안에 몇 가닥의 뼈가 들어 있었다. 오래돼서 거의 썩어버린 유골을 암장한 것이었다. 지독한 놈의 수작이 아닐 수 없었다.

"당장 돌로 바숴서 흩뿌려 버리세."

가뭄에 농사를 망쳐버린 농사꾼이 소리 질렀다.

"그래도 그러는 게 아니네. 마을에 내려가서 사람들에게 알리고 주인을 찾아 돌려줘야지."

다른 사람이 나서서 도리를 강조했다.

"나타나겠어요? 주제에 낯짝이 있지."

"그래도 남의 조상을 함부로 다뤄서는 못 쓰네."

마을사람들은 동회에 유골상자를 공시했다. 예상했던 대로 임자가 나타나지 않았다. 그나마 다행한 일은 그날 밤에 먹장구름이 몰려들면서 소나기가 퍼부었다. 우연의 일치라고 하기에는 너무나 절묘했다.

"올 때 됐으니까 왔겠죠. 그깟 뼛조각 몇 개 파냈다고 안 올 비가 왔겠어요? 기우제 지내면 비 내린다고 하는데 그것이 죄다 비가 올 때까지 제사지내니까 그런 거잖아요."

젊은 사람 하나가 나섰다. 진태을은 가볍게 웃어 보였다. 저 젊은이의 말이 맞을 수 있었다. 아무리 풍수가 묘하다고 해도 세상 모든 일을 풍수와 연관지어 해석하는 것은 무리였다.

"예끼! 어른들 말씀에 자발없이 껴들기는! 요새 젊은 사람들 참 문제여. 저만 똑똑한 줄 알아요."

광대뼈 불거진 노인이 못마땅하게 눈을 째리며 호통을 쳤다.

"그래서 그 뼈는 어떻게 했나요?"

아낙네 하나가 물었다. 자신은 그게 몹시 궁금해서 못 견디겠다는 투였다.

"동네 훈장이었지. 며칠 뒤, 그 유골상자와 함께 마을에서 사라졌으니까. 훈장은 멀리 하동에서 흘러들어온 사람인데 한식 명절 때, 고향에 다녀오면서 선친의 유골을 가져다가 이 마을 뒷산 명당에 몰래 묻었던 거였어. 학동들에게 글을 가르치는 사람이 내심 그런 음모를 숨기고 마을에 잠입했으니 명당 욕심은 역시 무섭지 뭐야."

"그래도 그 훈장한테 글 배웠을 거 아녜요?"

누군가가 트집을 잡았다.

"나야 뭐 그 밑에서 겨우 천자문 읽었지. 아직 명심보감은 배우기 전이라 그나마 다행이여. 그런 분에게 명심보감 배웠더라면 심보가 삐뚤어졌을 테니까 말이여."

"하긴 그라네요."

"하하하."

밤새 웃음소리가 그칠 줄 몰랐다.

진태을은 그렇게 하루를 보내고 다시 마이산으로 돌아왔다. 탈이 난 자리를 바로잡아 주고 그가 받은 폐백은 쌀 세 말값이 고작이었다. 숨 넘어가게 달려와서는 자식들만 바로 고쳐주시면 혀를 뽑아 신발이라도 삼아드리겠다던 이달초였다. 사람 마음이 다 그랬다. 뭣 마려울 때 하는 말과 누고 나서 하는 말이 이렇게 달랐다. 그렇거니 진태을은 고맙게 받았다. 어려운 형편에 이것도 큰 맘 먹고 빌려와서 내놓은 사례비였다.

풍수 일이라는 게 그랬다. 없는 사람들에게는 적선하는 셈 치고 공짜로도 해줄 수 있었다. 대신 여유 있는 사람에게는 제대로 자리값을 받으면 된다. 선사(先師)들이 남긴 산도까지 곁들인 결록, 곧 족보가 있는 대지(大地)나 자기 자신이 잡은 대혈은 부르는 게 값이었다. 논 열 마지기에 기와집 한 채는 기본이었다. 실제로 태을은 그런 폐백을 여러 번 받아보았다.

그래서 그는 부자가 되었을까. 아마 재물을 다 모았더라면 큰 부자가 됐을 것이다. 하지만 재주와 재물이 항상 일치하는 게 아니어서 남원 본가는 겨우 끼니걱정을 면하고 사는 정도였다. 형제들이 모두 글 읽는 서생들이었고 벼슬자리도 끊겨서 형편들이 곤궁했다. 특히 구한말 의병으로 나가 죽은 아우의 유족들은 더 어려웠다. 고작 스물에 왜놈들이 쏜 총알에 맞아 꺾였다. 미망인 제수와 조카딸을 한식솔로 만들었다. 이처럼 적잖은 가족들 만수받이를 하다보니 재물 모을 짬이 없었다. 그래도 형제들이 남원 고향마을에 모둠살이를 하고 있어서 마음놓고 천하를 유람할 수 있었다. 얼마나 다행한 일인가. 미안한 이가 있다면 아내였다. 계절풍처럼 1년에 몇 차례 들러서 애만 만들어놓고 사라지는 남편을 평생 군말 한마디 없이 시봉한 조선의 마지막 여인이었다.

태을이 맺어준 인연

"웬 밤이슬을 맞고 다니는고?"

소피를 보러 나왔다가 진태을은 절 마당으로 도둑고양이처럼 숨어들어오는 바우를 발견했다.

"아랫말 사랑에 마실 나갔다가…."

바우의 음색에는 개운치 못한 데가 있었다. 태을은 지난번에 당도하던 첫날부터 바우의 밤마실을 눈치 채고 있었다. 사랑에 나간다면 초저녁에 갈 일이지, 다 잠든 한밤중을 노릴 까닭이 없었다. 태을은 고개를 저었다. 우선 급한 건 놈의 혼사였다.

거창에서 돌아와 금당사에서 나흘을 더 머문 태을은 행장을 꾸렸다. 식전부터 채비를 하더니 별반 서두르지 않고 미적거렸다. 그러다 바우가 안 보이는 틈을 타 입을 열었다.

"아무래도 바우는 예서 절살림이나 하는 게 옳겠군."

"그럼, 다른 데 쓸 요량이 있었던가?"

구암이 시큰둥한 반응을 보였다.

"나도 이제 얼마 남지 않았네. 쓸 만한 놈을 얻어서 신통찮은 재주라도 전하고 가야 할 게 아닌가."

"그럴 놈 같으면 진즉 머리 깎였네."

"허허. 자네…?"

"일내기 전에 장가보낼 일이 큰일일세. 한참 과년한 나인데."

"어디 저들끼리 야합한 처자라도 있다는 겐가?"

"밤새 주인 없는 밭 갈다 오는 게지."

구암 역시 나름대로 짐작 가는 게 있다는 투였다. 아랫마을 주막집 근처에 젊은 과수가 하나 있는데 언제부턴지 바우가 그 집을 들락거리고 있었던 것이다.

태을은 자신이 역시 일을 잘 엮었다고 생각했다. 덕유산 북동쪽 아래 무풍에서 지난 겨울을 나면서 태을은 바우의 색시감을 물색해뒀던 터였다.

옥선이라고 했다. 올해 스물두 살 나는 산골마을 처자였다. 무엇 하나 버릴 게 없이 옴팡진 색시였다. 평안도 성천에서 정감록을 보고 왔다는 감결파(鑑訣派, 살기 좋은 땅을 찾아다니는 사람들)의 둘째 딸이었다. 충북 진천과 속리산 동쪽기슭의 우복동(牛腹洞) 십승지 마을을 거쳐 작년 겨울에 무풍으로 옮겨왔다는 감결파 최가는 이사할 때마다 오동나무 상자에 가친의 유골을 담아 메고 다녔을 만큼 풍수에 빠진 사람이었다. 그런 사람이 그리 드문 것도 아니었다. 조상의 뼈를 가보 이상으로 취급하는 풍토였다. 최가가 그랬다. 그 최가를 만난 곳은 김 부자댁에서였다.

태을은 무풍에서 제일 후덕한 김 부자댁 사랑에서 머물렀다. 김 부자는 집안에 큰일이 있을 때면 늘 진태을에게 맡겨왔다. 역학에서 풍수에 이르기까지 도통한 태을을 김 부자는 든든한 바람벽으로 삼았다. 그때마다 태을은 크게 어긋남 없이 일을 성사시켰다. 김 부자는 그런 태을을 붙잡아 매두지 못해 안달이었다.

나무는 큰나무 덕을 못 보지만 사람은 큰사람 덕을 본다는 말이 있다. 무풍고을에서는 김 부자를 두고 이르는 말들이었다. 무풍고을 사람들은 하나같이 김 부자를 추앙했다. 아무리 시절이 어렵다지만 자기 고을에서 끼니를 못 잇는 사람이 있는 건 모두 자신의 부덕함에서 나온 처사라는 게 김 부자의 소신이었다. 그래서 고리대금업도 하지 않았고 장리쌀도 놓지 않았다. 남들이 오부나 그 이상의 고리를 놓을 때, 김 부자는 이부를 고집했다. 그것도 갚을 때는 녹녹치 않다는 걸 잘 알고 있었다. 그는 양식을 빌려주고 형편대로 받았다. 꼭 쌀이나 보리가 아니더라도 농한기에 가마니를 친다거나 짐승을 거두는 일로 대신하게끔 했던 것이다.

무풍은 전라도, 충청도, 경상도의 경계점을 이루는 삼도봉(三道峯) 바로 남쪽 기슭에 위치했는데 덕유산과 민주지산, 백두대간 사이에 낀

고원지대로 봉황의 형상을 한 대덕산 정기를 받는 요새였다. 대덕산 아래 망덕산은 봉황이 낳은 알이었다. 언제고 그 알의 정기를 받은 인물들이 쏟아져 나올 터라고 진태을은 일찍이 예언했었다.

서쪽 관문인 나제통문과 동쪽 관문인 덕산재 사이의 무풍고을은 하나의 완전한 별세계였다. 조선 명종 때의 천문교수이자 명풍수였던 격암 남사고(南師古, 1509~1571)가 이곳을 십승지로 자리매긴 이후, 임진왜란이 일어나자 전국에서 많은 양반들이 이곳 무풍으로 들어왔다. 백산서원, 난계서원, 죽림서원, 춘향서원은 이들이 남긴 유산이다. 그러나 민병석이라는 넋 빠진 매국노가 혈세를 뜯어내서 민비에게 지어 바친 99칸짜리 행궁(行宮, 왕이 지방에 내려갈 때 머무는 곳)인 명례궁(明禮宮)은 십승지의 그늘이었다. 정작 민비(閔妃) 자신은 한 번도 이곳에 와서 머물러보지도 못하고 일본 낭인들에게 시해돼 버렸으니 척신(戚臣)들의 지나친 아부에 산천의 정기가 외면한 것인가. 이 고을 출신의 지사 황대연, 이병열, 이종성, 강무경 의병장은 일본인들과 맞서 목숨을 바쳤는데 권력을 쥔 인간들은 피난이나 궁리했으니, 터란 차지하는 이가 임자가 아니고 가꾸고 지켜내는 이들이 마지막 임자가 되었다.

시련은 만물을 성숙시킨다. 이런 십승지에서 때를 기다리며 덕을 베풀어라. 난리를 피해 천혜의 산성 안에 숨어들어 왔으나, 정작 이곳 사람들과 화합하지 못하면 도리어 위험한 일이다. 외부의 적과 내통하는 불순한 내부의 적을 만들지 마라. 그것이 십승지에 사는 사람의 덕목이다. 싹만 멸실되지 않는다면 머잖아 반드시 무성하게 꽃피우고 열매 맺는 시절이 온다. 그때 가서 분명 이 무풍고을은 복지가 되고 숱한 인물이 배출되리라. 그것이 이 십승지가 지닌 힘이며 가르침이다.

진태을은 김 부자에게 마르고 닳도록 읊조렸다. 김 부자는 그때마다 허리를 굽혀 동조를 표했다. 그런 무풍의 김 부자댁에서 진태을이 묵게 되면 자연스레 사랑채에는 사람들로 붐볐다. 덕망 높고 돈 많은 집 사랑채란 본래 팔도 과객들의 무료 숙박소였다. 그들은 공밥과 공잠만 자고 가는 게 아니었다. 지니고 있던 약초며 물품을 슬그머니 꺼내놓고 갔고, 하다못해 정보라도 귀띔해줬다. 사람들의 입소문은 곧 복이 되어 되돌아왔다. 묘한 공생관계가 형성되는 것이다. 진태을의 이름 또한 이미 남녘 웬만한 고을이면 자자하게 알려진 마당이었다. 주역에 통달해서 육효(六爻)를 뽑으면 숨어 있는 귀신도 찾아낸다는 소문이 무성했다. 실제로 관상을 보게 하고 사주를 대어주면 자식이 몇이고 언제 어디서 어떤 일을 겪었고 몸에 무슨 병이 있으며 어떤 근심을 하고 있는 것인가를 족집게같이 뽑아냈다.

지난 겨울을 나던 때였다.

그날은 태을이 묵고 있는 사랑채 맞은편 행랑채 넓은 방에서 촌부들 몇이 멍석을 짜고 있었다. 태을이 하도 영험하다 해쌓으니 촌부들이 엉뚱한 시험을 해보기로 했다.

"어르신. 이 짚단에 짚이 몇 개나 되는지 알아맞히실 수 있겠습니까요?"

촌부들은 말끔히 추려 묶은 때깔 좋은 짚단을 가리켰다.

태을은 내심 불쾌하고 부끄러웠다. 자신이 어느새 점쟁이 취급받고 있었던 것이다. 고작 그런 거나 맞추자고 평생을 구도자처럼 살아온 것이 아니었다. 하지만 무지렁이들이 군자의 도니, 이기설이니, 허령지각을 알 리가 없었다. 무엇이건 불가능한 것을 알아맞히면 그게 곧 도인이라고 믿었다. 사람들이 그렇게 여기니 세상에는 그들을 감쪽같이 속이는 사기꾼들이 속출한다. 그네들의 그런 얄팍한 마음이 사기꾼을 불러들이는 셈이다.

"만장(慢藏) 은 회도(誨盜) 요 야용(冶容) 은 회음(誨淫) 이라."

"네? 뭐라 하셨죠? 이 지푸라기가 모두 만몇 개라 하셨나요?"

"허허, 그냥 혼자 하는 신세타령이오."

태을은 속이 짰다. 문단속을 게을리하면 도둑을 부르고 야하게 용모를 꾸미면 음란한 사내를 불러들인다는 뜻인데 모두 자신을 책망하는 내용이었다.

하면서도 태을은 특유의 송골매 눈을 조였다. 내키지 않았지만 다시는 그런 시험을 못하게끔 이 기회에 쐐기를 박고 싶었다. 점심상을 물린 직후여서 여가로 삼을 만도 했다.

그는 굳이 육효를 뽑지 않았다. 육통(六通) 을 죄다 깨치지는 못했지만 영안(靈眼) 이 열린 그였다. 이따위 사소한 일은 식은 죽 먹기였다. 그는 잠시 눈을 감았다 떴다.

"천이 셋에, 백이 일곱, 십은 둘, 낱개는 다섯일 게야."

방안이 웅성웅성하며 동요하는 기색이었다.

촌부들이 짚단을 끌러 나누어 가지고 세기 시작했다. 이윽고 세기를 마친 그들은 그 수를 합하기 시작했다.

"삼천 칠백…."

"아…."

수를 합셈하던 젊은 사내가 여기까지 말하자, 방안에는 벌써 탄복이 새어나왔다.

"… 일십 둘!"

좌중에서 비명이 새어나왔다. 그 많은 지푸라기 가운데 고작 열셋 밖에 안 틀리고 맞혀버린 것이다. 송골매 눈을 가진 노인을 우러르는 촌부들의 순박한 눈에 두려움이 번졌다. 흡사 그림자 있는 귀신이라도 보고 있다는 듯이.

그때였다.

잠자코 앉아 있던 진태을이 빙그레 웃었다. 촌부들은 스스로 만족해서 그러려니 여겼다. 그런데, 의외의 말이 튀어나왔다.

"저기 저 매듭은 안 셀 텐가?"

촌부들의 시선이 두 가닥으로 묶여져 둥그렇게 나뒹굴고 있는 매듭 쪽으로 모였다. 최가라는 늙수그레한 촌부가 얼른 그 매듭을 집어들었다. 그리고는 묶인 꽁지를 풀어서 한데 모은 뒤, 부러 소리내 세기 시작했다.

"하나, 둘, 서이, 너이, 다섯, 여섯, 일고…."

여기까지 셌을 때, 행랑채 마당에는 사정을 짐작하고 몰려든 사람들로 웅성거렸다. 그 가운데는 김 부자 내외도 있었고 부리는 머슴들, 아낙네들도 있었다. 마루 밑에 늘어져 있던 누렁이도 꼬리를 흔들며 방안 동정을 살폈다. 어느새 방문이 활짝 열쳐 있었고 사람들의 이목이 쏠렸다.

"…여덟, 아홉, 열, 열하나, 열두… 울! 어르신!"

최가의 입에서는 열셋 대신에 어르신이라는 호칭이 나왔다. 마당과 마루에 있던 사람들이 삽시에 행랑채 문 앞으로 몰려들었다. 김 부자 역시 문 앞에 바투 다가와 있었다. 천하의 진태을이 하나를 덜 봤다는 것인가. 김 부자는 아쉬워했다. 하지만 그것도 잠시였다.

"그러면 그렇지!"

김 부자의 입에서 나온 말이었다. 태을을 향해 넙죽 큰절을 올리고 있는 최가의 손에 나머지 한 개의 지푸라기가 들려져 있었던 것이다.

"쯧쯧, 이 사람들! 용렬하기는."

김 부자가 덥석 달려들어 태을의 손을 잡는 한편 촌부들을 힐책했다. 그 말은 태을의 신통한 재주를 칭찬하는 것보다 더 큰 감동을 가져왔다.

김 부자는 그날 오후 예정에 없던 잔치를 베풀었다. 200근 나가는 돼지를 잡고 막걸리 열 말을 내놨다. 그가 바람벽으로 삼고 있는 진태을의 진가를 맘껏 자랑하고 싶었던 것이다.

"복이로다. 아암, 큰 복이고말고. 태을장 같은 귀인을 내가 모실 수 있음은 더 없는 복이로다."

김 부자는 연방 헤벌쭉 웃을 뿐, 좀처럼 진태을의 손을 놓을 줄 몰랐다.

그제야 공명이 잠을 깨어 글 한 수 읊었으되(아니리),
초당의 춘수족허니 창외일지지요,
대몽을 수선각하고 평생을 아자지라.
(大夢誰先覺, 平生我自知. 草堂春睡足, 窓外日遲遲.)

때마침, 구성 좋은 유객이 있어 판소리가 흘러나온다. 적벽가 중에 공명이 유비를 맞아 잠에서 깨어나며 읊은 대몽시(大夢詩) 대목이었다. 오늘의 진태을을 제갈량과 동격으로 모시겠다는 뜻이 담긴 가사내용이었다. 막걸리를 쳐대는 남정네들이나 소반으로 안주를 나르는 아낙네들이나 과연 살아 돌아온 제갈량 같으신 분이라고 입을 모아대는 풍경이었다.

잔치가 끝났을 때는 밤이 이슥해 있었다.

"어르신, 진태을 어르신!"

사랑채 독방에서 잠들어 있는데 밖에서 부르는 소리가 났다.

"뉘신가?"

"소인 아까참의 최가올습니다요."

"그대가 또 웬일인가, 이 야심한 밤에?"

성냥을 그어 촛불을 밝히고 문을 열었다.

"들어가도 좋을는지요?"

그렇게 말하는 최가 옆에는 머리를 곱게 땋아 내린 처자 하나가 다소곳이 머리를 숙이고 서 있었다. 자다가 봉창 뜯는다더니 진태을은 눈앞에 벌어지는 일에 종잡을 수가 없었다.

바깥 날씨가 찼으므로 태을은 우선 둘을 방 안으로 들게 했다.

"어인 일인고?"

"소인의 여식이옵니다. 설 쇠면 스물둘이 되는 과년한 나이인데 산골에서 없이 살다보니 마땅한 혼처도 없네요. 그렇다고 도나캐나 함부로 얽어매서 보내버릴 수도 없고 해서…."

태을은 여전히 고개를 숙이고 앉아 있는 처자의 상을 봤다. 음전한 인상이었다. 동그란 귀며 깨끗한 이마 언저리에 귀티가 났다. 촌에서 배운 바 없이 자랐을 테지만 본바탕은 영특해 보였다. 아무래도 혼처가 없다는 말은 흰소리로 들렸다.

"무신생(戊申生) 잔나비 띤가?"

"그렇습니다요."

"영리하게 생겼구먼. 언제 여월까 묻는 것인가?"

"어르신, 그게 아니옵고 산간에 시집 보내봐야 화전이나 일궈먹느라 고생바가지 뒤집어쓸 게 뻔한 일, 차라리 어르신께서 거둬주셨으면 허구 말입죠. 박색이라도 심성 하나는 곱습니다요."

최가는 죄진 사람 모양으로 머리를 조아렸다. 여식을 잠자리 시중, 곧 천침(薦枕) 하겠다는 말이었다.

"그 무슨 점잖지 못한 말인가? 늙은이를 희롱하지 마시게. 밤이 깊었으니 이제 그만 가보게. 안채에서 알면 날 노망들었다고 하리."

태을의 어조는 서릿발이 돋았다.

"어르신, 진심을 고사하시면 되레 소인이 면목 없어집니다요. 안채와는 벌써 내신(內申)이 있었습죠."

비밀스레 다 일러뒀다는 말이었다. 태을은 풍류를 아는 남아였다. 젊었을 때는 기방에도 출입이 잦았고 뜻하지 않게 당하는 이런 류의 호의를 마다하지 않았다. 음양의 교합이야말로 천리가 아니던가. 이러고저러고 해도 남녀가 살을 섞어 태극문양을 짓는 것보다 즐겁고 화기 도는 일도 없었다. 이팔청춘에서부터 늙어 꼬부라진 사람들까지 그 일에 집착하는 것은 그것이 곧 살아 있음을 증명하는 행위이기 때문이다. 하지만 자신은 이미 저승사자의 명부를 받아놓은 처지였다. 하룻밤 교합을 위해 앞날이 구만리 같은 멀쩡한 처자의 장래를 그르칠 수는 없었다. 그때 떠오른 것이 마이산 금당사의 불목하니 바우 녀석이었다.

"알았네. 내 거둘 것이로되 적당한 혼처가 있으니 중매나 서보겠네. 허락하겠는가?"

허락하고 말 것도 없었다. 어련히 알아서 하시랴 싶었던 최가는 그 자리에서 여식의 사주를 대었다.

"으음, 됐네."

태을은 그 말뿐 더 이상 가타부타 말을 하지 않았다. 그는 아무 날 아무 때 여식과 함께 금당사를 찾으라 했다. 혼인날짜는 그때 가서 잡아도 늦지 않을 것이었다.

태을은 두뇌회전 못지않게 눈치도 구단이었다. 최가가 이러는 데는 다 꿍꿍이속이 있었다. 태을은 최가가 평안도 성천에서 정감록을 보고 왔다는 감결파란 것과 명당자리에 모시기 위해 기회를 노려온 사람이라는 걸 알았다. 지성이면 감천이었다. 이런 정도의 정성이라면 자격이 충분했다. 태을은 최가에게 금계포란형(金鷄抱卵形)의 명당자리를 잡아주었다.

"손이 번창하고 제 앞가림할 인물은 뜸하지 않게 날 걸세."
"어르신, 이제야 불효를 면했나이다."
선대인의 뼈를 짊어지고 이사다닌 보람이 있었다.

"그랬었군. 이 중놈의 짐을 그대가 대신 벗겨주셨군."
구암선사가 태을에게 합장했다. 아무리 막역한 친구지만 고마웠다.
"바우란 놈 처복이 있는 게야."
태을이 턱수염을 쓸어내렸다.
그럴 즈음, 가쁜 숨을 몰아쉬며 들이닥치는 사내가 있었다. 사내는 금방 눈썹이 타들어가는 행색이었다.
"또 누가 오는 모양일세, 그려. 허허허."
구암선사가 진태을을 보며 웃어젖혔다.
"진태을 어르신을 모시러 왔는데요. 전주 경기전 앞 정진국 어르신 댁에서 보낸 사람입니다."
태을은 기다리고 있었다는 듯 고개를 끄덕였다.
"음, 그려, 올 줄 알았느니."
"그 집이라면 이번에 급상을 당한 아랫마을 전씨 처의 친정이 아니던가? 왜 정 참판이라고 자네도 전에 한 번 다녀온 적이 있었지."
구암이 노안을 크게 떴다.
"아다마다."
"자네가 전번에 오던 날 상을 당했지. 하도 급작스런 죽음이라서 그대에게 말할 참이었네만."

정 참판네라면 태을이 익히 알고 있는 전주 유지였다. 내로라하는 세도가인데다 이 지방 일대에서는 손에 꼽힐 만한 부를 축적한 집안이었다. 태을과는 그간 별 인연이 닿지 않았었다. 몇 년 전에 죽은 정 참판이 하도 끈덕지게 불러서 딱 한 번 찾아본 적은 있었다. 그러나 워낙 엄청난 야심을 드러내 보여서 일언지하에 거절하고 나와버렸었다.

그 뒤로 태을은 그 집과 무관하게 지냈다. 태을의 꼬장꼬장한 성격 때문이기도 했지만, 기실은 뼈대 있는 집안답게 한다 하는 전임 풍수를 둘씩이나 두고 있어서 태을이 껴들 여지도 없었던 것이다. 그런데 이처럼 다급하게 사람을 놓아 태을을 불러들이는 걸 보면 여간 심상찮은 일이 생긴 게 아닌 모양이었다.

"구암, 아무래도 서둘러 떠나야겠네. 일간 다시 올 터이니 무풍에서 내가 말한 부녀일행이 오거든 택일하시게."

태을은 자신을 부르러 온 사람과 함께 금당사를 떠났다.

'아까운 친구!'

멀어져가는 태을의 뒤에다 대고 구암선사가 읊조렸다.

'찾는 이가 올 줄 벌써 알고 아침부터 행장을 꾸려두고 있더니 이렇게 떠나가는군.'

앞날을 손금 들여다보듯 고스란히 내다보는 태을이었다. 제아무리 신통한 재주를 지녔어도 시대를 골라 태어날 재주는 없으니 그게 슬플 따름이었다. 망해버린 나라에 현자가 나서 뭐하랴. 끝 부러진 송곳이요, 끈 떨어진 연이었다. 이미 제갈량이나 강태공이 출세간(出世間) 하던 시절이 아니요, 영웅을 도와 왕도(王道)를 다시 세울 때도 아니었다. 일본인들에게 억눌리고 수탈 당해도 찍소리 못하는 마당이 아닌가. 그래서 뜻 있는 지사들은 가산을 정리하고 솔가해서 간도나 상해,

미국 등지로 망명을 떠나갔다. 그들은 그곳에서 독립운동을 전개하고 있었지만 역불급임을 아는 태을이었다. 뿐더러 사람마다 있어야 할 자리와 해야 할 일이 달랐다. 자신이 할 수 있는 거라고는 그저 상처 많은 조선 땅이나 밟아주며 사람의 국량에 맞게 묏자리나 잡아주며 남은 생의 불꽃을 다독여가는 것이었다.

어찌 유구한 역사 속에 무수한 선인과 현자들을 키워낸 이 산하는 한 번의 용트림도, 말도 없는 것인가. 대체 천하를 떨칠 민족의 힘은 언제 돌아오려는 것인가. 여기저기서 발흥하는 종교집단들의 단골 기치인 후천개벽(後天開闢)의 날은 언제 열릴 것인가. 구암선사는 묵연히 서서 염주를 굴렸다.

정 참판의 명당 욕심

진태을을 백방으로 수소문해서 모셔간 전주 경기전과 오목대 사이의 솟을대문집. 흔히 정 참판댁으로 불리지만 그는 이미 고인이 되었고 지금은 그의 큰아들 정진국이 주인이었다.

전주이씨나 최씨들의 본향에서 떡 하니 가산을 일으킨 동래정씨들이었는데 근래 들어 집안에 우환과 송사가 겹치면서 찬바람이 쌩쌩 불었다.

작년 10월에 정진국의 처 박씨 부인이 멀쩡한 마루에서 넘어져 허리를 크게 다쳤다. 와병중에 시아버지가 꿈길로 찾아와서 머리를 만져주고 홀연히 사라졌는데 깨면서부터 머리가 빠개지는 고통이 엄습했다. 시아버지 정 참판은 2년 전에 돌아가셨다.

그 후 동짓달 초순에 머슴이 밖에서 기르던 염소가 새끼를 쳤는데 두 마리의 새끼는 서로 등이 붙은 상태로 나왔다. 그래도 염소 새끼들은 죽지 않으려고 꾸역꾸역 어미젖을 먹었다. 보는 이들이 참으로 괴이한 일이라고 소문을 퍼뜨렸다. 정진국은 재수 옴 붙었다며 염소새끼를 죽여서 땅에 묻게 했다. 어미 염소는 사흘 밤낮을 길길이 날뛰며 울부짖더니 피를 토하고 죽었다. 그 고기를 거저 가져가라고 사거리에 내놓았으나 행인들은 질겁해서 도망가기만 하고 아무도 그 고기를 취하지 않았다. 해질녘에 각설이패들이 들이닥쳐 들춰 엎고 간 것이 그나마 다행이었다.

신통하다는 무당을 들여 점을 치게 하니, 사지를 벌벌 떨기만 할 뿐 도무지 입을 뗄 줄을 몰랐다. 무당은 정신을 수습하기가 바쁘게 줄행랑을 쳤다. 무당이 앉았던 자리에는 오줌이 흥건했다.

동짓달 하순에 아우 정창국이 술김에 일본 헌병과 시비가 붙어 전주 형무소에 갇혔다. 막대한 돈을 들여서 빼냈는데 며칠 뒤 서울에서 비보가 날아들었다. 유학간 둘째 아들이 갑자기 하숙집 방 안에 똥을 싸더니 그 똥을 가래떡처럼 주워 먹었다. 미쳐버린 것이다. 그는 경성제국대학 법학부에 다니고 있었다. 전교를 통틀어 조선인 학생 스무 명 가운데 낀 수재였다. 즉시 서양 선교사가 연 병원으로 가 치료를 받았는데 멀쩡했다. 그는 정신병이 어떤 증센 줄 아느냐고 의사에게 진지하게 따져 묻고 나왔다. 그래서 의사는 정상이라는 검진을 내렸다. 그런데 공교롭게도 다음날은 전차 안에 바지를 벗어 던지고 맨몸으로 내렸다. 그는 종로통을 휘젓고 다녔다. 탑골공원 일대에는 희대의 구경거리가 벌어졌다. 날이 맑았다 흐렸다 하는 것처럼 정신이 오락가락하는 증세였다.

정진국은 하늘이 노랬다. 하루아침에 수재인 아들이 정신병자가 돼

버린 일은 가장 큰 충격이었다. 계속되는 집안의 변괴로 넋이 달아날 지경이었다. 결국 병원에 입원해서 나을 병이 아니라는 진단을 받고 전주로 왔다. 열차 안에서 아들은 공부를 계속하고 싶다고 떼를 썼다. 스물네 살이나 먹은 청년이 혀짤배기소리를 냈다. 그 똑똑하던 아들이 이리 되다니 정진국은 기가 막혔다.

정월에 안방에 도둑이 들어 패물을 쓸어갔다.

3월에 여동생 명희가 급살을 맞고 죽었다. 10여 년 전 진안 마이산 아래 마령으로 출가해서 탈 없이 잘 살고 있던 여동생이었는데 약 한 첩 써볼 짬도 없이 목숨이 꺾여버렸다.

이쯤 되고 보니 정진국 자신마저 머리를 싸매고 구들장을 졌다. 언제 또 다른 변고가 기습할지 아무도 몰랐다. 누워 있자니 꼭 그 변고를 기다리고 있는 사람 같았다.

그래도 참고 기다려야 한다.

선친의 유언이 아니던가.

"가문이 닫힐 지경까지 가더라도 기다려라!"

선친은 금방이라도 덧문, 영창, 갑창을 차례로 열고 들어설 것만 같다. 정진국은 제 뜻대로 어떻게 손써볼 계제가 아니었다.

하지만 이 판국에 더 이상 뭘 기다리라는 말인가.

정진국은 회의가 들었다. 사잣밥을 이마에 붙이고 누운 심정이었다. 그는 자신이 입은 축 늘어뜨린 품새의 청의백의(靑衣白衣)를 찢어버리고 싶었다. 친구들은 단발을 하고 양복을 입건만 이 무슨 시대에 뒤떨어진 궁상인가. 해토머리가 되어 일기가 따사롭건만 집안은 찬바람이 일고 음산하기 짝이 없었다.

소문은 여우처럼 담을 넘고 퍼져갔다. 사람들은 둘만 모여도 정씨 집안 흉사를 입에 담았다. 걱정 반 호기심 반이었다.

"호사다마(好事多魔)로세."

한벽루 맞은편 정진국의 땅을 빌려 농사짓는 작인(作人) 가운데 하나가 천변에서 솥단지를 걸다 말고 멀리 보이는 솟을대문을 더듬었다. 같은 또래의 사내 몇몇이 풍남문 밖 천변에서 오모가리 매운탕을 끓이는 중이었다. 그들은 농사철이 시작되기 전에 천렵을 나온 판이었다.

"뭐가 말인가?"

무성한 수염이 얼굴을 뒤덮은 텁석부리 사내가 박 바가지에 담긴 물고기의 배를 따며 물었다.

"나라는 망했어도 정씨집안은 흥한다 했더니."

"패가망신할 징조라며?"

이번에는 코가 빈대의 등처럼 납작하게 문드러진 사내가 나섰다.

"이미 반쯤 결딴났다네."

"그러게 매사를 너무 따지면 동티가 나는 법이여."

"따지긴 뭘 따졌다고 그러나? 그 집안만큼 대대로 덕을 쌓아온 집안도 드물 것이네."

"덕을 쌓았으면 뭘 하나."

"이 사람! 남 앓을 때 웬 까마귀 소리여?"

"돌아간 정 참판이 매사를 얼마나 까다롭게 굴었나. 살아생전의 집도 아니고, 까짓 눈 딱 감고 죽은 다음에 들어갈 제 묏자리 때문에 생사람을 때려잡지 않았던가 말이여."

텁석부리의 말에 혓바늘이 섰다.

"음모를 꾸몄으니 벌을 받은 게지!"

"어쨌든 고르고 골라 묘 쓰더니 집안 잘 돼나가는군. 양지바른 데다 정성들여 묻으면 그만이지 그렇게 묏자리에 집착하더니 꼴좋게 생겼네."

"무엇이건 지나치면 병통일세."

"암면, 과욕이 화근이지."

"그래도 그렇게 빨리 기우나?"

"그러게 묘 쓰고 3년, 새집 짓고 3년이란 말 못 들어봤나?"

납작코가 초를 쳤다.

예부터 묘 쓰고 3년을 넘겨봐야 안심할 수 있고, 마찬가지로 새집 짓고 3년을 지나봐야 비로소 흉가인지 아닌지를 알 수 있대서 생겨난 말이었다. 말로는 아무리 명당타령을 해쌓아도 주인이 들어가봐야 결판이 난다. 참 주인이 아니면 어떻게 용케 들어갔다고 해도 생각지 않은 일이 생겨서 되밀려 나오게 마련이었다. 터마다 임자가 따로 있다는 말이 그래서 나왔다.

이 땅 사람들은 죽은 자의 집인 묘나 산 자의 집을 다같이 중요하게 여겨왔다. 살아서나 죽어서나 좋은 터에 들어가야 화를 면하고 복을 받는다고 믿어왔다. 좋은 집터나 묏자리를 차지하면 집안이 일어나고 나쁜 자리는 액운이 닥친다고 믿는 것이다. 그것은 하나의 신앙처럼 굳어져 내려온 것이다.

하다면 정진국네 집의 잇단 흉사를 두고 뭇 사람들이 그런 말을 꺼내는 건 왜이던가.

정진국의 집은 모두가 인정하는 명가 가운데 하나였다. 전주 이씨의 본향인 이곳에서 동래정씨인 그의 집안은 별반 꿀릴 게 없었다. 왕손이 아니라는 것뿐, 벼슬자리로나 재력으로나 거의 대등했다. 동래정씨는 조선 3대 문벌이었다. 금관자(金貫子), 옥관자(玉貫子)가 몇 말이나 나왔다면 말 다했다.

관자란 조선 때 정3품 이상 고관들의 망건에 달아 당줄을 꿰는 고리를 말한다. 종1품 가의·가선대부 이상은 무각(無刻) 옥관자, 정3품

통정대부는 조각 옥관자를 달았고, 정2품 가의·가선대부는 무각 금관자, 종2품 정헌·자헌대부는 조각 금관자를 달았다. 이런 금관자, 옥관자가 몇 말이나 나왔다면 그만큼 벼슬자리가 끊이지 않은 세도가라는 증표였다.

특히, 전주에 뿌리내린 정씨들은 구한말 정 참판 때 축적한 재물이 만석꾼에 이르렀고, 득달같이 달려드는 일본인들의 틈을 비집고 들어가 김제 사금광(沙金鑛)을 운영할 만큼 막강했다. 금은 시대를 초월한 보배였다. 지평선이 보이는 만경들과 전주 변방에 만석지기 토지를 가졌고 모악산 금산사 근처에 사금광까지 소유했으니 쌀과 금이라는 양대 보배창고를 끌어안은 셈이었다. 그래서 이 지방에서는 나라가 망해도 정씨집안은 흥한다는 말이 생겨난 것이다. 하지만 그 집안도 이렇게 무너지는 모양이었다.

사달은 대략 두 가지였다.

첫째는 시절의 액운이었다. 개인이 지닌 복이 아무리 크다 해도 국운의 영향을 받을 수밖에 없다. 난세에 영웅이 난다지만 그것도 내부적인 혼란상태를 말하는 것이지 일본인에게 먹혀버린 처지에서는 달랐다. 친일파를 자처하고 야합하지 않고서야 재산을 보전할 수는 없었다. 일제 때 일어난 집안은 친일파거나 적당히 친일한 사람들이라고 봐도 무방했다. 정 참판은 일본인들과 절대 손잡지 않았다. 그의 아들 대에서도 그랬다. 당연히 견제를 받게 되었다.

두 번째는 정 참판의 묏자리였다.

정 참판은 관직에서 물러난 중년 이후부터 자그마치 30년 가량을 자신이 묻힐 묏자리를 찾아다녔다. 이름난 지관(地官, 풍수. 고려나 조선에서는 벼슬아치로 임명했기 때문에 생겨난 말인데 나중에는 풍수를 가리키는 말로 일반화됨)들이 그림자처럼 따랐다. 구산(求山) 할 때는 대개 박 풍수와 조 풍수가 함께 하거나 둘 가운데 하나가 동행하는 게 예사였다. 박 풍수는 간룡법(看龍法, 용, 즉 산이 어떤가를 보는 풍수 법술의 제1보)에 능한 편이었고, 조 풍수는 재혈법(裁穴法, 혈장에서 정확히 혈을 찾아 쓰는 풍수술법의 핵심)에 능통했다. 정 참판이 두 풍수를 함께 대동하는 이유가 여기에 있었다. 즉, 두 풍수가 지닌 특장을 잘 활용하면 완벽한 터를 골라 제자리에 정확히 들어갈 수가 있었다.

두 풍수의 의견은 적절히 배합되었다. 많은 길지(吉地, 명당. 풍수상 발복할 자리)를 찾았지만 다 부적합하다는 데 뜻을 같이했다. 정 참판이 탐내는 자리는 그런 정도의 자리가 아니었던 것이다.

자리를 찾아 산을 쏘다니는 답산(踏山)은 끝이 없었다. 이런저런 결록과 산도를 보고 그 자리를 찾아보는가 하면 새로 찾아낸 생지도 무수히 보았다. 자그마치 20여 년을 그렇게 쏘댔지만 정 참판은 좀처럼 고개를 끄덕일 줄을 몰랐다. 자리가 없어서가 아니라 눈이 높아서였다.

"조상의 음덕을 입어 오늘날 이만큼 창성했소. 이제 내가 천하의 대길지를 찾아 묻힌다면 필시 집안의 영화가 하늘에 미칠 것이오. 그러나 내가 부덕해서 아직까지 그런 길지를 못 찾는 듯하오."

만(卍) 살창 문을 응시하는 정 참판의 쇠미한 눈가에 슬픔이 어렸다. 만살이 빙빙 돌면서 용의 여의주가 어른거렸다.

용의 여의주(如意珠).

용은 온갖 조화를 부리는 상상의 동물이었고, 여의주는 말 그대로 뜻대로 되게 하는 보배의 구슬이었다. 그 여의주가 없으면 용도 재주를 부릴 수 없는 것이다.

저것만 잡으면, 저것만 잡으면….

정 참판은 연방 헛손질을 해댔다. 잔주름이 꽉 절은 눈가에 푸르스름한 기운이 감돌았다. 기력이 쇠하고 지친 행색이 완연했다.

"재물이야 이쯤이면 더 부러울 게 없고요. 후손 가운데 장상이 나기를 원하시는지요?"

번번이 자리를 못 잡고 허탕을 치자 박 풍수가 겸연쩍은 나머지 입에 발린 소리를 했다.

"왜놈들한테 나라를 빼앗기고 왕조가 끊겼는데 장상이 나서 어디다 쓸고? 후손더러 왜놈 앞잡이라도 하라는 겐가?"

정 참판이 버럭 역정을 냈다. 시절이 수상해 일찍 관직에서 물러날 수밖에 없었던 그였다. 돈 주고 관직을 사고 팔았고, 세도가 안동 김씨들에게 줄을 대는 사람, 대원군에게 줄을 대는 사람, 민씨들에게 줄을 대는 사람들로 대기자들이 넘쳐났다. 백성들은 그야말로 도탄(塗炭)에 빠졌는데 벼슬아치들만 비단옷 입고 매화타령이었다. 진구렁에서 허우적대고 숯불에서 타는 민초들의 아우성을 아예 들으려고 하지도 않았다. 그러다가 만난 것이 동학농민운동이었다. 정 참판은 그전에 이미 낙향해서 가산을 일으키는 데 전념했다. 나아갈 때 나아가고 물러나야 할 때 물러나는 지혜를 지녔음이다.

"이미 정승만도 열일곱을 낸 우리 동래정문일세."

하다면 정승 따위론 만족하지 않는다는 말인가. 노망이로다.

박 풍수가 속으로 말을 삼켰다.

"천하의 길지는 종당 못 찾고 말 팔자로세. 사람 팔자 따로 있고 땅 팔자 따로 있다더니."

정 참판은 답답했다. 이 근동 최고의 풍수라고 자타가 공인하는 두 풍수를 전세내어 거느리다시피 하고서도 천하의 길지를 못 찾는다니.

"조 풍수, 조 풍순 왜 말이 없소?"

아까부터 잠자코 앉아만 있는 조 풍수에게 정 참판이 물었다. 당판(堂坂, 기가 모이는 혈장)에서 워낙 혈자리를 잘 찾아서 '조 족집게'로 통하는 조 풍수였다.

"글쎄요. 그게 …."

가는 눈꼬리가 위로 쫙 찢겨 올라붙은 조 풍수가 빈약한 턱수염을 쓸어내리며 허투사만 내뱉었다. 뭔가 골똘히 생각하고 있는 눈치였다.

"답답들 하시오!"

정 참판은 버럭 소리를 질렀다. 그래도 두 풍수는 머리만 조아렸다.

"그만들 물러가시오. 나중에 일 있으면 다시 부를 것인즉."

참다못한 정 참판이 두 풍수를 물리쳤다. 답산을 마치면 일의 성사와 관계없이 후하게 내주던 거마비도 생략했다.

그는 사랑채에 누워서 멍하니 천장바라기를 했다. 밋밋한 천장에 여섯 글자가 뚜렷이 새겨지고 있었다.

木子亡奠邑興 (목자망전읍흥)

이(木子, 李의 파자)씨가 망하고 정(奠邑, 鄭의 파자)씨가 흥한다는 감결이었다. 파자(破字)는 한문을 부수로 쪼개거나 임의대로 조합해서 암호처럼 쓰는 걸 말했다. 문자퍼즐의 일종으로 비결을 남길 때 주로 이용했다. 《정감록》이나 《격암유록》이라는 이름으로 시중에 나도는 위서(僞書)들에 단골로 등장하는데 대부분 황당무계한 내용들이었다.

다시 천장은 밋밋해지고 새로운 글자들이 새겨지기 시작했다.

송악은 왕씨 부흥지지라
한양은 이씨 오백 년지지
전주는 범씨 육백 년지지요
계룡산 정씨 팔백 년지지요
가야산 조씨 천 년지지요

드디어 이씨가 망했다. 감결에서 말한 대로 이씨들은 한양에 도읍을 정하고 500년 왕업을 다했다. 놀라운 예언이었다. 다음은 계룡산에서 정씨가 흥한다고 했다. 한 시대가 끝나고 다음 새 시대가 열리려면 과도기가 필요하다. 대나무 마디를 생각하면 된다. 지금의 왜정 치하는 분명 과도기일 것이다. 과도기가 지나면 틀림없이 정씨가 계룡산에 도읍을 정하고 왕도를 이어나가리라. 감결에 이르기를 정 도령은 남쪽으로부터 청의백의를 입고 나타나 계룡산에서 도읍한다고 했다.

정 도령.

정 도령이 누군가.

아무도 그를 모른다.

벌써 태어나 어딘가에서 왕기(王氣)를 띠며 자라고 있을지도 모른다. 아직 안 태어났다면 과연 어느 집안에서 태어날 것인가. 멀리서 찾을 것 없다. 우리 집이 바로 정 도령이 나는 집일 수도 있는 것이다. 중심의식을 가질 필요가 있다. 이 둥근 지구에서 중심은 어디나 될 수 있다. 사람은 어디에 서 있건 중심의식만 지니고 있으면 주인공이다.

정 참판은 감결에서 말하는 정 도령이 자신의 집안에서 날 것이라는 생각을 굳혀가고 있었다. 그도 그럴 것이 자신이 은밀히 조사해본 바로는 남녘 일대의 정씨들 가운데서 자기 집안이 최고였다. 세도로 보나 재력으로 보나 추종을 불허했다. 설령 아니라고 하면 이제부터라도 만들어가면 그만이다.

조선이 어디 일본 영토였던가. 동으로 독도, 서로 마안도, 남으로 마라도를 경계선으로 하는 조선의 강토였다. 그런데 왜인들이 그렇게 먹으려 덤벼대더니 오늘날 그네들의 발아래 두었질 않는가. 제 것이 아니면 도로 토해 놓는다지만 그건 나중의 일이고 욕심은 내봐야 한다. 아무리 쉬운 일도 공을 들이지 않으면 허사가 되고 아무리 어려운 일도 때를 기다리며 준비하는 자에게는 기회가 오게 마련이다.

그렇다면 의당 나부터 군왕지지(君王之地, 왕이 나는 명당자리)에 묻혀야 할 일이다. 그래야 후손 가운데 왕이 나올 것이다. 아무도 모르게 그 천하대명당을 찾아야 한다. 자고로 이런 일은 천기누설이 되지 않도록 비밀리에 진행돼야 한다.

정 참판은 선조 가운데 드러내놓고 왕도를 탐내다가 멸문지화(滅門之禍)를 자초한, 여(汝)자, 립(立)자 되는 할아버지의 전철을 되밟지 말아야 한다고 다짐했다. 지금이야 왕도가 무너졌으니 멸문지화를 당할 리야 없겠지만 왜놈 형사들이 알게 되면 천왕을 거부하는 독립운동쯤으로 여겨 치도곤을 당하기가 쉬웠고 세상사람들의 놀림감이 될 여지도 있었다.

"게 아무도 없느냐!"

정 참판은 마루에 서서 설렁줄을 잡아당기며 한껏 위엄어린 어조로 아랫것을 불렀다. 목소리로만 봐서는 거의 다 일궈낸 왕업이었다.

"소인 재동이입니다요."

젊은 하인이 설렁 울리는 소리를 듣고 쪼르르 달려와 대령한다.

"큰서방 들라 해라."

얼마 뒤 정진국이 사랑채로 들어섰다.

"아버님, 부르셨사옵니까?"

"어서 들라."

장자 진국을 불러 앉힌 정 참판은 거두절미하고 본론을 꺼냈다.

"진태을이 뉜고?"

"남원 진 참봉의 자제되는 분으로 일찍이 주역에 통달하고 세상을 떠돈다고 하옵니다."

"누가 그쯤을 모르고서 묻는 게냐?"

그제야 정 참판의 의중을 헤아린 아들 진국이 말머리를 돌린다.

"풍수에 귀신처럼 능하여 옥룡자 도선이나 무학대사, 북창 선생에 못지않은 술사로 알려졌사옵니다."

"그런 그가 왜 우리 집안 일에는 한 번도 나서질 않았더냐?"

"부르기는 했사온데 워낙 바람 같은 사람이라 집을 비운 때가 많았고…."

"집을 비운 때가 많았고!"

진국이 말꼬리를 흐리자 정 참판이 그 다음을 추궁하고 나섰다.

"박 풍수와 조 풍수가 한결같이 그 자는 독불장군이라며 한자리에 서기를 꺼려하는 바람에…."

"뭣이, 이런 고얀 것들! 경계나 시샘이겠지."

정 참판은 화가 치밀어 오른 나머지 엉덩이를 들썩거렸다.

"아버님, 옛날 얘기이옵니다. 박 풍수나 조 풍수도 이젠 나이가 직수굿하니 달리 여길 것입니다."

"당연히 그래야지. 저희들이 할 일이 있고 못할 일이 있다는 걸 알아야 할 나이가 아닌가."

정 참판은 눈을 감았다. 모두 자신의 잘못이었다. 십수 년 전, 한 번 풍수를 간택한 뒤 다른 풍수를 더 찾으려들지 않았던 게 누구였던

가. 두 풍수의 울타리에 가려 밖이 보이지 않았던 것이 빌미였다.

본래 풍수들이란 배타성이 강했다. 남의 법술을 좀처럼 인정하려 들지 않으려는 경향이 있었으며 각별한 사이가 아니면 교류조차 삼갔다. 피치 못하게 한자리에 모여 술법을 겨루는 경우가 더러 있었지만 그야말로 적대관계에 가까웠다. 근거를 들이대며 논리적으로 맞서기보다 상대를 헐뜯고 짓밟으려고만 했다. 그래야 자신이 인정받는다고 여겼다. 살벌한 현장풍수의 단면이었다. 그렇지 않으면 살아남지 못하는 게 현실이었다. 제왕의 묘를 잡았다거나 관청 혹은 대군의 집터를 잡은 국사(國師)라면 굳이 그처럼 모양새를 사납게 하지 않아도 세상이 알아줬지만 일반적으로는 제 스스로 높다고 떠벌려야 살아남았다. 오죽했으면 풍 친다는 말이 이 마당에서 나왔겠는가.

"진국아, 애비는 오늘까지 최선을 다해 살아왔다. 일찍 벼슬에 급제했고 참판자리도 누구보다 빨리 얻었다."

정 참판이 아들 앞에서 엄숙하게 선언했다.

"예, 잘 압니다. 아버님!"

정진국은 머리를 조아렸다. 존경해 마지않는 기색이었다.

"망해가는 나라에서 벼슬사는 게 부끄러웠다. 그래서 낙향하여 사금광을 일궜던 것이야. 글이나 읽고 봉록이나 축내기보다 실학을 하자는 취지였다. 연경(燕京, 북경)에 사행나가서 보고 깨달은 것이 있었느니라. 경전해석이나 일삼고 마음수양만 강조해서는 나라살림도 제 살림살이도 모두 공염불이야. 곳간에서 인심난다고 물산이 풍부하지 않으면 헛것임을 알았다. 그래서 사금광을 개발한 것인데 조상님의 음덕을 입어 큰 성과를 얻었구나. 이제 내가 살면 얼마나 더 살겠느냐? 나는 우리 가문을 이 땅 최고의 가문으로 만들고 싶다. 내가 너희들에게 독선생을 들여 공부시키는 것도 다 훗날을 도모하려는 뜻이야. 나라가 일본인들 손에 넘어간 마당에 공부가 무슨 필요냐고 하겠지만 그게 그렇지 않다. 공부는 꿀벌이 꿀을 따다 모아두는 것과 같은 것, 모아두면 반드시 유용하게 쓰일 때가 오느니라."
"여부가 있겠사옵니까, 아버님!"
"실학을 했다는 애비가 이런 말을 하면 어떻게 생각할지 모르겠다만 나는 천명이란 걸 믿는다. 우리가 최선을 다해 노력하고 시절을 잘 만나 천명을 받으면 창업인들 못하겠느냐. 나는 뒷심이 있어야 한다고 본다. 실학도 실학이지만 조상의 보이지 않는 음덕을 입어야 더 크게 될 수 있다고 믿어. 그래서 풍수를 들어서 천하대명당을 찾고 싶은 것이다."
"높으신 뜻을 제대로 받들지 못해 송구할 따름입니다."
"네가 알다시피 이 애비는 한 인간이 할 수 있는 거의 모든 것을 이뤘다고 자부한다. 이제 대지대혈에 묻힌다면 너희들의 장래를 지하에서 돕는 일이 아니겠느냐. 어서 수소문해서 진태을이라는 명풍수를 모셔오도록 해라."
간절한 바람이었다. 정진국은 사람을 풀어서 진태을을 찾았다.

진태을이 정 참판댁 사랑채에 나타난 건 그로부터 달소수가량 지나서였다. 지금으로부터 11년 전의 일이었다. 당시 진태을은 묏자리 잡아주는 일보다는 팔도유람에 혼이 팔려 있던 시절이었다. 이렇게라도 불러들인 건 정진국이 백방으로 사람을 놓은 덕분이었다.
"진 선생, 고명하심은 익히 들었으나 소생이 경황이 없어 선생을 모심이 너무 늦었습니다. 만시지탄이오."
아무리 정 참판이라지만 진태을에게는 말을 낮출 수가 없었다. 같은 양반인데다가 진태을에게서 풍기는 위엄이 범상치 않았음이다. 상투 밑으로 곱게 센 머리칼이며 높은 이마, 그리고 무엇보다도 상대의 의표를 꿰뚫어보는 듯한 눈이 작고 서리(犀利)했다. 여느 풍수에게 흔히 느끼는 천박한 기운 같은 건 눈을 씻고 봐도 없었다.

"과람하신 말씀이십니다."

진태을이 당긴 시선을 늦추지 않고 읊조렸다. 문지방을 넘고 들어서던 첫눈에 상대의 관상을 다 봐버린 그였다. 정 참판은 보통 야심가가 아니었다. 느긋하게 대하다가는 여지없이 이용만 당하게 생겼다.

곧 주안상이 들어왔다. 두 사람은 반가의 법도대로 서로를 깍듯이 예우하면서 술을 따랐다.

"진 선생, 제가 듣기로 어디서 굴러온 줄도 모르는 천출도 조상뼈만 명당에 제대로 한 장 쓰면 재상을 넘본다는데 과연 그렇습니까?"

취기가 어지간히 오르자 정 참판이 진태을을 떠보았다.

"여부가 있겠습니까. 《금낭경(金囊經)》의 말씀처럼 탈신공개천명(奪神功改天命)이라고 눈 밝은 군자는 조물주가 빚어 숨겨놓은 명당을 훔쳐서 천명을 바꿀 수 있지요. 독서하고 수양해서 운명을 바꾸기란 너무 어렵지만 풍수는 명당 한 방으로 천명을 고치는 겁니다. 얼마나 매력적입니까. 물론 그것도 인연이 있어야 하지만요."

"도박이로군."

"아니라고 부인하지 못하겠습니다. 아시는 바와 같이 구름가는 데 비가 옵니다. 마찬가지로 자리에 따라서 인물이 납니다. 공자 같은 대성인도 묘 잘못 쓰면 망하고, 고수(瞽叟) 같이 어리석고 악한 이도 묘 잘 쓰면 순임금 같은 성군을 낳지요."

진태을이 무 자르듯 말했다. 그 역시 어쩔 수 없는 풍수였다. 풍수는 세상을 풍수관점으로만 보려 한다. 그가 《주역》을 읽고 세상이치를 궁구하지만 이런 자리에서는 풍수 전도사일 수밖에 없었다. 아니,

실제로 선영을 명당에 잘 모시고 생각지도 않은 벼슬길에 오르거나 재물을 모은 예는 얼마든지 있었다. 사례가 너무 많아서 우연의 일치라고 할 수는 없었다.

"진 선생, 신라 말 도선국사 때부터 비롯되어 오늘날에 이르기까지 길지를 찾아 묘를 쓴 사람들이 부지기수인데 아직까지도 명당이 남아 있다고 보십니까?"

정 참판이 서서히 외곽을 치기 시작했다.

"있다마다요. 신라 때나 고려 때는 묏자리 풍수가 지금처럼 발전했던 게 아닙니다. 옥룡자 역시 전설처럼 묏자리를 잡으신 게 아니라 절터를 잡으신 것이고요. 우리 조선은 중국이나 일본과는 달리 땅의 기운을 제대로 받는 터입니다. 땅에는 생기(生氣)라는 게 있는데 그것은 시나브로 멸하기도 하고 생하기도 합니다. 또한 개안(開眼, 눈이 열림)한 명사라 해서 골골의 명당을 다 찾아낼 수 있는 것도 아니지요. 찾았더라도 임자를 못 만나면 못 쓰고 놔두는 것이지요. 지금도 찾으려들면 얼마든지 찾아지는 법입니다. 요는 찾고자 하는 주인의 덕입니다."

이 대목에서 정 참판의 쇠미한 눈이 햇살에 비친 송진처럼 반짝였다.

"하다면 군왕지지도 아직 남았달 수 있겠구려."

"찾아보면 어딘가에 숨어 있겠지요. 그런 자리야 하늘이 감추고 땅이 숨긴다는 천장지비(天藏地秘)가 아닙니까. 허허허."

무슨 의미에선지 진태을은 입가로 묘한 웃음을 흘려내고 있었다.

"진 선생! 선생은 그 허황한 정감록을 믿으시오?"

정 참판은 부러 거꾸로 나왔다. 풍수들을 오래 끼고 살아와서 이 방면으로는 닳을 대로 닳고 노회한 그다웠다.

"논리나 체계를 갖춘 지리서도 아니고 그저 감결일 뿐이니 다 믿을 수야 없겠지만 그렇다고 전연 무시할 것도 아니지요. 거기서 말하는 곳이 다 길지임에는 틀림없습니다. 천문과 풍수지리에 근거한 것이니까요."

옳거니.

정 참판은 속으로 쾌재를 불렀다. 그렇지만 한 번 더 뜸을 들였다.

"도읍지야 그럴 만하다 하겠지만 정씨니 조씨니 범씨니 하는 따윈 도무지 이치에 맞지 않은 것 같소. 게다가 시방은 왜놈들 치하의 악한 세월이 아니오?"

"아직까지 가시에 찔려 목숨을 잃었다는 사람은 못 봤습니다. 가시가 들어와 몸에 종기를 만들지만 언젠가는 그 종기에 의해 가시가 빠져 달아나게 마련입니다. 이 나라가 어느 나랍니까. 마냥 왜놈들 세상이 계속되진 않을 겁니다. 난세는 맞서지 말고 피해야지요. 왜놈들 세상 이후를 내다봐야지요."

마치 일본 식민지 이후의 세상이 아련히 보이기라도 하는 것처럼 눈을 지그시 뜬 채로 술잔을 기울이는 진태을이었다.

"과연 진 선생이시오. 암요, 왜놈들 세상 이후를 내다봐야지요."

정 참판은 술잔을 놓고 진태을에게 바투 다가와 덥석 손을 잡았다. 지금껏 여러 사람을 부려보고 고견을 들어왔지만 진태을처럼 쾌도난마로 시원시원하게 대꾸하는 사람은 없었다. 그들은 그저 코앞의 일을 두드려 맞추기에 바빴다. 그리고 떡고물을 챙기는 데 혈안이 돼 있었다. 그래서 재주 있는 사람은 재주 없는 사람의 종노릇밖에 못한다는 말이 나왔다.

이런 사람이라면 필시 천하대명당을 찍어두고 있을 게다.

정 참판은 어쩌든지 진태을을 붙잡고 매달리자고 마음을 굳혔다.

그는 진태을에게 자꾸 술을 따랐다.

"진 선생, 겉만 번지르르했지 소생도 알고 보면 고독한 사람이오. 진정으로 벗삼을 이가 없단 말씀이오. 해서 말인데 우리 의형제를 맺읍시다 그려. 오늘부터 소생의 초려(草廬)에 머무시면서 가르침을 주시지요?"

정 참판은 몸을 낮추며 숫제 매달리다시피 했다.

"초려라니요? 대궐집이나 진배없는 저택이신데요."

"겨우 비나 피하는 살림이오. 고명하신 진 대인께서 이 사람을 도와주시오. 그러자면 우선 의형제부터 맺읍시다."

어느덧 선생에서 대인으로 호칭이 바뀌었다.

"과분한 말씀이십니다. 하잘것없는 떠돌이와 의형제를 맺으시다니요. 소생 같은 참새는 봉황과 벗이 될 수 없습니다. 정 참판께서 두루미쯤이라면 모르겠으되."

진태을은 고사했다. 본래 어지러운 인간관계를 멀리하는 성미인데다 딱히 욕심도 없었다. 권세와 돈 싫어하는 사람 없다지만, 태을에게는 그런 것들이 한갓 짐에 지나지 않을 따름이었다. 식구들이 굶주리는 것도 아니고 별반 아쉬운 것이 없었다. 그와 같은 떠돌이에게는 뭐가 됐든 될 수 있으면 없는 게 좋았고 있대도 가벼운 게 좋았다. 어차피 그가 살아왔고, 또 앞으로 살아가야 할 세상은 그런 세상이었다. 그저 허물이나 남기지 말고 넘겨야 할 세상이었다.

"진 대인! 이 늙은이를 너무 서운하게는 마오. 아무리 부덕하다손 진 대인 한 분쯤은 의형제로 삼아서 모실 위인은 된다고 보오."

정 참판이 아이처럼 입을 쌜쭉거렸다.

"제가 손아랫사람이 될 텐데 모시면 제가 모셔야지요."

"고맙소."

뭔가 꼬인 분위기였지만 정 참판은 개의치 않았다. 그는 괴춤에서 작고 붉은 비단 복주머니를 꺼냈다.

"이거 넣어두시오. 의형제 삼은 기념이오."

"이게⋯."

진태을은 복주머니를 내려다보며 물었다.

"펼쳐 보오. 김제 사금광에서 캐낸 금붙이라오. 서른 돈쯤은 될 거요."

"이걸 제가 왜⋯?"

"기념일 뿐이오. 조건 없이 주는 것이니 넣어두시오."

정 참판은 바투 다가와 진태을의 손에 복주머니를 덥석 쥐어주었다. 진태을은 엉겁결에 복주머니를 받아들고 어쩔 줄을 몰랐다. 세상에 공돈은 없었다. 국밥 한 그릇값 정도라면 순수하게 받아들일 수 있지만 이런 거금에는 반드시 치러야 할 대가가 있었다.

"저를 의형제로 삼으려는 뜻이 있을 테니 그걸 말씀해주시오."

진태을은 참으로 정붙이기 쉽지 않은 인사였다. 큰 사람과 사귀어서 무슨 손해를 보겠는가. 낙동강 700리가 모두 금강산 그늘이라는 말이 있지 않은가. 국으로 장단만 맞춰주면 형 좋고 아우 좋고 아닌가.

그것 참 꼬장꼬장하네. 그래도 돈 싫어하는 풍수는 없으니 적당히 기름을 칠한 것이렷다.

"알았소. 듣던 대로 참 대쪽같은 양반이시오. 여느 술사 따위와는 격이 다르시구려. 내 한 가지 부탁이 있소. 천금을 더 내놓으라면 당장이라도 내놓겠소."

"돈을 말하는 게 아닙니다."

"부탁이오. 천하대명당 한 자리만 잡아주오, 진 대인. 그 한 자리라면 목숨이라도 내놓겠소."

"천하대명당이라면?"

"맞소. 이 마당에 가릴 것이 어딨겠소. 나는 왜놈들 세상 이후의 왕도를 창업하고 싶소."

그 말이 떨어지자마자 진태을은 벌떡 일어섰다.

이 자가 지금 무슨 망발을 하고 있는 것인가.

왕도(王道). 군왕지지가 어떤 자린가.

그 자리는 하늘이 허락하지 않고는 어림도 없었다. 조선왕조가 무너지고 왜놈들의 농간에 의해 놀아나는 세상이라지만 돈푼깨나 만진다고 아무에게나 그런 대길지가 허락되는 게 아니었다.

"아니, 진 대인!"

정 참판이 앞을 가로막고 섰다. 그러나 진태을은 단호히 떠다밀며 밖으로 나와 거연히 마루를 내려섰다. 그가 떠난 자리에는 복주머니가 염치없는 행색으로 구겨져 있었다.

진태을은 역시 재물이 탐나서 남의 묏자리나 잡아주고 다니는 풍수쟁이가 아니었다. 그는 오히려 세상을 등지고 떠돌아다니는 처사요, 지사였다. 사람들이 그를 가리켜 '진 풍수'라 부르지 않고 '진 선생'이라 부르는 까닭이 다 그런 소치였다. 묏자리 잡는 풍수노릇이란 어쩌면 겉치장에 불과한 것인지도 몰랐다. 속 깊은 그의 진면목을 어느 누가 알 수 있으리.

정 참판은 그야말로 닭 쫓던 개처럼 멍하니 솟을대문 쪽을 더듬었다. 사람이 너무 발라서 이빨도 안 들어가는 차돌이었다. 박 풍수와 조 풍수가 꺼리는 이유를 이해할 것도 같았다.

"저쯤은 되니 선생 소릴 듣지."

정 참판은 혼자서 풀기 없는 어조로 중얼거렸다.

어떻게 하면 저 콧대 높은 진태을을 휘하에 거느릴 수 있을꼬.

그날부터 정 참판의 뇌리에는 항상 그 생각이 그림자처럼 어른거렸다. 아들 진국과 머리를 맞대고 뾰족한 수를 찾으려고 용을 써봤지만 허공을 끄집어당기는 것과 진배없는 허사였다. 미끼를 끼워 낚시를 던지려 해도 배고픈 물고기에게나 소용 있고, 나뭇가지를 에워싸 그물을 치려 해도 낮게 나는 굴뚝새에게나 소용 있을 뿐, 물밑에서 잠자는 대어나 높은 하늘이 아니면 날지 않는 봉황에게는 가당치가 않았다.

미후랑인의 명산도

그런 일이 있고 얼마 지나지 않은 어느 날 밤이었다.
"참판 나리께 좀 뵙자고 여쭈게."
장맛비를 아랑곳하지 않고 대문을 두드린 사람은 다름 아닌 조 풍수였다. 조 풍수는 나이가 들어 이빨이 빠진 탓에 발성이 계집아이 같았다. 그런 조 풍수 옆에는 삿갓을 쓴 스님이 서 있었다. 삿갓 때문에 나이를 짐작할 수 없었지만 거동으로 보아 노승 같았다.
"이 밤중에 어인 일이신지요?"
행랑아범이 귀찮은 내색을 감추며 물었다.
"이 빗속에 사람을 세워놓고 미주알고주알 밑두리콧두리 다 캘 모양이군. 크음, 내가 시방 못 올 데라도 왔다는 겐가?"
조 풍수가 가래를 끌어올리며 거드름을 피웠다. 문턱이 닳도록 뻔질나게 드나들어도 이렇다할 공이 없는 그였다. 때문에 언제부턴가 정 참판 앞에서 굽실대는 게 일이더니 오늘 따라 미꾸라지 꼬리라도 본 듯한 기색이었다. 거적을 우장삼아 삐뚜름하게 쓴 행랑아범은 굼뜬 걸음으로 안채를 향해 기신댔다. 남이야 미꾸라지 꼬리를 봤던 용꼬리를 봤던 자기야 서두를 게 없다는 눈치였다.

"사랑으로 드시라는구만요."

한참 뒤에 나타나서 그렇게 이죽거리더니 대문을 쾅— 소리 나게 닫는다.

"뭔가?"

정 참판은 안면 가득 성가시다는 기색이었다. 그러면서도 옆자리의 삿갓 쓴 스님에게 관심을 주었다.

"지리공부를 많이 하신 스님입니다. 날도 을씨년스럽고 해서 소생이 풍남문 밖 주막에서 벗들과 어울리고 있었는데, 웬 스님께서 참판 어르신댁을 묻는다기에 제가 달려나가서 연유를 물었습죠. 지금 당장 뵙길 원하기에…."

조 풍수가 비 퍼붓는 밤중에 들이닥친 무례함을 변명하듯 경위를 설명했다. 삿갓은 말없이 서 있기만 했다. 삿갓 테두리 밑으로 물방울이 그었다. 그는 방안에 들어와서도 삿갓을 벗지 않고 있었다.

"어디서 오신 뉘시오? 우선 인사나 나눕시다."

정 참판이 자신을 소개하자, 삿갓 쓴 스님은 잠시 망설이더니 입을 열었다.

"빈도는 하성부지(何性不知)라 하외다."

"하성부지?"

"그렇소이다."

삿갓 쓴 스님은 얼굴을 드러내지 않는 것과는 딴판으로 어투가 당당했다. 상대가 전직 참판이라는 건 염두에 두지도 않는 눈치였다.

"그렇다면 성을 모른다는 말이오?"

정 참판이 관자놀이를 당겼다.

"그러하외다. 더는 묻지 말아 주셨으면 고맙겠소이다. 나무관세음보살."

스님은 커다란 삿갓에 얼굴이 반쯤이나 가려진 채로 합장했다. 정 참판은 언짢아졌다. 어투도 그랬거니와 빗방울이 뚝뚝 떨어지는 삿갓을 방안에서도 벗지 않는 것은 무례였다. 제가 성도 모르는 근본 없는 스님이면 스님이었지 밤중에 찾아오면서 얼굴도 보이질 않는가. 감히 어느 안전이라고.

"그렇다면 서로 얼굴이라도 알아야지 않겠소?"

정 참판이 삿갓을 벗으라는 뜻을 완곡하게 전했다. 미간이 움찔거렸다. 불편한 속내가 어쩔 수 없이 드러났다.

"송구하옵니다. 그게 … 말 못할 각별한 사연이 있답니다, 참판 나리."

조 풍수가 삿갓을 대신했다.

"무슨?"

"저도 그게 궁금하여 따져 물었더니 죄 많은 중놈일 뿐이라며 한사코 함구하는 바람에 …. 중요한 건 천하대명당이 아닐는지요?"

천하대명당?

천하대명당이라는 말에 정 참판은 삿갓 따윈 더 이상 개의치 않기로 했다. 그깟 대나무 쪼개서 엮은 물건, 쓰고 있으면 어떻고 깔고 앉아 있으면 어떤가. 중요한 건 반듯한 자리 하나였다. 하여튼 뭔가 있는 것들은 좀 유별났다. 진태을이라는 작자는 콧대가 너무 높았고 이 자는 삿갓이었다.

"그게 정말이시오?"

대답대신 삿갓 쓴 스님, 하성부지는 바랑을 끄르더니 기름먹인 종이에 정성들여 싼 첩지 하나를 꺼냈다.

"소승이 수년 전 은사스님으로부터 물려받은 명산도(名山圖)이외다. 은사스님께서는 계룡산 동학사를 토굴로 삼고 전국 명산을 주유하시다 여러 해 전에 입적하셨지요."

"계룡산 동학사라면, 미후랑인?"

조 풍수가 눈을 휘둥그레 떴다.

미후랑인이 누군가. 자신의 타고난 모습이 너무 흉측하고 왜소하여 스스로 미후, 즉 원숭이로 불리길 원했다는 전설적인 행각승이었다. 일찍이 불문(佛門)에 들어가 수도하다가 절집에 전해 내려오는 산서를 읽고 풍수를 깨쳤는데 입적할 때까지 줄곧 답산해서 아직껏 감춰진 조선 팔도의 명당을 품속에 그려 두고 있다는 위인이었다. 뜬쇠깨나 만져봤다는 사람이면 이 미후랑인을 전설적 인물로 알고 있게 마련이었다. 바로 그 미후랑인이 전해준 명산도 첩지라면 틀림없이 천하대명당일 것임이 분명했다.

"조 풍수도 그 스님을 아는가?"

정 참판이 뭔가 되어간다 싶어지는 표정을 지었다.

"상면한 적은 없고 소문으로 익히 들었습지요, 어르신. 전국의 길지를 손에 꿰고 있으되 청탁을 받아 자리를 팔아넘기는 직업적인 풍수쟁이는 아니옵고 그저 좋은 땅을 보고 다니는 것을 낙으로 삼는다고 들었습니다."

"그런 분이셨다면?"

"긴한 말씀과 함께 전해주신 것이니 허섭스레기는 아닐 것이외다."

"여부가 있겠소이까, 스님. 어서, 어서 보여주시오."

정 참판은 입술이 탔다. 그러면서도 끓어오르는 환희를 억누르느라 짐짓 태연자약했다. 이 무슨 횡재인가. 일이란 역시 새퉁빠지게 꾸민다고 되는 게 아닌 모양이었다. 저마다 귀인을 만나는 인연과 운이 있어야 하고 스스로 익어야 하는 법이다. 자그마치 20여 년을 그처럼 애타게 쏘대 놓고도 찾지 못한 천하대명당을 하루 저녁에, 지나가는 나그네를 통해서 얻게 되다니. 간밤에 용꿈을 꾼 것도 아닌데 뜻하지 않은 귀인이 보물을 안고 찾아든 것이다. 그 보물은 이제 곧 자신의 수중에 들어오게 될 판이었다. 말 그대로 가만히 앉아서 여의주를 삼키게 되는 것이다.

"보여드리기 전에 올릴 말씀이 있소이다."

"언필칭 그럴 줄 아오, 그런 보물일진대야."

자못 까다로운 조건이 있으리라는 건 충분히 짐작하고 있다는 말이었다. 명당일수록 풀어야 할 매듭이 많을 테니까.

"조 풍수 어른!"

삿갓이 불현듯 조 풍수를 불렀다. 진지하다 못해 위엄까지 서린 어조였다. 정 참판은 영문을 모르고 삿갓과 조 풍수를 번갈아가며 바라보았다.

"……?"

"조 풍수께선 이 방면에서 내로라하는 분이시지요?"

삿갓이 다짐받듯 물었다.

"겨우 다리 뻗고 누울 자리나 보는 재주인 걸요 뭐. 끄음—. 사실 어디 가서 무시당한 적은 없지요."

조 풍수가 째진 눈을 굴려서 정 참판쪽을 일별한 다음, 염치없는 기침을 연방 해댔다. 누구 한 사람은 자신을 무시하고 있다는 뜻이었다.

"하다면 이 명산도의 진위는 능히 헤아리실 터."

삿갓은 잠시 뜸을 들인 뒤 말을 이었다.

"참판 어른! 지금은 난세이외다. 의당 몸을 사려야 할 때지요. 허나 현자는 막힌 데서 도리어 통함을 구하는 법, 깊은 못에 잠긴 잠룡(潛

龍)처럼 몸을 감추고도 큰 뜻을 펼 수 있는 일이 있으니 그게 무엇이겠소이까?"

"몸을 감추고도 큰 뜻을 편다면?"

정 참판이 어림하겠다는 눈치를 보였다.

"그렇소이다. 자리 한 장 비밀히 써두는 일입니다. 산 사람은 그 몸을 숨기고 있으면서 큰 뜻을 펼 재간이 없지요. 허나 죽은 사람은 땅속 깊이 몸을 숨기고 있으면서도 놀라운 역량을 발휘합니다. 이게 바로 바람을 가두고〔藏風〕 물을 얻어〔得水〕 후손에 감응하는 풍수의 절묘한 이치외다. 경에 이르길 기감이응귀(氣感而應鬼)면 복급인(福及人)이라 했소. 장법(葬法)에 맞아서 땅의 기운이 조상의 유골에 응하면 복이 자손에게 미치는 법이지요."

"옳거니. 더 이를 말이 있겠소. 내, 그래서 수십 년을 천하대명당 찾기에 부심해왔질 않았겠소?"

"이곳에 묘 한 장을 쓰시오."

첩지는 모두 셋이었다. 삿갓은 정 참판 앞에 하나의 첩지만을 펼쳐 보이고 나머지 두 개의 첩지는 바랑에 도로 집어넣었다. 펼쳐놓은 첩지는 방석 절반 만한 크기로 대단히 정밀한 그림이었다. 위에서 본 산의 형국과 강, 도로, 마을의 위치들을 세필로 그려 넣고 있었다. 산들은 그 맥이 들어오고 좌우로 첩첩이 둘러싼 형국을 넓게 조망하고 있어서 흡사 복잡한 부적 같기도 했다. 혈이 맺힌 자리에 이르는 행룡(行龍, 산이 뻗어간 모양)이 거의 100리가량이나 포착돼 있었다.

"천하명산 호승예불혈(天下名山 胡僧禮佛穴)!"

정 참판과 조 풍수가 동시에 터뜨린 말이었다. 명산도 상부에 표기된 이름이었던 것이다.

"이곳이 어딥니까, 스님!"

정 참판이 더는 참을 수 없다는 듯 떨리는 음색으로 물었다. 하지만 조 풍수는 뭔가 알 만하다는 여유로운 기색이었다.

"이 자리는 고려조 옥룡자 도선비록에 처음 언급된 길지라 하외다. 워낙 큰 자리라서 개인이 쓰기에는 부적합하다는 말이 전해져 오는데 은사스님 말씀을 빌리자면 덕을 많이 베푼 집안이면 못 쓸 것도 없다 하셨소."

조 풍수는 첩지가 뚫어져라 눈빛을 쏘았다. 그의 노쇠한 눈이 박힌 곳은 명산도의 혈자리 부위였다. 조산, 안산, 좌청룡 우백호, 입수처, 수구 등이 동공에 새겨지듯 박혔다.

그곳이다.

구십팔대(九十八代) 향화지지(香火之地).

누구나 찾게 되면 하룻밤 새에 묏자리를 쓰려고 드는….

"호승예불형의 혈이라면?"

정 참판은 숫제 목이 타듯한 어조였다.

"승려가 부처님께 절하는 모습과 같은 혈자리로 조선의 8대 명당에 해당하는 대지대혈(大地大穴)이지요. 군왕지지가 따로 있는 게 아니외다."

"스님!"

정 참판은 삿갓 앞에 무릎을 꿇다시피 했다. 그는 어찌해야 이 호승예불혈을 제대로 얻을 수 있겠느냐고 애원조로 나왔다.

"아까도 말씀 드렸듯 이 자리는 개인이 소유하기엔 너무 큰 자리외다. 자칫 잘못 썼다가는 되레 앙화를 자초한다는 말씀이오. 해서 말씀인데 부지런히 큰 덕을 쌓으시오."

"어떻게?"

"이미 소승을 만난 섯도 전대(前代)에 쌓은 음덕이 없고서는 불가능

했겠지요."

"……?"

"돌아가신 어른 말씀이오. 소승은 그 어른께 더 없는 은혜를 입었지요. 그래서 이렇게 참판 어른을 찾아뵈었습니다만 이 자리의 주인이 될지 어떨지는 아직 …."

"답답도 하시오. 좀 자세히 말씀해보시오, 스님!"

"참판 어른! 재물이 우선입니까, 인물이 우선입니까?"

삿갓은 다시 말머리를 돌렸다.

"그야 …."

그는 뭐라고 단정 짓지 못했다. 솔직히 그는 재물에 기울어 있는 편이긴 했다. 그가 이처럼 발 벗고 명당자리를 구하는 것도 다 재물이 뒷받침되고 있기 때문이었다. 재물은 사람의 피와도 같은 거였다.

"무엇으로 덕을 쌓으시려 하오이까?"

그렇게 묻자 정 참판은 아무런 말도 할 수 없었다. 삿갓스님 하성부지는 대답을 기다리지 않고 장광설을 쏟아냈다.

"… 재물을 덜어내시오. 지금 이 나라 백성들은 왜국의 식민치하에서 갖은 고통을 당하고 있소. 그들을 거두시오. 혼자의 힘으로 만백성을 거둘 수야 없겠지만 근동사람들은 거둘 수 있을 게요. 그게 덕이라는 게요. 버리는 게 결국은 얻는 것이오. 마음먹기에 따라 달라지겠지만 이렇게 큰 자리를 얻을 수 있는 조건이 그저 재물을 덜어 덕을 쌓는 일이라면 그처럼 쉬운 일도 없겠지요. 나무관세음보살."

정 참판은 모악산을 끼고 전주에서 김제로 끝없이 이어지는 자신의 땅을 뇌리에 떠올렸다. 드넓은 호남평야도 그의 땅을 제하고 나면 되레 좁다는 시쳇말이 과장은 좀 섞였다 하나, 그렇게 엉터리 같은 말은 아니었다. 그 땅을 포기하라는 것인가. 스스로 그 땅을 포기하는 일이 과연 덕을 쌓는 일일까. 벌써 많은 토지가 일본인 척식회사에 넘어가고, 군산항에는 일본으로 실어 내가는 쌀이 산더미 같다는 말도 나돌고 있었다. 이런 땔수록 토지를 지켜야 옳았다. 못 지키면 결국 일본인들의 수중으로 들어가고 마는 것이다.

"스님께서 선친을 아신다니 드리는 말씀이오만 우리 집안은 대대로 덕을 잃지 않고 살아왔소. 더 큰 덕을 베풀라면 내 의당 그렇게 할 것이오."

정 참판은 평생 덕 쌓기를 게을리 하지 않았던 선친을 떠올렸다. 선친은 여러 지방을 돌며 관찰사를 지낸 분이었다. 이 삿갓스님과 무슨 사연이 있는지는 모르겠으나 지금 이 순간도 어쨌든 윗대에 쌓아놓은 음덕이 아랫대에 미치고 있는 마당이었다.

"모든 것은 인연따라 가는 법, 땅 팔자 사람 팔자가 서로 맞아야 하오만 소승은 이것으로 돌아가신 어른의 은혜를 갚은 듯하오. 이순간부터는 원망이나 사지 않도록 부지런히 기도나 드릴 것이오. 여기 있소. 넣어두었다가 적당한 날을 택해 치표나 수도장이라도 해놓으시오."

하성부지 삿갓이 첩지를 건네줬다. 조건도 별반 까다롭지 않았다. 덕을 베풀라는 것처럼 막연한 말도 없어서 임의대로 생각해 버리자면 손바닥을 뒤집는 일과 같았다. 그것을 아는 때문일까. 삿갓의 말에는 어딘가 못 미덥다는 뜻이 대추씨처럼 박혀 있었지만 정 참판은 눈앞의 보물지도 때문에 별반 개의치 않고서 첩지를 챙겼다.

삿갓이 말한 치표란 묏자리를 미리 잡아놓고 표지를 해놓는 걸 말하며, 수도장이란 광중을 미리 파고 관을 묻어 봉분까지 만들어 놓는 걸 말한다.

"스님에게 무엇으로 보답해야 할지."
"떠도는 운수납자가 무슨 욕심이 있겠소이까. 그저 선친의 음덕이겠거니 해두고 부지런히 적덕(積德)이나 하시오. 워낙 유명한 혈자리여서 예부터 지관들의 발걸음이 끊이질 않던 자립니다만 엊그제 빈도가 확인해보니 아직 생지로 비어 있었소. 서두르시오. 오늘부터 세 치 혀 끝을 각별히 조심하시고. 이런 산역은 첫째도 둘째도 비밀스레 하는 것이 좋소이다. 누가 알아서 탈이 났으면 났지 하나도 좋을 게 없지요. 그럼, 소승은 이만."

삿갓이 바랑을 짊어지고 일어섰다.

"아니, 스님. 이 어인 무경우이시오? 이 깊은 밤 우중에 어디로 나서시겠다고. 석 달 열흘, 아니 30년을 이 집에서 지내신다 한들 어느 누가 허물로 삼겠소? 쉬었다 가세요."

"아무런 대가를 바라지 않는 무주상보시(無住相布施)지요. 또한 이날까지 품어온 마음의 짐을 이제야 벗게 되었으니 이제부터 빈도도 제 갈 길을 가야지요. 나무관세음보살."

삿갓은 기어이 아직도 내리는 우중의 밤길을 나섰다. 정 참판은 지지부진한 장맛비를 거느린 어둠 속으로 삿갓을 떠나보내면서 이거 도깨비에 홀린 게 아닌가, 하는 생각이 들 정도였다. 그래도 삿갓을 따라 물러가려 했던 조 풍수를 잡아놓은 게 다행이었다.

"조 풍수, 그 스님은 정말 초면이었소?"

"그렇습니다요, 어르신."

조 풍수는 무슨 미련이 남았는지 자꾸 바깥동정을 살폈다. 그의 관심은 온통 아직 공개되지 않은 바랑 속 두 개의 첩지였다. 어떻게 해서든 그것만 얻을 수 있다면 이깟 구차스럽고 천대받는 풍수쟁이짓일랑 더 하지 않아도 될 것이었다. 그래서 바짝 따라붙어 애걸복걸할 셈이었는데, 뒤에서 그만 저 늙은이가 불러들이는 바람에 만사 도루묵이 돼버리고 말았던 것이다. 속사정 모르는 남들은 정씨집안에서 뒷배 봐

줘 호강한다고 해쌓지만 사실은 빛 좋은 개살구였다. 20여 년간 전용 풍수로 지내왔건만 이렇다 할 사례도 없었다. 그저 남에게 양식이나 꾸지 않을 정도의 사례가 고작이었다. 번듯한 집 한 채 없었고 엉덩이에 똥 묻은 당나귀 한 마리 없었다. 저 늙은이가 사례에 인색한 것은 결코 돈을 아까워해서가 아니었다. 샛길로 새지 못하게 붙들어 매두고자 하는 계산 때문이었다. 후덕함을 가장한 약아빠진 노인네였다.

그나저나 때가 왔어.

좋은 기회는 두번 다시 오지 않으리.

오늘밤은 20여 년 풍수쟁이 노릇의 기로였다. 조 풍수는 가슴 저 밑바닥으로부터 꿈틀거려오는 흥분을 가누느라 눈을 감고 입 언저리를 가녀리게 떨고 있었다. 손을 뻗으면 금방 잡힐 것 같은 명당이 둥둥 방안을 떠다녔다.

"언제 장마가 갤꼬?"

"열흘 가량은 지나야…."

"아무래도 장마가 그쳐야 길을 나서리."

"그렇습지요, 나으리."

조 풍수는 작은 눈을 굴리며 내심 쾌재를 불렀다. 듣던 중 반가운 말이 아닐 수 없었다. 바쁘게 돌아가는 일이건만 하나도 어그러짐이 없었다. 꼭 그를 위해서 차려진 밥상 같았다.

열흘, 열흘이면 충분하다. 장맛비가 아니라 폭설이 내린대도 이 기회를 놓칠 수 있으랴.

조 풍수는 아이처럼 기뻐 뛰고 싶을 지경이었다.

"오늘은 야심했으니 예서 묵고 가시게. 조만간 먼 길을 나서야 할 테니 준비해 두고, 곧 통기할 것일세."

"아닙니다. 친구들이 아직 기다리고 있어서 가봐야겠습니다."

"좋도록 하게."

정 참판은 첩지가 어떻게 될세라 알처럼 품고는 사라졌다. 조 풍수는 그런 정 참판이 한없이 어리석게 여겨졌다.

정확히 열이틀 뒤, 정 참판과 조 풍수, 박 풍수는 산역꾼 몇과 남녘 어느 산을 밟고 있었다. 전라도 무안 승달산이었다. 승달산은 노령산맥의 줄기 가운데 영산강의 오른쪽에 솟은 산으로 목포 유달산과 맥을 같이한다.

"오오, 장엄한지고!"

뒷짐을 지고 선 정 참판이 사방을 조망하며 터뜨린 감탄사였다. 계절이 여름 한창이라 녹음이 짙었건만 그들이 선 자리는 그런 대로 시야가 트여 있었다. 그린 것 같은 야산들이 겹겹이 둘러싸고 비단 같은 영산강이 멀리서 감아돌다가 바다로 머리를 풀어헤쳤다.

"과연 천하의 길지가 숨어 있을 법한 지세입니다. 저기 저 봉우리를 보시지요. 흡사 바람에 나부끼는 깃발처럼 보이지 않는지요? 건해방(乾亥方, 서북쪽) 영광 불갑산으로부터 손사방(巽巳方, 동남쪽)으로 뻗어오는 맥이 43절, 마흔세 번이나 굴곡을 이루고 이 지점에서 탐랑성(貪狼星, 문필봉)을 솟구쳐 올렸습니다. 이 노승봉은 일곱 개의 문필봉 가운데 중심 자리를 차지하고 있군요. 뿐더러 북쪽에서는 무안 연증산이, 남쪽에서는 영암 월출산이, 동쪽에서는 광주 무등산이, 남서쪽에서는 목포 유달산이 사방에서 조응합니다. 이는 정녕 노승이 예불하는 형국이 분명하온데 내당수(內堂水, 명당 바로 앞을 흐르는 물)가 빠져나가는 수구(水口, 명당 앞에 모인 물이 흘러나가는 곳)에는 스님들의 식기인 발우와 목탁, 염주 모양의 봉우리들이 어김없이 갖춰져 있으니 어찌 대길하지 않으리오. 혈 앞으로 물이 쏟아져 들어오고

〔得〕있으나 나가는 곳〔破〕은 보이지 않지요. 천하명당이 틀림없습니다. 이날 입때껏 산을 밟아왔지만 이런 명당은 처음입니다."

박 풍수가 신들린 사람처럼 형국을 설명하면서 찬탄을 아끼지 않았다. 그의 말은 한 편의 서정시였고 진경산수화였다. 손에는 삿갓스님의 은사스님 미후랑인이 그렸다는 명산도가 펼쳐져 있었다.

"조 풍수 생각도 그러하오?"

정 참판이 흥분을 감추지 못하며 재확인 받고자 물었다.

"형국상 길지임에는 틀림없다고 봅니다만."

어찌 시원찮다는 눈치였다.

"그런데?"

정 참판이 벌레 씹은 표정으로 다그쳤다. 얼굴이 붉어지면서 희끗한 눈썹이 여러 차례 꿈틀거렸다.

"제 눈에는 허화(虛花)로 보입니다요."

겉만 그럴싸한 가짜 꽃, 생기가 달아난 땅이라는 얘기였다.

"뭣이!"

정 참판의 얼굴에 핏기가 가신 건 물론이었다.

"조 풍수, 그게 웬 망언이시오?"

박 풍수가, 당신 넋 빠진 게 아니냐는 듯 정색을 해보였다.

"얼핏보자면 모양이야 천하제일이랄 수 있겠지. 허나 아무리 풍채가 좋다지만 사리가 없는 스님이라면 땡추가 아닐 것인가. 여자로 치자면 미색이지만 아이를 잉태할 수 없는 석녀(石女)나 퇴물일 따름일세."

조 풍수는 고개를 절레절레 흔들었다. 정작 실망한 쪽은 정 참판쪽이 아니라 자기라는 듯이.

"허화라는 증거를 대보게!"

정 참판이 믿어지지 않은 나머지 다그쳤다. 천하의 미후랑인이 평생을 답산하여 그린 명산도가 허화라니. 고작 허화를 그려놓고 천하대명당 운운했을 리 만무했다. 더구나 선친의 은혜를 갚고자 한다는 삿갓스님 하성부지였질 않았던가.

"나으리, 땅의 기운은 최종적으로는 훈련받은 지관의 느낌으로 체득하옵니다. 형국을 보는 일이야 굳이 지관이 아니라 해도 웬만한 사람이면 가능하지만 땅속을 흐르는 생기를 볼 수 있는 일은 역시 고수들만의 영역입지요. 이 자리는 분명 허화올습니다요. 용은 분명 살아 있는데 혈의 맺힘이 없지요. 만일 오판이라면 미친 자로 취급해도 감내하여지다."

조 풍수가 칼로 죽순 자르듯 말했다.

"박 풍수 생각에는 분명 생기가 있다는 게지?"

"그렇다 뿐입니까요. 저 과협처(過峽處, 산이 잘록해지면서 기를 한껏 응결시킨 곳)를 보시죠. 이 자리는 생기가 너무 세서 차라리 두려울 정도입니다요, 나으리."

박 풍수가 혈자리를 찾아 디디고 서서 쐐기를 박았다.

"허어ㅡ. 그것 참 난망한지고."

정 참판이 망연히 두 풍수를 번갈아 바라보았다.

"아까 올라오면서 봤던 저 아래쪽이 훨씬 낫다고 봅니다. 혹 명산도에 다소 착오가 있질 않나 생각됩니다요."

조 풍수가 조심스레 의견을 폈다.

"그럴 리가 있겠소, 조 풍수."

"좌우간 내려가 보세. 몇백 리 길도 왔는데 이 조그만 등성이 하나 더 오르내린다고 발병이야 날까."

말인즉슨 옳았다.

다소간의 착오가 있을 가능성은 얼마든지 있었다. 아니, 그림은 제대로 그랬다 해도 보는 이가 잘못 보아 착오가 생길 수도 있는 일이었다. 정밀한 지도도 아니고 극도로 축약된 산도였다. 뿐더러 산이라는 게 살아 있는 활물이고, 능선과 골짜기가 서로 비슷비슷하여 이곳을 보면 여기가 거기 같고 거기가 여기 같았다. 등산객들이 산에서 길을 잃고 헤매는 까닭이 그래서고, 산에 이골이 난 풍수가 제자리를 잡지 못하는 까닭 역시 그래서였다.

그들은 다시 반 마장 아래로 내려와 구릉처럼 봉긋하게 솟은 곳에서 사방을 조망했다.

"아, 이곳도 역시 빼어난 길지로군."

그렇게 탄성을 지른 이는 다름 아닌 박 풍수였다.

"아니, 박 풍순 보는 곳마다 길지라고 하면 대체 어디가 진짜 호승예불혈이란 말인가?"

정 참판이 땀을 뻘뻘 흘리며 어이없다는 투로 힐난했다.

"보십시오, 나으리. 아까 그곳과 별반 차이가 없는 형국입니다."

조 풍수에 견줄 때, 당판에서 점혈법에 약한 박 풍수가 전방을 가리키며 나부댔다. 그는 거의 넋 나가기 직전이었다. 어찌 된 산이 서는 자리마다 좋게 보였다. 명당 밭이라도 된다는 것인가.

"잘 봤네. 형국은 같지. 다만 아까 그 자리에서 죽어 있던 생기가 여기서 비로소 살아 꿈틀대고 있는 게 다를 뿐이지. 허허허."

조 풍수가 거봐라는 듯 여유롭게 웃었다. 박 풍수는 고개를 한 번 갸웃하더니 이내 잠잠해졌다. '그런가?' 하는 기색이었다. 그러나 정 참판 앞에서 이렇게 어리바리한 모습을 보여줄 수는 없었다.

"조 풍수, 내친 김에 더 위쪽까지 둘러보는 게 좋겠소."

박 풍수는 답변도 듣지 않고 앞장서서 산을 타기 시작했다. 조 풍수는 그런 박 풍수가 심히 못마땅했지만 말릴 계제가 아니었다. 산역꾼들이 벌써 박 풍수를 앞서며 길을 쳐주고 있었던 것이다. 정 참판도 으레 그래야 할 거라고 믿었다. 그는 연만하여 생각에 부치는 근력을 문제 삼지 않고 뒤따랐다.

"새 묘다!"

산역꾼 가운데 하나가 외친 소리였다.

과연 위쪽에는 쓴 지 얼마 되지 않은 듯한 봉분 하나가 다소곳이 엎 드려 있었다. 쪼그려 앉아서 정 참판을 비웃는 형상이었다.

"알 수 없는 노릇이군."

정 참판이 어리둥절해했다. 뗏장 위로 드러난 생땅이며 채 썩지 않 은 재물 끄트러기 등 어디를 봐도 최근에 쓴 묘였다. 그것도 열흘 안 팎에 쓴 묘가 분명했다. 그렇다면 장마기간에?

"이 어찌된 노릇인가?"

혈자리를 도둑맞았다고 판단한 정 참판의 미간이 좁혀졌다. 칼날처 럼 치켜세워진 눈썹이 무섭게 떨렸다. 그 아래로 쏘아보는 눈빛은 조 풍수를 향하고 있었다. 명산도를 본 사람은 조 풍수 당신밖에 없질 않 느냐는 추궁기가 노골적으로 드러났다.

"소생도 그게….."

"삿갓 스님이 혈자리를 확인했다는 게 불과 보름밖에 안 됐거늘?"

"그러게 말씀입니다요."

조 풍수는 후벼 파낼 듯 쏘아오는 정 참판의 시선을 따갑게 의식하 며 쩔쩔맸다.

"낭패로다. 내가 한 발 늦어버렸어."

정 참판이 자탄을 하다가 다시 입을 열었다. 그는 명산도에 표기된 혈자리를 짚으며 말했다.

"저 봉분이 있는 자리가 정확한 혈자리인가보군."

누굴까. 어느 누가 이 자리를 감쪽같이 훔쳐버렸을까.

생각 같아서는 당장 분묘를 파헤쳐버리고 싶었다. 그러나 그것은 법으로 엄히 금하고 있는 일이었다. 만약 이를 어기면 중형을 살아야 하는 건 물론 묘의 주인에게 칼을 맞아도 할 말이 없었다. 어쨌든 이건 남의 자리가 돼버렸다. 원통해봐야 도둑 맞아버린 자리일 뿐이다. 자고로 기생과 묏자리는 먼저 차지하는 게 임자라는 말이 있더니. 장마가 끝나기를 기다린 게 불찰이었다. 첩지를 손에 넣은 순간, 밤길을 달려왔어야 할 일이었다.

"어차피 남의 산이지요. 산주가 해놓은 일일 수도 있고요."

정 참판이 탄식하며 하늘을 원망하고 서 있는 동안, 묘 주변을 돌던 조 풍수가 바투 다가오며 읊조렸다.

"하긴 그렇지. 우선 이 일대 산부터 사둬야겠어."

"안심하십시오, 나으리."

조 풍수는 부러 과장된 몸짓으로 안도의 한숨을 쉬어보였다.

"… 천만다행입니다. 여기도 좋은 자리이긴 합니다만 명산도에 나타난 혈자리는 아닙니다. 경에 이르되 털끝 만큼만 벗어나도 복은커녕 되레 재앙을 받는다〔毫釐之差 禍福千里〕고 했잖았습니까. 이 자리는 분명 진혈이 아닙니다요."

"정말인가, 그게?"

"어느 안중이라고 허언을 올리겠습니까."

"하다면 대체 어느 자리가 진혈처란 말인가! 이 명산도가 가리키는 호승예불혈이 어디라는 게야?"

정 참판의 어조는 한껏 격앙돼 있었다. 거기에는 조 풍수가 한 말을 믿고 싶다는 안타까움도 깃들여 있었다.

"소생이 보기에는 역시 맨 아랫자리가 진혈처입니다요, 나으리."

"박 풍수는 어떻소?"

"제가 보기로는 세 자리 모두 뛰어난 명당입지요. 맨 위 것을 천혈(天穴), 중간 것을 인혈(人穴), 아랫것을 지혈(地穴)이라 부를 수 있겠는데, 셋 모두 다 호승예불혈이라는 말씀이죠. 그 중 명산도가 가리키는 진혈은 분명 가운데 자리, 인혈이라고 봅니다요, 나으리."

박 풍수가 현장과 명산도를 대조하면서 말했다.

"무슨 소리요, 박 풍수! 진혈처는 아래쪽이오. 생기는 놔두고라도 안산과 조산이 높지 않아서 발아래 있는 것처럼 보이는데 굳이 혈자리를 높게 잡는 법은 없소."

조 풍수도 질세라 열을 올렸다.

"혈은 세 자리 다 잘 맺었소, 조 풍수. 나는 명산도를 믿는 것일 뿐!"

박 풍수도 지지 않고 맞섰다. 어차피 삿갓스님, 하성부지의 첩지 한 장에서 비롯된 산행이었으므로 횡설수설을 잠재우는 묘책은 명산도에 있다는 주장이었다.

"자꾸 명산도를 들먹이는데 그것도 사람이 그린 것이고 그 자리도 사람이 잡은 것이오. 백두산이 삼천리를 내달려 와서 이 남녘 끝자락에 가지를 치고 머물렀는데 혈이 한두 개에 그칠 것 같소이까?"

조 풍수가 사뭇 이치에 합당한 소론을 펼쳤다.

"하면 조 풍수가 옥룡자 도선국사나 미후랑인, 삿갓스님보다 실력이 더 낫다는 말씀이오?"

"거기서 옥룡자가 왜 나오남?"

조 풍수가 찢어진 눈을 모나게 떴다. 사실 세상에 떠도는 수많은 결록에 옥룡자 비결 어쩌구 풍을 치지만 열이면 열 모두가 위서였다. 도선국사의 이름을 빌려서 권위를 확보하려는 수작이었다. 그렇다고 내용이 모두 엉터리라는 건 아니었다. 내용을 볼 때, 상당한 고수가 남긴 것만은 틀림없었다.

"허허, 이 사람들! 옥신각신 하다가 날 저물겠네. 그렇다면 우리 한 번 혈의 토색을 검사해 보기로 하세."

정 참판이 나섰다. 현명한 제안이었다. 그 말을 기다리기라도 했다는 것처럼 박 풍수가 산역꾼들을 거느리고 인혈자리를 향해 내려가기 시작했다. 그 뒤를 따르는 조 풍수의 눈빛에 흰자위가 완연하다. 조 풍수는 박 풍수가 너무 못마땅했다. 구산하는 정 참판의 양 날개가 되어 어언 20여 년을 함께 일해왔지만 지금까지 거슬린 적도 없었다. 이건 동료가 아니라 숫제 훼방꾼이자 적이었다. 하지만 꺼릴 것도 없었다. 박 풍수가 점찍은 자리 토질이야 나무랄 데 없음을 잘 아는 그였기 때문이다.

"이곳을 두 자쯤 파게들."

박 풍수의 지시가 떨어지자 산역꾼들의 괭이와 삽질이 시작되었다. 잡목들이 뽑혀지면서 드러나는 토질은 곱고 딱딱했다. 땅의 겉껍질이랄 수 있는 부엽토 아래로 윤기가 도는 생땅이 나타나기 시작했다. 이 생땅 아래가 바로 혈토였다. 사람으로 치면 살갗 안의 속살이었다. 혈토는 땅의 생기가 흐르는 곳이기 때문에 너무 많이 파내서는 안 된다. 자칫 잘못하다가는 생기가 빠져 달아나고 만다.

"그만!"

산역꾼들에게 명령을 내린 박 풍수가 그 흙을 한 움큼 집어들며 정 참판 앞에서 부숴내려 보였다.

"분명 최상급 혈토입니다요, 나으리."

"음, 좋은 흙이군."

"치표를 해두시지요."

"그러세."

정 참판은 박 풍수의 말을 듣기로 했다. 산역꾼 하나가, 짊어지고 온 짐 보따리에서 사발을 꺼내 들었다. 그 사발에는 재가 가득 담겨 있었다. 사발 안쪽 바닥에 먹으로 글자를 써넣고 담아놓은 재였다. 사발에 쓴 글자는 '전주 정 참판가 치표'였다. 전주에 사는 정 참판네가 치표해뒀다는 뜻이었다. 이런 재 사발을 땅속에 묻어 놓으면 천 년이 가도 지워지지 않는 정표가 되었다. 나중 다른 이가 묘를 쓰려다가 이 재 사발을 발견하면, 재를 불어내고 글자를 읽어서 아무개네 치표자리라는 걸 알고 도로 묻어놓게끔 돼 있는 터였다. 법이 없어도 도리라는 게 있었다. 아무리 암투를 벌이면서 차지하려고 애쓰는 명당이라도 이런 풍수계의 관습을 무시하지는 못했다. 만일 이런 관습법을 무릅쓰고 자리를 차지했다가는 그에 상응하는 보복을 받게 돼 있었다. 조상의 봉분이 파헤쳐져서 유골이 바숴지는 액을 당할 여지가 있었던 것이다. 그것은 어떤 형벌보다도 무섭고 가혹한 벌이었다.

"나으리, 박 풍수가 지혈 자리라고 이른 저 아랫자리도 마저 확인해 본 다음에 결정하시지요. 소생은 그곳이 진혈처라고 확신하니까요."

인혈 자리에 재 사발 묻는 걸 말리며 조 풍수가 제안했다.

"굳이 그럴 거야 뭐 있겠나. 공연한 똥고집일세."

조 풍수에게 가는 정 참판의 말이 거칠었다. 네까짓 것은 이미 찬밥 신세라는 투였다. 게다가 준비해온 재 사발도 하나뿐이었다.

"소생 섭섭합니다요. 한 번 파보기는 해야지요."

"허흠! 괜한 헛수고를 하자고 그러네."

정 참판은 마지못해 아랫자리도 파보기로 했다. 그런데 그 자리 역시 기막히게 좋은 혈토가 나왔다. 아까보다 나았으면 나았지 결코 못하지는 않았다. 정 참판과 박 풍수가 머쓱해졌다.

"판석이 나옵니다요!"
땀을 흘리며 괭이질하던 인부 하나가 외쳤다.
"뭣이!"
"판석 같습니다요, 나으리."
"조심해서 파내라!"
정 참판이 흥분된 어조로 명령했다.

九十八代 香火之地 胡僧禮佛穴―玉龍子
(98대 향화지지 호승예불혈 옥룡자)

눈을 씻고 다시 보았다. 분명 판석에 뚜렷이 새겨진 글자였다. 땅속에서 오랜 세월 동안 묻혀온 판석은 고졸하기만 했다. 기록대로라면 천 년의 세월을 잠자고 있었던 셈이었다.
"아니!"
"이게 정말 옥룡자 도선국사가 묻어 놓은 판석이란 말인가!"
"흐흠, 흐흠!"
놀라는 박 풍수와 정 참판과는 달리 조 풍수는 짐짓 뒷짐을 지고 서서 거드름 섞인 헛기침을 연방 해댔다. 이제야 이 조 풍수의 진가를 알아보겠냐는 시위였다.
"조 풍수, 자넨 과연 족집겔세. 조금 서운하게 대했던 점 양해하시게. 만사는 그저 불여튼튼이라지 않던가."
정 참판이 갑작스레 염치없는 웃음을 흘렸다. 본시는 조백(皁白)이 있는 위인이었는데 사람이 늙어가면서 노탐이 생기니 별 도리 없었다. 천성이 아무리 청수해도 인욕에 가리면 품위를 잃게 마련이다.
"소생이 비록 무딘 재주라 하나 혈자리 보는 걸로는 아직 누구 뒷줄에 서고 싶은 맘이 없었습니다."

조 풍수가 이때다 싶었던지 목울대에 힘을 넣고 내질렀다.

"누가 아니라나, 이 사람 조 풍수."

어르는 정 참판의 목소리가 중국 비단결 같다. 병 주고 약 주고였다.

"나으리, 소생의 소임은 이것으로 다 끝난 것 같습니다. 이제 더 이상 농락 당하면서까지 뜬쇠를 차기 싫어졌습니다. 저 사람 박 풍수가 워낙 뛰어난 양반이니 나머지 일은 저 사람과 하시지요."

조 풍수는 회초리처럼 꼬장꼬장하게 나왔다.

그는 낮게 허리를 숙여 예를 갖춘 뒤, 하산해 버렸다. 마침 울고 싶던 판에 뺨 맞았다는 행태였다. 정 참판이 기가 막혔다. 소매를 붙들고 말릴 틈도 없었다. 자그마치 20여 년을 데리고 있던 사람이 한순간에 등을 돌렸다. 아무리 무시당하고 서운하더라도 이건 어처구니가 없었다.

"허어, 참! 저 사람이 변했네 그려."

정 참판은 조 풍수가 모습을 가무려버린 산 아래쪽에 대고 쓴웃음을 지었다. 박 풍수도 안절부절못했다.

현직 참판이었다면야, 그깟 조 풍수쯤 명령 한마디로 허수아비 말뚝 박아놓듯 했겠지만 지금은 자리물림한 지 오래고 신분제도가 무너진 세상이었다. 게다가 1910년부터 일제시대였다. 왕조시대의 전직 참판 따위는 일본인 순사보다도 못한 신분이었다. 사람들이 허리를 낮추고 말을 높이는 것도 마지못해 하는 예우에 지나지 않는 셈이었다.

정 참판과 박 풍수는 맨 아래 지혈 자리에 치표하고 하산했다. 그들은 곧바로 전주에 올라오지 않고 산 아랫마을에 들러서 산주를 수소문했다. 기슭은 임자가 여럿이고 보다 높은 곳 치표해 둔 일대는 국유림이라고 했다. 나라 땅이면 일하기가 쉬웠다. 묏자리 하나 쓰는 데는 관청에 허가 받을 필요도 없었다. 다만 재산권을 행사할 수 없고 독점할 수 없다는 결정적인 단점이 있었다.

4
욕망의 불꽃

조 풍수의 계략

조 풍수는 그날로 정 참판댁과 왕래를 끊었다. 사전에 철저히 준비된 이별 수순이었다. 모두가 노회한 조 풍수의 계략이었던 것이다. 정 참판이 치표하기 직전, 승달산에 이미 조성돼 있던 새 묘가 조 풍수의 짓이었음은 물론이었다. 그것은 안에 내용물이 없는 가묘였다. 흔히 수도장이라고 부르는 것으로 자리를 공공연하게 확보해두는 전략이었다.

조판기.

이것이 조 풍수의 이름이었다.

그는 본래 김제 고을의 아전이었다. 산공부에도 조예가 깊어서 주변의 아는 사람들 묏자리를 적잖이 잡아주던 중, 시절이 혼란스러워지고 관직제도가 무너지려 하자 아전을 그만둬 버리고 일찌감치 풍수로 나섰다. 이렇다 할 벼슬은 못하고 대를 이은 아전 구실아치가 되어 벼슬아치들의 뒤치다꺼리나 해오던 그는 누구보다도 신분상승 욕구가 강했던 편이었다. 그런 그에게, 누구나 한 자리 제대로 잘 쓰면 후일을 기약할 수 있는 풍수가 더없이 매력적일 수밖에 없었다.

그래서 정 참판댁 일을 해오면서도 늘 기회를 노려왔던 것이다. 그러나 기회는 좀처럼 찾아오지 않았다. 10년이 지나고 20년이 지나도 탐낼 만한 길지가 나타나지 않았다. 그러다가 불현듯 때가 와버린 것이다.

그날, 그러니까 삿갓스님 하성부지가 첩지를 건네주고 홀연히 사라지던 그 장마철의 밤중, 조 풍수의 뇌리는 온통 첩지 속의 명산도로 가득 찼다. 명산도의 산맥들은 살아 숨쉬는 용이 되어 얽히고 설키며 여의주를 희롱하고 있었다.

저걸 잡아야 한다.

이참에 저걸 물어야 한다.

이처럼 좋은 기회는 두 번 다시 오지 않으리라.

그는 친구들이 기다리고 있던 주막을 건너뛰고 빗속을 달려 집으로 왔다. 거의 뜬눈으로 밤을 지새운 그는 새벽에 두 아들을 깨웠다. 밤새 애비가 무슨 생각을 했는지 알 리 없는 자식놈들은 짜증부터 냈다.

"이것들아, 늘어지게 잠만 자고서 가문을 무슨 수로 일으키려느냐? 당장 일어나 얼른 찬물로 세수부터 하고 오너라."

그날 새벽, 야심 많은 세 부자는 무릎을 맞대고 일생일대 가장 비밀스런 이야기를 나눴다. 뜸들일 것도 없었다. 세 부자는 조촐하게 행장을 꾸리고 서둘러 남행했다. 가문의 흥망을 좌우하는 일대 모험의 세계에 첫발을 내디딘 것이다.

조 풍수 세 부자가 승달산에 당도했을 때는 시누대 같이 굵은 비가 쏟아지고 있었다. 거짓말 좀 보태서, 천지 분간이 어려울 정도였다. 천둥번개도 끊임없이 머리 위를 떠나지 않고 으르렁댔다. 조 풍수는 도리어 속으로 쾌재를 불렀다. 드러내놓고 할 수 없는 이런 일을 하기엔 더없이 좋은 일기였다. 우선 보는 이가 없어서 안심이 되었다.

혈자리를 찾는 일도 그리 어렵지 않았다. 첩지가 없다고는 하지만 종이가 뚫어져라 익혀 둔 명산도였고, 수십 년간 산을 타온 이력이 있어놓아서 척 하면 삼천리였다. 이미 이런저런 결록을 보고 쓴 구묘가 주변에 널려 있었지만 모두가 헛다리짚은 것들이었다. 삿갓스님의 명산도가 말하는 자리는 생지였다. 그곳에 서니 혈이 맺힐 만한 자리가 세 군데쯤으로 압축되었다. 그 중 가운데 자리를 딛고 선 조 풍수가 두 아들에게 명했다.

"여기다. 너무 넓지 않게 파도록 해라!"

미후랑인이 그렸다는 호승예불혈이 틀림없었다. 명당을 찾았으므로 거기서 혈 맺는 자리를 짚어내는 일은 웬만한 실력이면 거의 오차가 없게 마련이었다. 개안한 사람은 보는 눈이 거의 같았다.

비밀스런 산역을 하늘도 돕는 것일까. 비는 아까보다 자못 기세가 죽어서 작업하는 데 별반 어려움이 없었다. 대신 사방에 솜털 같은 운해(雲海)가 일어나서 선경(仙境)을 연출했다. 참으로 아름답고 신비로운 터였다.

도롱이를 뒤집어쓰고 서서 그 광경을 지켜보는 조 풍수의 째진 눈이 야수의 그것처럼 빛났다.

"자, 얼른 시작하자."

두 아들이 괭이질을 시작했다. 명당자리는 지표면부터가 다르다. 빗물이 많이 스며들지 않아서 괭이질이 쉬웠다. 건장한 아들들은 척척 땅을 파들어갔다. 비는 이제 완전히 그쳐 있었다.

"어어, 돌이 나오는데요, 아버님!"

"그럴 리가!"

조 풍수가 흙구덩이를 내려다봤다. 아직 채 두 자도 파지 않아 혈토는커녕 부토도 다 걷어내지 않은 형편이었다. 그런데 돌이라니 반갑잖은 말이었다. 조 풍수는 가슴이 조였다.

"그걸 파내 보거라. 밑에는 괜찮을 게야."

두 형제가 괭이질을 서둘러 돌을 파냈다. 빗물에 이겨진 흙이 덕지덕지 묻어 있는 돌은 제법 큼직했다.

"밑에는 토질이 좋습니다. 아버님."

"의당 그래야지."

그렇게 말하다, 아까 빼낸 돌 쪽을 본 조 풍수의 관자놀이가 팽팽하게 당겨졌다. 아무래도 자연석 같지가 않았다. 다가가서 쥐어뜯은 갈잎으로 흙을 문질렀다. 속살이 드러난 돌은 예상했던 대로 범상치 않았다. 각이 져 있는 데다 빛깔마저 검었다. 이런 산에 검은 돌은 결코 흔치 않은 법이었다.

"이 돌을 엎어 보거라."

작은아들이 별 생각 없이 괭이로 돌을 떠넘겼다. 이번에는 조 풍수 대신 작은아들이 갈잎으로 흙덩이를 닦아냈다.

"글자가 새겨있네요!"

"그러면 그렇지. 손으로 씻어내라!"

"호, 승, 예, 불, 혈… 그리고 이게 무슨 글자죠? 뭔 뭐 랑, 인인데?"

미후랑인이다. 보나마나 그가 남긴 판석이다.

조 풍수는, 글이 짧아 미후(獼猴)라는 글자를 읽어내지 못하는 작은아들의 어깨를 헤치며 파고들었다. 우장이고 뭐고 다 내팽개쳐 버리고서였다. 길지였다. 이 자리가 진혈처였다. 그는 그 오석(烏石)을 보듬고 덩실덩실 춤을 추고 싶었다. 가까운 하늘에서 다시 천둥이 울었다.

어서 벼락이라도 떨어지거라.

그는 오석과 흙구덩이를 번갈아보며 속으로 되뇌었다. 이 자리에서 당장 벼락 맞아 죽는 것처럼 행복한 일이 세상에 또 있을까 싶기만 했다. 천하대명당이 주인을 기다리며 입을 벌리고 있겠다, 꽁꽁 묻어줄 두 아들이 바위처럼 버티고 서 있겠다, 떡 본 김에 제사지낸다고 명당 본 김에 이대로 죽어 넘어지고 싶었다.

아니야, 그 늙은이가 누구라고. 당장 파내어 부관참시를 하려들걸. 뿐만이 아니리라. 뼈를 가루로 만들어, 기르던 돼지밥에 섞어줄 영감탱이야. 아직 기다려야 해. 귀신도 모르게 하지 않으면 다 일장춘몽에 지나지 않게 돼.

"오석을 잘 거두고 흙구덩이를 원상태로 가무려 놔라. 잡목은 물론 풀뿌리 하나라도 빠뜨리지 말고 심어두고. 흔적을 남겨선 안 되느니."

두 아들이 흙구덩이를 메우기 시작했다. 조 풍수는 꿈결처럼 판석을 내려다보다가 불현듯 다른 데에 생각이 미쳤다.

"아니다. 더 파라!"

"네?"

"더 파라지 않느냐."

"아버님?"

두 아들이 우두거니 서서 푸— 푸— 하며 입안으로 흘러드는 땀을 뿜어냈다. 이유를 모르겠다는 눈치들이었다.

하지만 조 풍수가 누구이던가.

"어서 파라. 나올 게 더 있을 테니."

그렇다.

분명 더 나올 게 있을 것이었다.

아니, 마땅히 더 있어야 한다. 하나로는 부족하다. 미후랑인의 징표만으로는 믿을 수 없다. 옥룡자 도선국사의 징표가 있어야 비로소 완전한 진혈이 되는 것이다.

다시 괭이질을 하는 광경을 바라보며 조 풍수는 똥끝이 타들어오는 걸 절감했다.

세 자 깊이까지 파들어 갔는데도 나오는 건 고운 흙뿐이었다. 흙구덩이는 애초에 작게 잡았으나 깊게 파나가다 보니 자연히 넓어져 있었다.

"아무것도 없습니다, 아버님!"

큰아들이 괭이질을 멈추며 말했다.

진정 없는 것인가.

세 자나 팠으면 그만 파야 옳았다. 상식적으로도 더 깊은 곳에 판석을 묻었을 리 없을뿐더러, 더 파게 되면 파혈(破穴)이 될 우려마저 있었다. 그러나 옥룡자의 판석을 못 캐내면 진혈이랄 수 없었다.

"더 파라!"

결국 세 자를 더 파내서 희뿌연 화강석 하나를 캐냈다. 물론 홍황자윤(紅黃滋潤)한 혈토 속이었다.

"거 봐라. 내 뭐랬느냐?"

"아버님, 귀신이 따로 없습니다. 땅속이 보이십니까?"

땅속이 보이기야 하겠는가. 신안(神眼)이나 도안(道眼)이라야 그 경지에 오를 수 있었다. 조 풍수는 비상한 두뇌의 소유자였다. 오랜 경험과 직관, 추리력으로 남들보다 한 수를 더 보는 것밖에 없었다. 판석만 해도 그랬다. 여느 시골풍수 같으면 당연히 옥룡자 도선국사가 남긴 것으로 믿어 의심치 않겠지만 조 풍수는 달랐다. 미후랑인보다 앞선 시절에 어떤 고수 선사가 있어서 옥룡자 이름을 빌려서 묻어둔 판석이라고 보았다. 자신의 이름보다 진혈처라는 사실이 더 중요했고 그 권위를 높이기 위함이었다.

그렇다면 두 가지 의문점이 생긴다. 왜 자신이 쓰지 않고 판석만 묻어두었느냐는 것과 여섯 자라는 깊이였다.

조 풍수는 그것도 전광석화처럼 해석해냈다. 자리는 잡았으되 합당한 임자를 만나지 못했다는 뜻이었다. 인연과 시기 둘 다 원인이 될 수 있었다. 여섯 자나 깊이 묻은 건 가르침이었다. 이런 대지는 깊게 매장해야 한다는. 고수도 그걸 말하려 했음일 것이다.

"어서 흙을 그러모아 제자리에 묻어라. 감쪽같이 원래대로 해놔야 쓴다."

두 아들이 구덩이를 메웠다. 괭이로 다져가면서 야무지게 메웠고 잡목과 풀을 심어서 원형대로 꾸며놓았다. 주변의 부엽을 긁어서 덮어두는 것도 잊지 않았다. 파본 흔적이 거의 나타나지 않았다.

조 풍수는 화강암 판석을 맨 아랫자리에 옮겨 얕게 묻었다. 미후랑인이 남긴 오석은 따로 챙겨 두었다.

세 부자가 맨 위쪽으로 올라가서 봉분 하나를 조성해 놓기까지는 꼬박 이틀이 걸렸다.

"우리 집도 이제 명당을 썼구나. 공부도 바짝 서둘러 하고 무슨 일이든 열심히 해야 한다."

그리고 열흘 뒤, 박 풍수와 함께 정 참판을 모시고 와서 예정대로 치표작업을 하면서 관계를 청산하는 수순을 밟았던 것이다. 무섭고 치밀한 계략이었다.

정 참판네 치표가 끝난 직후, 조 풍수 세 부자는 또 한 번 산행을 한다. 그들이 왜 그랬는지를 아는 이는 그의 가족들 말고 아무도 없었다. 그야말로 감추고 감춰서 행한 일이었다. 바로 조 풍수의 부친 묘를 이장하기 위해서였다. 바로 말하면 이장이 아니라 남의 묏자리에 몰래 묻는 것이니 암장(暗葬)이었다. 그것도 열 자 깊이로 묻는 암장이었다.

제자리에 재혈한다고 해도 분명 정 참판은 여섯 자 깊이 언저리에 쓸 거였다. 혈토가 나오는데 더 깊이 팔 이유가 없었다. 그걸 미리 계산하고서 열 자 깊이에 암장한 조 풍수였다. 한 자리에 두 집안 조상이 층층으로 묻히는 겹장까지 생각하는 참으로 아슬아슬하고 위험천만한 모험이었다.

9년의 세월이 조마조마 흘렀다.

세상에 비밀이 없다는 말은 틀리지 않았다. 급기야 명당을 훔친 조 풍수의 계략이 들통나 버리고 말았던 것이다. 조 풍수는 이제 치도곤을 당할 일만 남았다. 하지만 조 풍수가 누구인가. 이는 사실 조 풍수가 은근히 기다려온 일이기도 했다.

삿갓스님 하성부지가 예전처럼 뜬금없이 정 참판댁을 다시 찾아왔다. 9년 전보다 부쩍 꼬부라진 정 참판이었지만 그를 극진히 대접했음은 말할 것도 없었다. 정 참판은 하성부지에게 치표 얘기를 했고 얘기를 꺼낸 김에 좌향(坐向, 집이나 묘의 방향) 부탁을 하기에 이르렀다. 하성부지는 정 참판과 현장으로 남행한다.

"스님, 대관절 제 선친께 어떤 은혜를 입으셨기에 번번이 제 일을 봐주시는 겁니까? 얼굴이라도 한번 보여주시오."

정 참판은 열차 안에서 그간 궁금하기 짝이 없었던 사연을 물었다.

"밝힐 만한 일이 못 되지요. 더구나 빈도는 승려 신분! 속가에서 있던 일은 다시 떠올리지 않아요. 그리고 전에 말씀드린 것처럼 무주상 보시지요. 얼굴을 알게 되면 주고받았다는 잔상이 남게 되고 그럼 공덕이 안 됩니다."

하성부지는 열차 안에서도 삿갓을 깊숙이 눌러쓴 채 벗을 줄을 몰랐다. 너무 궁금했지만 상대가 승려 신분이니 어쩔 수가 없었다.

승달산 현장에 가보니 치표는 엉뚱한 데 돼 있었고 당시의 상황이 설명된다. 그렇게 해서 조 풍수가 판석을 가지고 장난을 쳤음이 밝혀지는 것이다.

당시 박 풍수가 자꾸 다른 주장을 폈었는데 처음에 동조하던 정 참판이 박 풍수 의견을 무시하고 조 풍수의 말에 따른 건 죄다 그 판석 때문이었다. 다른 이도 아니고 천 년 전 옥룡자 도선국사의 판석이 아랫자리에서 나왔는데 의심할 여지가 없다고 믿어버렸던 것이다. 결국 조 풍수를 불러다가 족치면서 자백을 받아내기에 이르렀다. 그러나 끝내 발설하지 않은 계략이 둘이나 더 남아 있었으니….

"발칙한 것! 감히 어느 누구의 자리를 도둑질하려고 그 같은 계략을 꾸몄단 말인가. 족제비 잡아서 꼬리는 남 준다더니 하마터면 저 여시 같은 것한테 차려놓은 밥상을 빼앗길 뻔했구먼. 에잇, 퉤!"

정자관을 쓴 정 참판이 죄인의 얼굴을 향해 침을 뱉었다. 사정없는 매질로 기진맥진한 죄인의 턱수염에 침방울이 달라붙어 대롱거렸다. 염소의 턱수염처럼 빈약하고 뭉뚱그려져서 볼품없는 수염이었다. 그 수염은 희어질 대로 희어져 있었다. 이젠 늙은이였던 것이다.

"내다 버려라!"

우황 든 소처럼 분을 못 이겨 하며 뒷마당을 벗어나는 정 참판이었다. 덩치가 좋은 머슴들이 뒤에서 허리를 굽실거렸다. 죄인이 까무러친 뒷마당에는 고문을 하는데 사용된 형구들이 어지러이 널브러져 있었다. 물고를 낼 듯이 조여드는 고문에 못 이겨 일의 자초지종을 불어버린 죄인은, 숨통이 끊어진 사람처럼 축 늘어져 있었다. 그런 그의 몸뚱이를 머슴들 몇이 개 끌듯 질질 끌어다가 거리에 내다버렸다. 거리에는 벌써 땅거미가 지고 있었다.

'이제야 끝났군. 좀 고되고 모양이 사납긴 했지만 난 드디어 큰일을 해내고야 만 거야. 조상들 부끄럽지 않은 일을 해놓고 가게 된 셈이지, 아암.'

누구도 들을 수 없었지만 죄인의 푸르죽죽한 입술 안에서 맴도는 말이었다. 생기 없는 안면 가득 알 수 없는 환희 같은 게 여울졌다. 즉사 직전까지 매맞고 패대기쳐진 사람답지 않았다.

그는 소리 없이 내리는 밤이슬이 얼굴에 와 닿는 걸 느꼈다. 하지만 그는 차가운 밤이슬이 그렇게 포근할 수가 없었다. 그는 정말 행복하게 눈을 감을 수 있을 것 같았다. 어차피 그냥 놔둬도 늙을 대로 늙어 거의 다 죽은 목숨이었다. 하잘것없는 몸뚱이로 이마만큼 큰 명당자리와 바꿨으면 하늘이 도운 거였다. 아니, 어쩌면 9년 전에 진짜 호승예불혈에 깊이 암장해둔 선친의 뼈가 감응, 자식을 도운 건지도 몰랐다.

다음은 내 차례다. 살아서 신산스러웠던 육신은 이제 깊고 그윽한 땅속, 또 다른 호승예불혈 명당에서 영원히 위안받을 터였다. 그리하여 누런 뼈로 남아 후손들에게 길이길이 복을 발하리라. 후훗. 내가 누군가. 이실직고할 게 따로 있지. 꾀는 관 밖에 내놓고 죽어야 한다는 말이 있으렷다. 이것도 다, 이 '조 족집게' 조조의 지략에서 나온 종막이란 걸 그깟 것이 알 리 없지. 하나만 알았지 둘은 모르는 영감탱이.

그는 정자관을 쓰고 호통을 치던 정 참판을 떠올렸다. 전주천변 엉덩이 덴 황소처럼 길길이 날뛰던 그가 한없이 측은하기만 했다. 풀기 없고 검버섯이 핀 얼굴이 어른거렸다. 검버섯은 저승점이었다. 감히 왕가를 꿈꾸고 별의별 모사를 해봐야 얼마 안 가서 속절없이 땅속에 묻힐 처지였다. 그래서 모사는 귀신도 모르게 해야 하는 법이다.

나는 해냈어. 감쪽같이 한 자리 얻었어. 여의주를 삼켜버린 거야. 이쯤의 대가를 치르고 얻는 천하대명당이라면 열 번이라도 고쳐 죽지.

"… 원맥은 가야산이니 조씨 천년지지요."

피걸레가 된 죄인이 담벼락 밑에서 혼절 직전에 내뱉어 놓은 말이었다. 하늘 아래 누가 알았을까. 정작 정감록을 더 숭배한 이는 정 참판이 아니라, 이 사람 조판기 풍수였던 것이다.

하늘이 조 풍수의 피얼룩을 지워주려 하는 것인가. 앞을 분간할 수 없는 장대비가 쏟아져 내렸다.

그 빗속을 뚫고 두 사내가 솟을대문 앞에 나타나더니 쪼그려 앉아 널브러진 피걸레를 둘러업고 어둠 속으로 사라져갔다. 조 풍수의 아들들이었다. 그들의 행색에는 별반 슬퍼하는 빛이 보이지 않았다. 부친이 치도곤을 당했지만 모사가 탈 없이 이루어졌달 수 있는 오늘이었다. 희비가 엇갈린다는 말은 이래서 생겨난 말이었다.

조 풍수는 솔가해서 자취를 감췄다.

이듬해 정 참판도 명을 다해서 승달산 치표해 둔 자리에 묻혔다. 처음에 맨 아랫자리로 잘못 치표했다가 하성부지에 의해 바로잡아진 가운데 자리였다. 정 참판은 끝내 하성부지가 누구며 얼굴이 어떻게 생겼는지 모르고 세상을 떠났다.

화를 부른 명당

그리고 2년 만에 정씨네 집에는 흉사가 겹쳤다. 박 풍수에게 물었지만 원인을 찾아내지 못했다. 양반 체면 구기는 일이지만 도리 없이 용하다는 무당에게 물으니, 갑자기 앞이 깜깜해서 아무것도 볼 수 없다며 두 손을 들었다. 뭐가 있는 건 분명한데 어떻게 손을 써볼 수가 없었다. 머리만 싸매고 누워 있던 정진국이 드디어 중대한 결심을 했다. 그는 전국에서 이름 있는 풍수들을 회동시켰다.

서울 수구문 밖에 산다는 김 풍수, 대구 팔공산에서 왔다는 노 풍수, 멀리 개성에서 왔다는 송 풍수가 찾아들었다. 모두가 제 고장에서는 일류지사 소리를 듣는 명풍들이었다.

그러나 정진국은 아직도 두 사람을 더 기다리고 있었다. 하나는 진태을이었고 다른 하나는 역시 삿갓스님 하성부지였다. 진태을은 사람을 놓아서 수소문한 끝에 진안 마이산 아래 금당사에 머물고 있대서 곧 모셔오도록 했으니 됐고, 남은 이는 하성부지였다. 하성부지는 성만 모르는 게 아니라 거처도 몰랐다. 그야말로 바람 따라 떠도는 행각승이었던 것이다. 계룡산 동학사에도 여러 차례 사람을 보냈건만 지난 겨울에 며칠 묵었다 간 이후로는 아무 소식이 없다는 것이었다. 결국 포기해야 할 모양이었다.

"제가 여러 선생님들을 이렇게 모신 건 잘 아시다시피 집안의 흉사가 겹친 때문이오. 아무래도 제 생각 같아서는 묏바람인 듯하오. 선생님들의 선처만 바랄 뿐이오. 사례는 부족함이 없도록 할 것이오."

진태을이 도착하자, 정진국이 박 풍수를 포함해서 다섯 풍수들을 모아놓고 말했다.

"선영이 어디요?"

듣고만 있던 좌중에서 개성의 송 풍수가 먼저 입을 열었다.

"동래, 소백산, 모악산 일대에 걸쳐 있지만 그곳들은 조부나 그 윗 대들이고 맘에 걸리는 곳은 무안 승달산 선친묘지요. 2년 전 장례를 치르고 나서부터 가끔 꿈자리에 나타나셨소. 장승처럼 아무 말 없이 서 계시다가 쓸쓸히 돌아서시곤 하지요. 여기 박 풍수께서 산역을 주관하셨습니다."

정진국이 박 풍수를 가리켰다.

"소생이야 하성부지가 지목한 자리에 재혈한 것밖에는 없지요."

"그럼 그곳부터 가보도록 합시다."

서울 김 풍수가 박 풍수의 말을 받았다. 대구 노 풍수도 그러자고 초를 쳤다. 하지만 진태을만 시종 말이 없었다. 그저 청의백의 도포를 입은 정진국의 얼굴만 골똘히 쳐다볼 뿐이었다.

"진 선생께서는 왜 통 말씀이 없이 소생의 얼굴만 빤히 쳐다보시는 거요?"

정진국은 11년 전, 선친의 간청을 일언지하에 거절해버린 진태을을 잘 기억하고 있었다. 그때는 기껏 풍수 주제에 뭐 저렇게 데데한 치가 있나 싶었지만 지금은 상황이 달랐다. 꿩 잡는 게 매라고 병통만 고쳐 놓으면 그만이었다. 피일시(彼一時) 차일시(此一時)라고 그때는 그때고 지금은 지금이었다. 사람은 때에 적합하게 써야 옳았다.

"아니오. 작고하신 정 참판께서는 욕심이 너무 과하셨지요."

그렇게 말하면서도 생각은 딴 데 가 있는 눈치였다.

그러기는 연초록 새싹이 움을 틔우고 진달래가 만발한 승달산 정 참판의 묘역에 가서도 마찬가지였다. 봄을 맞아 아지랑이가 피어오르고 생기가 도는 산에서 다른 풍수들이《청오경(靑烏徑)》,《금낭경(金

囊徑)》,《인자수지(人子須知)》,《설심부(雪心賦)》,《지리오결(地理五訣)》을 운운하며 설왕설래하건만 진태을은 바위처럼 침묵만 지켰다.

"진 선생, 속에 든 얘기를 한 번 해보시오."

정진국이 채근하기도 전에 다른 풍수들이 먼저 나섰다. 제일 연장자이면서 최고수라는 이가 말을 아껴 두고 있으니 도무지 갑갑해서 견딜 수 없었던 것이다. 그도 그럴 것이 풍수들이란 맨 나중에 의견을 개진하는 이를 두려워하게 마련이었다. 대개 맨 나중에 나서는 풍수가 상대의 장점을 취하고 허점을 잘라내 자신의 주장을 관철시키는 예가 많았다. 결과적으로 종합하는 입장이 다 아는 것 같고 편했다.

산은 참 묘했다. 방안에서 지가서(地家書, 풍수 이론서. 山書라고도 한다)를 볼 때는 막히는 것 없이 훤한데 막상 산에 들어와서 자리를 잡으려 들면 앞이 캄캄했다. 누가 뭐라고 말하면 그때서야 그 말이 맞았는지 틀렸는지 비로소 조금 보이기 시작한다. 그래서 경험이 많아야 하는 것이다. 천하의 진태을이 어디 경험이 부족해서 침묵하겠는가. 뭔가 말 못 할 깊은 사연이 있었을 게다. 풍수들은 진태을의 의중이 궁금할 따름이었다.

"그러시오. 진 선생! 생전의 제 선친과 대면한 적이 있질 않습니까? 거리낌없이 이 유택을 감정해 주시오."

정진국이 간청했다. 야외에 나오니 도포차림의 말쑥한 얼굴이 더 희고 두툼해 보였다. 육덕은 좋으나 해와 달이 흐린 얼굴이었다. 해와 달이란 두 눈을 말했다. 일월은 밝고 빛날수록 좋다. 그런데 정진국의 눈빛은 그렇지가 못했다. 결정적 흠은 안색이었다. 희멀건 얼굴에 푸르스름한 기운이 비쳐졌다. 첫날 전주에 불려가서 볼 때 우선 그것이 걸렸다. 그래서 말을 아끼고 있었던 것이다.

"이곳이 승달산의 수혈(首穴, 으뜸 자리, 곧 호승예불혈)인지는 모르지만 좋은 자리에 묻히셨다고 봅니다."

진태을이 드디어 입을 열었다.

"하면 선생은 이곳 말고 다른 자리가 수혈일 수도 있단 말씀이오?"

박 풍수가 엉뚱하다가 표정을 지으며 말했다. 결록에도 나와 있고 누가 잡은 자린데 의심하느냐는 뜻이었다.

"내가 아직 이 산의 용을 제대로 밟아보지 못했소. 과연 여기가 43절인지 산맥을 따라 내려오며 통맥법(通脈法)으로 따져봐야 제대로 알 수 있지요."

진태을의 주장에 다른 풍수들은 입을 다물었다. 사실 용맥을 따라 내려오며 답산하지 않고 곧바로 묘에 인도된 형편이었다. 풍수의 기본인 내룡을 모르고 혈자리만 보고서 가타부타하는 건 옳지 못하다.

"이미 명사들에 의해 증명된 자리 아니오? 그들보다 못한 우리가 괜한 수고를 할 필요는 없지요."

노 풍수가 자기 편리한 대로 겸양을 떨었다.

"글쎄요. 현장을 꼼꼼히 밟아보는 건 미덕이지요. 어쨌든 이 자리가 나빠 보이지는 않습니다."

"하다면 어이해서 탈이 난단 말이오?"

이번에는 다른 풍수가 따져 물었다.

"탈이 날만 하니까 났겠지요."

"좋다면서 또 그렇게 말하는 건 웬 심보요? 형기법(形氣法)과 이기법(理氣法)으로 차례차례 자세히 설명해 보시오."

진태을이라는 이 사람, 허명만 높았지 별 게 아니었나 싶었던지 다른 풍수들이 집요하게 물고 늘어졌다. 진태을은 전혀 개의치 않고 당당하게 서 있었다. 어쩌다 그대들 같은 하수들과 한자리에 서게 됐는가를 자책하는 모습처럼 보였다.

　풍수지리에는 크게 형기법과 이기법이 있다. 형기법이란 터의 형세를 보아서 자리를 정하는 것으로 한국의 전통적인 풍수가 이 형기법 위주로 발전해 왔다. 반면에 이기법이란 방향이나 하도(河圖)를 수학적으로 활용하는 데 지나쳐서 풍수 전체가 술수나 미신으로 취급되는 부작용을 낳았다. 일반적으로 산세가 웅장하거나 평양(平洋)한 중국과 달리 산세가 수려하고 올망졸망한 한국에서는 전통적으로 형기법에 경도돼 왔다. 형기와 이기를 체(體)와 용(用)으로 보기도 하는데 상당한 무리가 따르며 풍수에서의 이기는 성리학에서의 이기론과는 전혀 무관하다.

　"용(龍), 혈(穴), 사(砂), 수(水), 향(向)이 어디 하나 나무랄 데가 없구려."

　용은 산을 말하고, 혈은 생기가 뭉친 곳, 사는 명당 주변의 여러 봉우리들, 수는 물을 얻고 내보내는 이치, 향은 방향을 일컬었다. 풍수의 다섯 가지 요체였다. 흔히 지리의 오과(五果)라고 이른다.

　"허어, 이런 인사를 봤나. 다 완벽한데 탈이 어디서 나누?"

　진태을 다음으로 연장자인 개성 송 풍수가 반말조로 나왔다. 그는 아까 의견을 개진하는 자리에서 우백호 너머로 등을 돌리며 나가는 월견수(越肩水)가 보인다는 문제점을 지적했었다. 월견수란 혈자리를 감싼 좌청룡 우백호 어깨가 낮아서 그곳으로 보이는 물을 말했다. 어깨 너머로 물이 보이는 것은 바람이 들어온다는 뜻으로 흉하다고 본다. 송 풍수는 이 때문에 재물이 물 새듯 새나갈 것이라고 큰소리로 침을 튀겼었다. 정씨집안에 일고 있는 우환과는 좀 상관없는 얘기였다.

　"하늘 아래 흠 하나 없이 완벽한 물건은 하나도 없소. 겹겹이 감싼

산 너머의 저 물줄기는 월견수라 할 수 없고 오히려 드넓은 국량을 말해주는 것이오."

진태을의 그 말에 송 풍수는 혈 앞을 오르내려 보다가 아무런 대꾸도 하지 못했다. 사실 이런 자리처럼 당판에서 사방이 조망되는 명당은 지엽적인 분석이 불필요했다. 귀에 걸면 귀걸이, 코에 걸면 코걸이가 되기 십상이었다. 그래서 풍수가 어렵다는 거였다.

"제 생각도 진 풍수와 같소. 저 앞 봉수산이 영락없이 홀기(笏記, 조복에 갖추어 쥐던 물건으로 상아로 만듦)를 손에 쥔 모양이로군요. 임금이나 큰 스승님께 무엇을 사뢸 때 지시받은 내용을 붓으로 써서 보고하고 지우는 것인데 정말 처음 보는 귀봉이네요. 게다가 염주알이며 사방의 귀인봉들이 천하일품입니다. 멀리 조산너머 보이는 바다는 그 힘이 해외에까지 미치는 자리를 뜻하고요. 이렇듯 국이 너무 크고 넓어 개인이 차지할 자리가 아닌 듯 보입니다."

서울 김 풍수였다. 적절한 분석이었다. 무슨 책에 어떻고를 들먹이지 않고 자신이 터득한 법수를 녹여내서 이르는 감정평가였다. 진태을은 더 두고 봐야겠지만 이 가운데에서는 가장 실력파라고 평가했다.

"국이 크다고 탈이 이렇게나 크게 날까요? 아시는 분은 아시겠지만 여기 잠드신 선친께서도 보통 분은 아니셨지요."

정진국은 정 참판의 범상치 않은 행적을 죄다 일러주고 싶었다. 젊어서 고위관직에 올랐고 중년부터는 막대한 재물을 모았다. 탐관오리들이 기승을 부리던 시절에 관직을 팔고 뇌물을 챙겨서 모은 재물이 아니었다. 선대로부터 물려받은 농토를 잘 활용했고 김제에 사금광을 운영한 것이 결정적이었다. 그야말로 노다지를 잡은 것이다. 금붙이를 팔아서 토지를 사들였고 토지에서 얻은 곡물로 다시 토지를 사들이니 돈이 돈을 벌어오는 격이었다.

"호남의 대부호셨고 능히 비룡재천(飛龍在天)이나 때가 험하여 스스로 잠룡이 되신 어른이었지요."

박 풍수가 반평생을 시봉한 가신답게 칭송했다. 하늘을 나는 용이었으나 몸을 낮추고 숨어살았다는 거였다.

진태을은 11년 전, 정 참판의 의형제 맺기 제안이 상기되었다. 웬만하면 못 이기는 척 인연을 맺을 수도 있었다. 하지만 제왕을 꿈꾸는 것은 수용할 수 없었다. 역량이 못 미치는 사람이 큰 자리를 탐내면 앙화가 자신에게만 미치는 게 아니라 백성 모두에게 미친다. 감이 아닌 사람이 지도자가 되는 건, 제 팔자지만 백성은 무슨 잘못인가. 욕망이 일어난다고 무턱대고 덥석 취할 게 아니라 냉정히 꼴 파악을 해야 하는 것이다. 그래도 선대부터 쌓은 덕이 있어서 이 자리를 얻었던 듯한데 ….

"한 번 파보면 어떨까요? 분명 호남의 대명당이고 혈토가 나왔다지만 그래도 모르는 일이니까요."

서울 김 풍수가 정진국에게 제안했다.

"그래야 할 듯싶습니다. 어떤 일이 있어도 끝까지 이장하지 말라는 유언이 계셨지만 산 사람 다 잡게 생겼으니 도리가 없지요."

정진국이 고뇌어린 결단을 내렸다.

"몇 자에 썼지요?"

진태을이 물었다.

"여섯 자외다."

"굳이 이장은 하지 않아도 될 듯하오."

박 풍수의 대변을 듣고 진태을이 말했다.

"그럼, 그러지 않고도 흉사를 그치게 할 묘책이 있다는 겁니까?"

"있지요. 다만 … ."

"다만 무엇이오?"

정진국의 똥끝이 타들어갔다. 진태을은 사람을 묘하게 잡아끄는 마력과 애를 태우는 화술을 지니고 있었다. 우선 그는 말수가 적었다. 특유의 송골매 눈을 빛내면서 비밀을 파헤쳐 보는 듯한 분위기를 연출했다. 남들이 흉내 내지 못할 천생 도인의 풍모였다.

"봉분을 파헤쳤다가 다시 조성해야 할 것인데, 그러자면 생기가 빠져 달아날 가능성이 있고 또⋯."

"또 무엇이오?"

"여러 사람의 생명이 꺾이게 된다는 거요."

"⋯⋯."

정진국은 금방 사색이 돼 있었다.

"무슨 또 겁주는 흰소리요?"

노 풍수가 씁쓰레한 표정을 하고 물었다.

"그러게."

다른 풍수들도 초를 쳤다.

"그 말씀은 좀 과하오."

진태을에게 우호적인 서울의 김 풍수도 나섰다.

"두고 보면 아오. 정 생원! 그렇다고 이 묘를 그대로 방치해둘 거요? 불길한 기미들이 이미 나타났고 장차 패가망신할 것인즉!"

진태을이 날이 선 목소리로 크게 말했다. 산천이 쩌렁쩌렁 울렸다. 내공이 뭉친 증좌였다. 대개 사람의 기운은 몸피보다 눈빛이나 목소리를 통해서 감지된다. 몸이 황소만 해도 눈빛이 흐리거나 목소리에 힘이 실리지 않으면 큰일을 할 수 없고 그저 무거운 물건이나 들다가 죽는 위인이었다.

"답답해 죽겠습니다. 어째서 그렇다는 것인지 소상히 일러주시오."

얼이 빠지기 직전의 정진국이 소매를 잡고 매달렸다. 다른 풍수들도 진태을의 입을 주시했다. '열어보면 백일하에 판가름 나는 일인데 그것 참 큰소리 한 번 잘 치네', 하는 심보들이었다. 자고로 파묘를 앞두고 큰소리 치는 지관은 없었다. 이내 뻔히 결판나기 때문이다. 대개의 풍수들은 조마조마하여 말끝을 흐리거나 두루뭉실하게 말한다. 빠져나갈 구멍을 미리 만들어 놓는 것이다. 그도 그럴 것이 보이지 않는 땅속을 두고 하는 일이었다. 그런데 진태을은 달랐다. 칼로 무 자르듯 내질렀다.

"이 무덤 속에는 두 사람의 뼈가 들어 있소."

"그럼 겹장을?"

"그렇소."

"말도 아니되오."

믿을 수 없는 말이었다. 묘 쓴 지 2년밖에 안 됐고 산 아랫마을 부지런한 사람에게 전답을 묶어 관리를 부탁해둔 상태였다. 아니, 그 사람이 지금도 이 현장에 와 있었다. 뿐더러 그의 집에서는 고기를 삶고 적을 부치고 농주를 빚어놓았다. 이따 내려가서 요기할 음식들이었다. 그러라고 전답을 묶어준 것이다.

"최씨, 어찌된 일인가?"

정진국이 산지기에게 따져 물었다.

"그럴 리가요. 그 사이 언놈이 암장이나 투장을 했다면 봉분에 흔적을 남겼을 것인데 그간 열흘이 멀다고 오르내렸는데 그런 기미는 털끝만큼도 없었는 걸요. 알다시피 들이부은 회가 몇 포대인데요. 어림도 없습니다."

산지기 최씨는 신실해 보이는 사람이었다. 진태을은 괜히 그를 괴롭히는 것 같아서 무안했다. 하지만 사실이니 어쩌겠는가.

"그건 파헤쳐보면 알게 될 일."

"다른 분들은 어떻습니까?"

"글쎄, 하도 이상한 말만 골라 하고 있으니 이거 참, 도무지…."

처음부터 진태을을 맘에 안 들어하던 송 풍수가 엷은 입술을 비쭉거렸다. 사람 잡는 선무당, 집안 망치는 반풍수를 말로만 들었더니 오늘 여기서 구경해본다는 식이었다.

"정 생원! 빨리 결단을 내리시오. 아니면 난 그만 하산할까 하오."

진태을이 또 까탈스럽게 나왔다. 기면 기고 아니면 아닌 대쪽같은 성미였다. 나이 칠십인데도 여전히 누그러지지 않았다. 대신 실없는 소리는 한마디도 하지 않았다.

정진국은 11년 전 선친과의 사이에 있었던 일을 잘 알고 있었다. 조건 없이 먼저 건넨 황금 서른 돈쭝을 내팽개치고 찬바람 쌩쌩 날리며 사라져버린 위인이었다. 선친이 과분한 자리를 탐낸다는 이유만으로.

"진 선생님! 제발 저를 이해시켜 주십시오. 또 그냥 가버리실까 봐 그게 더 겁납니다."

"냉정히 말하면 이 묘를 열어서 정씨가문에 화를 입는 건 아니오. 이후로 생기는 정씨가문의 흉사는 이 묘와 무관한 것이오. 그러나 누군지 모르지만 암장한 집은 상황이 다르오. 우선 유골이 온전하지 못할 것이오."

"그러면 못 열어볼 이유가 없겠구려. 최씨, 어서 마을에 내려가 일꾼들을 불러오시오. 회를 버무려 묻어서 일이 쉽지 않을 테니 넉넉하게 불러와야 쓸 것이오. 아예 참도 내오시오."

"예, 물론입니다."

최씨가 마을로 내려갔다. 정진국과 가문사람들 몇, 풍수 일행들이 소나무 옆에 앉아서 따사로운 봄 햇살을 쬐며 담소를 나눴다. 정 참판이 이 자리를 잡게 된 경위를 박 풍수가 설명했다. 당연히 삿갓스님 하성부지와 그의 스승 미후랑인 얘기가 나왔다.
"내가 미후랑인에 관해서 좀 알지요."
서울에서 온 김 풍수가 박 풍수의 말이 끝나기를 기다려 나섰다. 서울사람이라고 견문이 넓었다. 그는 제법 긴 내막이 담긴 얘기를 꺼냈다. 풍수들은 대개 이야기꾼들이었다. 어느 고을 아무개 집안에 얽힌 이야기가 술술 풀려 나왔다. 명당에는 가문이 있고 역사가 있고 재밌는 일화가 있었다.

괴승 미후랑인

삿갓스님 하성부지가 은사스님으로 모시는 괴승 미후랑인은 본래 충청도 천원 목천 사람이었다.
이천서씨의 후손으로 본명은 명덕(明德)이었다. 우선 명덕이라는 이름부터가 유가의 냄새가 풍겼다. 천석지기 재물을 모아, 일대에서는 남부럽지 않은 살림을 일으켰던 조부 서 생원이 사서 가운데 하나인 《대학(大學)》에서 따온 이름이었다. 그들은 목천의 남화리에서 살았다.
명덕은 삼대독자였다. 딸만 일곱을 내리 낳다가 끝에 가서 겨우 아들 하나를 얻었으니 그를 금지옥엽으로 길렀다. 조부모와 누이들은 아이를 서로 차지하려고 다퉜다. 그들은 아이를 안고 엉덩이를 토닥이며 흥얼거렸다.
"덩그덩그 덩구야. 덩그덩 덩그덩 덩구야. 은자동아. 금자동아. 만

첩첩산의 보배둥아. 순지건곤의 일월둥아. 나라에는 충신둥아. 부모님전 효자둥아. 동네방네 귀염둥아. 일가친척 화목둥아. 둥글둥글이 수박둥아. 오색비단의 채색둥아. 채색비단의 오색둥아. 은을 준들 너를 사며 금을 준들 너를 사랴."

명덕은 본래 추한 외모가 아니었다. 유복한 집 막내둥이로서 귀공자 상이었다. 명덕은 다섯 살 때부터 서당출입을 했다. 조부의 유다른 향학열 덕분이었다.

어렵사리 얻은 사내아이들이 그렇듯 명덕은 개구쟁이였다. 물동이 이고 가는 아낙네의 치마를 올려다보고 호박에 말뚝 박고 개구리를 잡아서 배를 가르며 놀았다. 오냐오냐 키웠더니 버릇도 없었다.

"명덕아."

"예, 할아버지."

"너는 착한 나무꾼과 사슴 얘기를 아느냐?"

"들었사옵니다. 착한 나무꾼이 사냥꾼의 화살에 맞고 쫓기는 사슴을 나무로 숨겨 주었습니다. 그래서 산신령한테 복을 받았다 하옵니다."

말은 또박또박 잘했다. 서 생원은 그런 손자가 여간 귀엽지 않았다. 저런 녀석이 어째 심술을 부리는지 알다가도 모를 일이었다.

"할애비가 그 얘기를 상세히 들려줄 것인즉 잘 듣거라."

서생원은 어린 손자 앞에서 역사를 들춰내기 시작했다.

고대 기자조선(箕子朝鮮)의 마지막 왕 기준(箕準)이 위만(衛滿)에게 쫓기어 경기도 이천 부발 효양산(孝養山) 아래 자리를 잡았다. 그의 7대손에 만주(萬周)라는 이가 있었는데 살림이 궁핍하여 나이 사십 고개를 넘도록 장가를 들지 못했다. 그는 효양산의 땔나무꾼으로 평생을 마칠 신세였다.

십 리 절반 오리나무 한치라도 백자나무
소년 시절 영감나무 사시사철 사철나무
대낮에도 밤나무 목에 걸려 가시나무
칼로 베어 피나무 죽어도 살구나무
덜덜 떠는 사시나무 오자마자 가래나무
하느님께 비자나무 방귀 뀌어 뽕나무
그렇다고 치자나무

만주가 나무를 하면서 부르곤 하는 나무노래였다.
그날도 만주는 나무를 끝내고 짐을 꾸리며 노래를 불러젖혔다. 그러면서도 부지런히 손을 놀렸다. 어서 나무해서 장에 내다 팔아야 곡식을 바꿀 수가 있었다. 노모 외에 딸린 가족이 더 있는 건 아니었지만 부지런을 떨어야 목숨을 이어나갈 수 있었다. 하루 두 짐의 나무를 해서는 돈을 모으기는커녕 고기 한 칼 사먹을 수가 없었다. 근근히 목에 풀칠이나 했다. 어쩌다 눈먼 토끼라도 만나야 고기맛을 보았다.
그런데 사슴 한 마리가 내달아 오더니 그의 지게 앞에서 픽 쓰러졌다. 그는 이게 웬 횡재냐 싶어 잽싸게 사슴을 덮쳤다. 사슴은 그의 손길을 피할 힘도 없어 보였다. 옆구리에 화살 하나가 깊이 박혀서 너무 많은 피를 흘린 뒤였다. 필시 사냥꾼에게 쫓긴 사슴이 분명했다. 효양산은 숲이 우거져 사냥감이 많았다. 사냥꾼들이 그걸 놔둘 리가 없었다. 아니나 다를까. 저쪽에서 헐레벌떡 달려오는 사냥꾼 두 사람이 보였다. 만주는 재빨리 사슴을 나뭇단 아래 숨겼다. 굴러 들어온 고기를 놓칠 수는 없었다. 그는 다시 나무노래를 불러젖혔다.
"혹시 이곳으로 사슴 한 마리 안 왔소?"
"웬 사슴이요?"

"분명 이쪽으로 도망쳤는데. 화살에 맞아 멀리는 못 갔을 거요."

"아, 그게 사슴이었나 보구려. 아까 저 아래로 뭐가 비호같이 내뺐던 것 같긴 했소."

"고맙소."

사냥꾼들은 아래쪽으로 사라졌다. 만주는 뛸 듯이 기뻤다. 한참 뒤, 만주는 나뭇단을 들춰내고 사슴을 확인했다. 사슴은 여전히 피를 흘리고 누워 있었다. 가만히 보니 새끼를 밴 암사슴이었다. 만주는 그만 생각이 달라졌다. 노모가 하던 말이 뇌리를 스쳤다.

"새끼 밴 짐승은 그게 쥐나 뱀이래도 잡아서는 못 쓴다. 그걸 잡으면 벌 받는다. 너처럼 장가 못 든 사람은 더더군다나 안 잡아야 쓴다. 그것 잡았다간 평생 홀아비로 늙어 죽고 말아."

그 말이 옳다고 말하는 것처럼 사슴은 눈을 껌벅거렸다. 두 눈에 눈물이 그렁그렁했다. 사슴은 영물이라더니 사람처럼 애원하는 모습이었다. 만주는 사슴의 머리를 쓰다듬었다. 털에서 노린내가 묻어났다. 그는 화살을 뽑았다. 옷을 째고 그 속에 누빈 솜을 꺼낸 그는 상처에 대고 싸매주었다.

사슴은 몇 번이고 만주의 손을 핥아댔다. 살려줘서 고맙다는 인사 표시였다. 사슴은 숲으로 돌아가면서도 여러 차례 만주를 쳐다보곤 했다. 그때마다 만주는 어서 가라고 손을 흔들었다.

그날 밤 만주는 꿈을 꾸었다. 백발이 성성한 산신령이 나타났다.

"그대가 내 딸과 손자들을 구해줬으니 내 그 공을 갚고자 하노라. 아까 낮에 사냥꾼들을 따돌렸던 바로 그 자리에 그대가 죽거든 자식으로 하여금 묘를 쓰게 하라. 산 높은 곳에 있는 천교혈(天巧穴)인데 대대로 공경대부 재상이 날 옥녀직금형(玉女織錦形) 명당이니라."

산신령은 홀연히 사라졌다.

하도 신기해서 무시할 수가 없었다.

죽으로 아침을 때운 만주는 어제 그곳으로 가서 자리를 익혀두었다. 산 속에서 살아왔다고는 하나 풍수지리학을 배운 바가 없어서 왜 이 높은 자리를 두고 옥녀가 비단 베를 짜는 형국이라고 하는지 알 수 없었다. 평지에 솟은 효양산 정상 부위였는데 이상하게도 바람은 없었다. 그래서 명당이라고 하는 듯했다. 그런데 명당이면 뭐 하는가. 개발에 주석편자라고 쓸모없는 것이었다. 마흔이 넘도록 장가도 못 든 신세였다. 언제 자식을 보아 영화를 누린다는 것인가. 만주는 낙 없는 나무꾼 노릇으로 하루하루를 보냈다.

신라 문성왕(文聖王)이 효양산으로 사냥을 나온 건 달포가 지날 무렵이었다. 왕이 이끄는 사냥꾼들이 만주의 초가에 당도했다.

"그대가 길안내를 하도록 하라."

누구의 명이라고 거절하랴. 만주는 기꺼이 길안내를 했다. 왕은 효양산과 설봉산 일대에서 사흘간 사냥을 즐겼다. 만주는 밤낮을 가리지 않고 성심을 다했다. 덕분에 멧돼지와 고라니, 승냥이 등 사냥물이 많았다. 왕은 만족해했다. 환궁하기 전 왕은 만주의 공을 치하했다.

"그대의 길안내로 즐거운 사냥을 했도다. 내 겪어보니 그대의 성품이 어질어 이대로 지나칠 수가 없느니. 바라는 바가 있으면 말해보라."

"노모를 편히 모시는 것뿐이옵니다."

"효성 또한 갸륵하도다. 어째서 권속이 노모뿐인고?"

"아직 장가를 들지 못했사옵니다."

"가난 탓이로구나. 이 짐의 덕이 부족한 탓이야."

문성왕은 만주에게 성을 내리고 산을 돌보는 작은 벼슬자리를 주었다. 그리하여 만주는 서씨(徐氏)의 시조가 되었고 나중에 이름을 신일(神逸)로 고쳤다. 신령의 도움으로 편안한 삶을 살게 되었다는 뜻에서였다.

신일은 훗날 늦장가를 들어 나이 팔십에 아들 필(弼)을 낳았다. 필은 아버지 신일을 옥녀직금형 명당에 묻었다.

그 뒤, 필은 고려국의 벼슬자리에 올라 광종(光宗) 때 대광내의령(大匡內議令)을 지냈으며, 그의 아들 희(熙)는 성종(成宗) 때에 검교병부상서(檢校兵部尙書) 벼슬을 제수받았다. 그가 바로 거란의 장수 소손령(蕭遜寧)과 담판하여 압록강을 경계로 우리 땅을 지켜낸 서희(徐熙, 942~998) 장군이다.

신일의 자손들은 대대로 조정에 나가 이름을 떨쳤다. 달성서씨는 이 이천서씨의 분파로서 육조판서를 두루 역임한 서거정(徐居正)과 같은 인물을 냈다. 서거정은 신라 때부터 조선에 이르기까지의 시문을 편집하여 《동문선(東文選)》을 펴낸 대학자였다.

"명덕아, 이렇듯 우리 집안에는 훌륭한 인물이 많단다. 참판급 이상의 벼슬을 지낸 분만도 서른 명이 넘으니까. 너도 큰 인물이 돼야 할 것이야."

서 생원은 위엄을 갖추었다.

"나무꾼과 사슴 얘기가 우리 시조되시는 분의 얘기로군요."

어린 명덕은 곰곰이 생각하는 눈치였다.

"그렇단다. 착한 일을 하면 하늘이 복을 내리는 법이지."

그날부터 명덕의 행동은 몰라보게 달라졌다. 개구쟁이 버릇을 고치고 글공부에 열심이었다. 일단 한 번 불이 붙은 공부는 그야말로 일취월장이었다.

명덕의 집이 있는 흑성산 동쪽 낙맥 남화리 근동에 구성리가 있다.

남화리에서 배넘어고개를 지나면 천안 쪽으로 넓은 들이 펼쳐진다. 바로 그곳 야산자락에 자리잡은 마을이었다. 이 구성리에 류 진사댁이 있었다. 문화(文化) 류(柳)씨 집안으로 막강한 세도를 자랑했다. 남화리 서 생원집과 이 구성리 류 진사댁은 덕천 일대에서 내로라하는 집안이었다. 두 집안은 주위에 덕 베풀기를 인색하게 하지 않아서 다같이 사람들의 존망을 받고 있었다. 두 집안끼리도 사이가 좋았다.

류 진사의 아들은 일찍 등과하여 지금은 외직에 나가 있었다. 류 진사 내외는 아무런 걱정이 없었다. 딸들도 출가하여 잘 살고 있었다. 이제 막내딸만 잘 여의면 자식농사도 다 지은 셈이었고, 지관이나 들여서 어디 좋은 명당자리나 잡아놓으면 세상 편했다.

막내딸 수옥(秀玉)은 이런 두 내외의 사랑을 듬뿍 받고 자라났다. 늦게 낳은 여식이어서만이 아니었다. 언니들도 결코 남에게 빠지는 인물들이 아니었지만 수옥은 특히 빼어난 외모를 지녔고 총명했다. 눈에 넣고 비벼도 안 아플 막내딸이었다.

수옥은 열다섯 살이 되면서부터 얼굴이 피기 시작했다. 뼈대 있는 가문의 내훈(內訓)을 받고 자라온 터라 예법에도 밝아 나무랄 데 없는 규수감으로 자라나 있었다.

하루는 수옥의 어머니 박씨 부인이 류 진사와 마주 앉았다.

"영감, 우리 수옥이도 벌써 출가시킬 때가 되었군요."

"수옥이가 올해 몇이오?"

"열다섯이지요."

"그렇게나 됐소?"

"오늘 낮에는 매파가 왔었답니다."

"부인, 어디 적당한 혼처라도 났소?"

"남화리 서 생원댁이에요."

욕망의 불꽃 215

"정말이오, 부인! 서 생원댁이라면 썩 잘됐구려. 그 댁 손자 명덕이라는 아인 세상이 다 아는 영재가 아니오?"

류 진사는 내심 기대하던 일이 스스로 되어 가자 여간 기껍지가 않았다.

며칠 뒤, 서 생원댁에서는 잔치가 벌어지고 있었다. 서 생원 내외의 회혼식(回婚式) 잔치였다. 회혼식이란 혼인한 지 60년이 되는 해를 기념하는 잔치다. 물론 양주가 다 살아 있어야 하고, 부모보다 앞서 떠난 자식이 없어야 하며 가정이 화목해야만 여는 다복한 잔치였다. 두 부부가 서로 만나 60년을 해로한다는 건 매우 드문 일로 여간해서 구경할 수 없는 대 경사였다. 우선은 집안의 자랑이요, 고을의 경사였다.

잔치는 대대적으로 벌어졌다. 마을사람들이 다 모여들어서 잔치일을 거들었다. 서 생원댁은 며칠 전부터 속속들이 찾아드는 손님들로 그 많은 방들이 꽉꽉 미어터질 지경이었다.

잔칫날, 하객들이 운집했다. 전라도에서 소리꾼들이 초청되었고 현감이 직접 예물을 들고 찾아와 축하했다.

"부럽소이다. 아무리 태평성대라도 일생에 회혼식 한 번 치르는 일은 그렇게 어렵다 했는데 참 홍복이시오."

마당에는 교배상(交拜床)이 차려졌다. 상 위에는 촛대와 송죽 꽃병, 밤, 대추, 쌀, 보자기에 싼 암탉과 수탉, 그리고 청실홍실이 놓여 있었다. 그 옆에는 전안상(奠雁床)이 놓여져 있었다. 나무로 깎은 기러기 한 쌍이 올라와 있었다.

서 생원은 새신랑처럼 사모관대를 했고 노마님은 새 신부처럼 원삼 족두리를 쓰고 연지곤지를 찍었다. 영락없이 혼례식을 거행하는 것과 같았다. 늙은 신랑과 늙은 신부가 옛날 일을 재현하고 추억하는 마당이었다. 신랑은 초례청으로 나왔고 신부는 안방에 다소곳이 앉아 있었다.

"신랑이 마음 설레 가지고 안방에만 정신이 팔려 있네 그래."

"호호호호."

"신부 좀 보소. 어쩌면 저리 수줍음을 탈꼬?"

"하하하하."

아직 회혼식이 치러지기도 전에 마당에서 웃음보따리가 터져나왔다. 두 늙은이는 사뭇 진지한 표정들이었다. 그래서 더 웃겼다.

주례는 손자 명덕이었다.

"신랑 전향 삼보—."

손자 주례가 명했다.

할아버지 신랑이 잠시 허리를 구부렸다 일어서서 큰절 두 번을 한다. 할머니 신부는 방안에 앉아 있는 상태다. 출가한 손녀가 신부의 친정어머니 맞잡이가 돼서, 기러기를 할머니 신부가 앉아 있는 방으로 던진다.

"섰네, 섰네!"

"첫아들이다, 아들이야!"

기러기가 방바닥에 우뚝 서자, 다시 박장대소가 터졌다. 팔순이 다 된 신부가 무슨 아들을 낳겠냐고 배꼽을 쥐고 뛰는 아낙네도 보인다. 이것으로 소례가 끝난다. 부부의 맹세가 이뤄진 것이다.

다음은 대례로 이어진다.

할아버지 신랑이 교배상 동쪽에 와 선다. 드디어 할머니 신부가 안방 뒷문을 통해 꽃가마를 타고 등장한다. 가마꾼들이 힘겹다며 부러 가마를 휘청거린다.

"신부가 너무 토실토실해서 무거워 죽겠네!"

"하하하하."

"까르르, 호호호.

마당이 떠나가라고 웃음이 터진다.

가마 안에서 나오는 신부는 늙어 꼬부라진 작은 몸피의 할머니다. 할머니 신부는 깔아 놓은 광목천을 밟으면서 교배상 서쪽에 와 선다. 할머니 신부는 치렁치렁 늘어진 팔소매로 얼굴을 가리고 있다.

"할머니 신부 재배―."

손자 주례의 명에 따라 할머니 신부가 할아버지 신랑한테 큰절을 두 번 올린다.

"할아버지 신랑 배―."

할아버지 신랑이 한 번 절한다. 잔을 바꿔 마시는 합환주(合歡酒)를 끝으로 회혼식은 가름한다. 소리꾼의 축하무대가 그 뒤를 잇는다.

"참 부럽습니다. 영특한 손자의 집례로 회혼식을 올리시구요."

류 진사가 서 생원에게 술을 올리며 덕담했다.

"바쁘실 텐데 이렇게 와 주셔서 뭐라 감사해야 할지요."

서 생원도 류 진사의 왕림이 무척 반갑다. 아직 혼사가 정해진 건 아니었지만 곧 사돈간이 될 사이였다. 류 진사는 잔을 건넨 뒤, 사위가 될 명덕쪽을 건너다봤다. 명덕은 제 부친과 함께 하객들에게 술을 권하고 다니느라 여념이 없었다. 품행이 의젓하고 언사도 기름졌다. 그저 바라만 봐도 든든한 사윗감이었다. 류 진사는 자신도 모르게 벙시레 입을 벌렸다.

같은 시간, 구성리의 수옥은 몸종 고만이를 데리고 후원을 거닐고 있었다. 마침 시절이 오월이라 후원의 연못가에는 수국이며 함박꽃이 화사하게 만발했고 물 속에는 수련 잎이 작은 방석처럼 펼쳐진다.

"어머, 저 청개구리 좀 봐요, 아씨."

고만이가 호들갑을 떨었다. 수옥이 고만이가 가리킨 곳을 보니 물 위에 떠 있는 수련 잎 위로 청개구리 한 마리가 올라와 있었다.

"발 없는 수련한테는 개구리가 찾아오는데 처량하여라, 이내 신세. 두 발로 종종 걸음을 쳐도 찾아오는 낭군님 하나 없으니."

고만이가 애상조로 읊조렸다. 그녀는 산나리처럼 주근깨가 다닥다닥한 박색이었다. 제 딴에는 다 핀 꽃이라고 낭군타령을 하며 살며시 눈을 감고 양팔로 제 가슴을 보듬는 모양이 수옥의 웃음을 자아낸다.

"우리 고만이 너도 음풍농월을 하는구나."

"아씨, 꽃봉오리는 때가 되면 제 스스로 터진답디다."

"그래서 너도 터지겠다는 뜻이로구나?"

"아이, 아씨도?"

고만이 밉지 않게 눈을 흘겼다.

"그나저나 명덕 도련님은 복도 많으셔."

고만이가 뜬금없이 명덕 도령얘기를 꺼내자, 수옥은 가슴이 콩닥거려왔다. 어떻게 생기셨을까. 풍문으로 익히 들어서 재주가 뛰어난 건 알고 있었지만 아직 한 번도 본 적이 없었다.

"아씨, 명덕 도련님 보고 싶지 않아요?"

"……."

"제가 기회를 만들어 볼까요, 아씨?"

"너 무슨 소리냐!"

수옥은 고만을 나무랐다가 이내 수그러들었다. 수옥이 왜 명덕 도령을 보고 싶지 않으랴. 수옥은 한 떨기 희고 노란 수련이 되어 연못 가장자리에 섰다. 물에 비친 그녀의 자태가 숙연했다. 연분홍 치마폭에 그리움이 휘감겨 있었다.

그날 후원에서 돌아온 고만은 이웃해 있는 명덕의 누이댁에 찾아간다. 다음 날 누이댁 떡쇠가 잰걸음으로 남화리에 다녀간다. 그리고 대엿새가 지나 명덕이 구성리 누이댁에 나타난다.

"어서 오게, 처남. 단오절을 그냥 지나갈 수는 없잖은가."

매부되는 이가 술을 내왔다. 술자리는 집 옆의 한갓진 곳에 세워진 정자에서 벌어졌다. 누이가 맛깔스런 미나리 무침과 쑥으로 만든 쑥떡을 가져왔다. 명덕은 아직 술이 약했지만 손위 매부의 권유로 몇 순배를 쳤다.

"며칠 묵으면서 시작법이나 좀 가르쳐 주게."

"매부도 이런 풍류가 있었군요."

"이 사람 보게. 날 시골 고라리쯤으로 알았나?"

매부되는 이가 괜히 거드름을 피웠다. 옆에는 정말 지필묵을 준비해 뒀다. 하지만 그건 처음부터 펼칠 생각이 없었다. 아내의 청을 거절하지 못해서 부러 벌인 자리였다. 그는 붉어진 얼굴을 하고서 자꾸 아래쪽을 살폈다. 이때쯤 해서 누가 올라오기로 돼 있었던 것이다.

"나 잠깐 소피 좀 보고 오려네."

매부가 정자를 내려갔다. 아래쪽에서 아내의 일행이 올라오고 있는 걸 보고 나서였다.

"어렵구나. 누이 노릇하기가."

순간 명덕과 수옥의 눈이 마주쳤다. 명덕은 눈이 아찔했다. 달 속의 미인 항아가 저럴까 싶었다. 수옥이 고개를 돌렸다. 두 사람 사이에 침묵이 흘렀다. 그 사이에도 애틋한 교감이 스쳐 지나갔다. 누이는 어디로 갔는지 보이지 않았다.

"수옥 낭자!"

먼저 말을 건넨 쪽은 명덕이었다.

"도련님!"

명덕은 무엇에 홀린 사람이 돼 있었다. 그는 수옥의 섬섬옥수를 부여잡고 있었다. 수옥이 고개를 돌렸고 명덕이 그녀를 정자로 이끌었다.

"우리 누이 맘이 비단결이오. 자상한 누이의 덕으로 이렇게 낭자를 보게 됐구려."

서로를 열렬히 그려오던 청춘남녀였다. 한 번 낯을 가리지 않게 되자, 그 다음부터는 거침이 없었다. 어느덧 지아비와 아내의 도리가 나오고 사모(思慕)의 말이 오갔다. 그리하여 두 사람은 짧은 순간에 깊은 정을 쌓기에 이르렀다.

그 후로 두 사람의 가슴속에는 날마다 그리움이 촛농처럼 녹아내렸다. 수옥의 꿈길로 찾아온 명덕은 듬직한 웃음을 지어보였다. 명덕도 마찬가지였다. 수옥은 명덕의 창 앞에서 순결한 꽃으로 피어났다.

그렇게 여름이 가고 밤이 기나긴 가을이 왔다.

그간 두 집안에 매파가 오간 끝에 청혼이 이루어졌다. 혼인날은 늦가을 길일을 택했다.

추석을 며칠 앞두고 류 진사의 환갑잔치가 있었다.

서 생원은 급작스레 건강이 악화되어 먼 나들이가 불편해졌다. 명덕이 아버지 서준봉과 함께 하객으로 가게 되었다.

명덕은 북적대는 잔치마당을 빠져나와 별당에서 수옥을 만났다. 고만이가 주선한 만남이었다. 두 청춘남녀는 몸이 달아올라서 서로를 부둥켜안았다.

"낭자, 한 달만 있으면 우린 헤어짐 없는 한몸이 되오."

"서방님!"

정분이 난 두 남녀에게는 짧은 가을해가 원망스러웠다.

잔치가 끝나고 류 진사는 노인 하나와 함께 산행을 했다. 노인은 류 진사가 불러들인 환갑잔치 손님 중 하나였다. 노인은 공주에서 온 류 풍수였다. 류 진사와 한종중 사람으로 노인이 형뻘이었다. 류 진사가 집안 풍수를 청해 산행하는 까닭은 물론 자신의 묏자리를 잡기 위해서였다.

자신이 죽으면 들어가게 될 묏자리는 대개 환갑을 전후로 해서 잡았다. 그것은 하나의 관습이기도 했다. 환갑을 지내면 살고 있는 집을 새로 짓는다거나 고치는 걸 삼갔다. 대신, 죽어서 쉴 묏자리 쪽으로 관심을 쏟게 마련이었다. 죽어서 묻힐 자리를 신후지지(身後之地)라고 한다. 일단 신후지지가 정해지면 잘 짠 삼베로 수의감을 마련해 놓고 관 짤 송판도 켜서 헛간에 보관해 뒀다. 돌아갈 만반의 준비를 해놓는 것이다. 예고도 없이 찾아오는 게 사람의 죽음이었다. 이렇게 정성을 다해 준비해 놓으면 마음이 편해지고 그래서 더 오래오래 살게 된다.

"저기 저 산의 산세가 수려하군."

"태조산이라 하지요, 형님."

"그쪽으로 가보세."

두 사람은 구성리 뒷골로 해서 북쪽으로 길을 잡았다. 그들은 태조산 남록을 샅샅이 뒤졌다. 쓸 만한 자리가 몇 있었는데 이미 남의 차지가 돼 있었다. 그러다 유량리 뒷골에서 한 곳을 찾아냈다.

"이곳이 좀 쓸 만하군."

류 풍수가 허리춤에서 뜬쇠를 꺼내 좌향을 따졌다. 그러다가 이내 고개를 모로 흔들었다.

"외손 쪽이 덕을 보는 자리야."

"기왕이면 친손 쪽이 발복하는 자리가 좋지요."

"여부가 있겠나?"

그들은 미련을 버리고 딴 곳으로 걸음을 뗐다. 종일토록 일대의 산을 쏘댔지만 신통한 자리가 없었다.

"멀리서 찾아야 할 모양일세. 서두르지 말게나."

두 사람은 빈손으로 돌아왔다.

그들은 다음날 하루 더 산행을 했다. 이번에는 흑성산 쪽으로 답산을 나갔다. 흑성산 동쪽 기슭 남화리에 장차 사돈이 될 서 생원댁이 있었다. 류 진사는 그 마을 사람들의 이목을 피하기 위해서 부러 서쪽과 남쪽 기슭을 택했다.

"왜 진작 이쪽으로 오지 않았는가?"

흑성산에 들어서자마자 류 풍수가 놀란 토끼 눈을 했다.

"길지가 있을 것 같습니까, 형님."

"이 산이 참 귀한 산이로세. 자리가 몇 있을 것 같네."

류 풍수는 맥을 타고 나려가다가 자연스럽게 남화리 쪽으로 가고 있었다. 류 진사는 좀 꺼려졌지만 구경꾼이 되어 뒤를 따랐다.

"옳거니. 노서하전형(老鼠下田形)이로세."

"노서하전형이라면?"

"늙은 쥐가 곡식을 먹기 위해 밭으로 내려오는 형국이지. 쥐는 새끼를 많이 치는 동물이니 자손이 번성할 길지(吉地)야. 물론 재산도 넉넉하리."

"예, 그런가요?"

"저기 동쪽 들 건너 냇물가에 선 작은 바위를 보게. 흡사 고양이 모습 아닌가?"

"아니, 형님께서 그 고양이바위를 어떻게 아십니까?"

류 진사는 관자놀이를 당기며 물었다. 이곳에 처음 와본 류 풍수였다. 그가 첫눈에 고양이 바위를 맞혀내고 있으니 놀랄 수밖에 없었다.

"그럴 것이야. 마땅히 고양이바위가 돼야 하리. 이름 있는 지관이 벌써 다녀갔나 보군. 그만 내려가세."

"예?"

명당이라고 해놓고 그냥 내려가자 하는 류 풍수가 이상했다. 류 진사는 눈을 동그랗게 뜨고 류 풍수를 응시했다.

"아우도 참 답답하이. 이런 곳이면 쓸 만한 자리는 벌써 썼을 것이네."

공주 일대에서는 익히 알려진 류 풍수였다. 척 보면 삼천 리였다. 굳이 다리 고생시킬 필요가 없다는 걸 간파하고서 하는 말이었다.

"예까지 왔으니 어느 집안이 묘를 썼는지 구경이나 하고 가지요, 형님."

"그걸 알아서 뭐 하려나?"

"이 근동에서 제가 모르는 집안이 있겠습니까? 그래도 알 만한 사람이 썼을 것이니…."

류 풍수가 주저하다가 혈자리를 찾아가기 시작했다.

"이상하군. 분명 이 자린데."

다닥다닥 붙어있어야 할 묘가 하나도 없었다. 혈을 비켜선 엉뚱한 옆쪽에 묘 하나가 엎어져 있을 뿐이었다.

"별일이로세. 이쯤에 묘 하나가 있어야 하거늘."

"형님, 잘 됐습니다. 없는 무덤을 자꾸 있으라고 할 건 뭡니까. 제가 쓰라고 남겨진 자린가 보지요."

"글쎄…."

류 풍수가 자꾸 고개를 갸웃거렸다.

류 진사가 그런 류 풍수의 소매를 잡아 이끌었다. 어서 치표라도 해두자는 거였다. 두 사람은 좀더 아래쪽으로 내려왔다.

"이곳이 쥐의 머리 부위야. 혈을 맺는 자리지. 저 들판의 작은 동산을 봐. 꼭 곡식 낟가리야. 앞에 있는 저 곡식 낟가리를 향해 쥐가 내려오려는데 그 뒤에서 고양이가 지키고 서 있지 않나? 쥐가 조심하며 호시탐탐 기회를 넘보게 되니 땅의 기운이 생하는 게지. 이래서 이곳이 뛰어난 명당자리가 되네. 자네 천운을 얻었네."

"형님, 당장 사발을 묻어두지요."

류 진사는 희색이 만연하여 종자가 메고 온 망태 속에서 사발을 꺼내게 했다. 재가 담긴 치표 사발이었다.

"그거 묻지 말고 내일이라도 당장 산주가 누구인가부터 알아보게. 달라는 대로 주고 사버리게나. 그까짓 치표해 놓아서 뭣하나? 날 잡아 가묘를 써놓게. 봉분이라도 만들어 놓으면 누가 넘보지 못할 게야. 건좌손향(乾坐巽向)이네."

좌향까지 다 말해줬다.

"이를 말씀입니까, 형님. 내일 당장 산역을 하죠 뭐. 이거 형님께 신세가 많습니다."

"그런 말씀 마시게. 우리가 남인가? 집안일이네. 허허허."

류 풍수는 기분이 흡족해 보였다.

다음 날, 류 진사가 마름을 시켜서 산주를 알아보게 했다. 근동 사람 소유가 아니라 서울 사람 소유인데 한 번도 나타나지 않는다고 했다. 무주공산이나 다름없단다.

"물각유주네. 자네 자리야."

물건은 저마다 주인이 따로 있다는 말씀이었다. 류 풍수는 자신이 묻힐 자리나 되는 것처럼 덩실덩실 춤을 추었다.

"형님, 폐백은 두둑이 드리겠습니다."

류 진사는 당장 산역을 벌였다. 류 진사네 머슴들이 다 동원되었고 삯꾼들도 몇 명 얻었다. 묘가 들어설 자리의 잡목들이 뿌리째 말끔히 뽑혔다. 점심 먹고 시작한 일이 해가 한 뼘밖에 남지 않아서야 커다란 봉분이 조성되었다. 이제 서둘러서 뗏장을 입히면 다 된 일이었다.

"이 고얀, 이게 무슨 짓들이냐!"

고함소리가 터진 건 산역꾼들이 뗏장을 입힐 무렵이었다. 일꾼들이 일손을 멈췄다. 한쪽 나무그늘에서 돗자리를 깔고 약주를 들던 류 진사와 류 풍수가 벌떡 일어나 소리나는 쪽을 노려봤다. 젊은 머슴의 등에 업혀서 산을 올라오고 있는 이는, 다름 아닌 서 생원이었다.

"아니?"

"아는 사람인가?"

"수옥이와 정혼한 집 어르신입니다."

그들이 영문을 몰라 서성일 때, 서 생원은 봉분 있는 데까지 당도해 있었다. 노인은 손사래를 쳐서 닥치는 대로 일꾼들을 두들겨 팼다. 불편한 거동으로 예까지 올라와 생난리를 치는 걸 보면 뭔가 단단한 사연이 있는 모양이었다.

"어르신, 소생입니다."

류 진사가 앞으로 나서며 반배를 했다. 20년이나 연장자인 서 생원이었고 곧 수옥의 시조부가 될 양반이었다.

"아니, 류 진사! 류 진사가 여긴 어쩐 일이오?"

서 생원은 눈자위를 푸들푸들 떨면서 아는 체를 했다. 휘청대는 몸이 곧 쓰러지기 직전이었다. 뒤따라 올라온 아들 서준봉이 서 생원을 부축했다. 그 옆에 곧 있으면 사위가 될 명덕이 당당하게 버티고 섰다.

"무슨 일이지요, 이게?"

"저도 뭐가 뭔지 통…."

두 예비 사돈이 어리둥절하며 서성였다.

"류 진사, 이거 류 진사가 벌이는 일이오?"

서 생원이 퀭하게 들어간 노안을 조이며 물었다.

"예, 어르신!"

"허허, 참! 내가 너무 오래 살았구먼. 이런 무경우가 있나?"

"저도 영문을 모르겠습니다."

"류 진사, 이곳은 내가 들어갈 곳이오. 20년 전에 치표해둔 곳이란 말씀이오."

"예?"

"못 들었소. 내 환갑 때, 치표해뒀던 곳이란 말씀이오."

"이게 죄송해서 어쩌…."

류 진사가 허리를 굽혀 사죄하려들자 류 풍수가 류 진사를 밀쳐내며 이렇게 말리고 나섰다.

"아무것도 보지 못했는데 무슨 억지시오?"

류 진사의 처지를 고려해서 자신이 대신 억지를 부리기로 한 것이다.

"그러게요. 그걸 알았다면 왜 제가 이런 무례한 짓을 했겠소이까? 본시 주인 없는 산일지라도 명당자리는 다 임자가 있다 했거니."

류 진사도 경황없는 틈에 사죄 대신 변명으로 나왔다.

"이제 아셨으면 그만 철수하시오. 사돈지간에 이럴 수는 없소이다."

서준봉이 강하게 나왔다.

"아니 될 말씀이오. 그런 법은 없소이다."

류 풍수도 눌리지 않고 맞섰다.

류 진사는 명덕을 일별했다. 그러면서 그만 물러서는 게 모양 사납지 않은 일이라고 생각했다. 괜히 자리 하나 가지고 다퉜다가 파혼을 부를지도 몰랐다. 명덕을 놓친다는 건 너무 아까운 노릇이었다. 다 된 밥에 재 뿌릴 필요는 없었다. 사람이 중요하지 명당자리가 뭐가 중요한가. 그리고 서 생원이 치표해놓지도 않은 자리를 가지고 억지 부릴 사람이 아니었다. 그러나 사태는 류 진사의 뜻과 무관하게 진행되고 있었다.

"치표를 해놨다면 증거물이 있을 것이오. 어서 그 증거물을 대시오들!"

류 풍수가 완강하게 나왔다.

"이 작자가! 흠, 물론 대야지."

서 생원이 눈을 부라리면서 봉분 아래쪽을 싸돌아다녔다. 흡사 고기 냄새를 맡고 킁킁대는 늙은 고양이 같았다. 하지만 어지러운 현장에서 어디가 어딘지 분간이 잘 안 되는지 눕혀진 풍뎅이처럼 제자리만 빙빙 돌았다. 가묘를 조성해 놓느라 지형지물이 전과 달라진 때문이었다.

"이곳을 파보시오!"

이리저리 헤매다가 어떤 감이 들었는지 한 곳을 가리켰다. 그곳은 봉분에서 채 한 걸음도 안 떨어진 지점이었다. 이미 나무뿌리가 뽑히고 괭이질이 된 곳이기도 했다. 류 진사가 눈짓을 하자, 산역꾼 하나가 그곳을 파헤쳤다. 항아리 하나를 묻을 만큼 팠지만 사기그릇은커녕 종이때기 한 장 나오는 게 없었다.

"그럴 리가? 여기를 다시 파시오!"

서 생원은 거의 사색이 되어가고 있었다. 물론 다음 자리도 사발은 나오지 않았다. 아들 서준봉은 애가 탔다. 치표해놓을 때 자신도 동참했지만 분간이 되지 않았다.

한 자리에 있으면서도 다른 한쪽은 사뭇 표정이 달랐다. 옆에서 지켜보던 류 풍수가 시나브로 가소롭다는 기색을 드러내기 시작한 것이다. 노회한 저 늙은이가 남이 잡아놓은 자리를 가로채려 한다는 표정이었다. 그러면서도 속으로는 딴 생각을 달리고 있었다.

"그편에서 미리 빼돌렸소. 분명 빼돌렸단 말이지."

서 생원은 이제 딴 소리를 하고 나왔다. 노인은 아까부터 제정신이 아니었다. 이미 눈이 뒤집혀진 상태였다.

"어르신, 말씀이 지나치십니다."

류 진사가 정색을 했다. 자신은 전혀 그런 야비한 행동을 하지 않았기 때문이었다. 아무리 명당이 탐난다지만 남이 치표해 놓은 사발을 빼돌리고서 생떼를 쓸 인격은 아니었다. 그런데 저쪽에서 생트집을 잡고 나오니 속에서 부아가 치밀었다.

"지나치신 건 장인어른이십니다!"

"이 사람, 무슨 소린가!"

참다못한 명덕이 나서자, 류 진사는 당황한 빛을 드러냈다.

"넌 나서지 말거라."

아버지 서준봉이었다. 그는 본능적으로 어떤 불길한 예감에 발목이 잡히고 있었다. 이러다가 양가에 불미스런 일이 생기고 말 것만 같았다.

"아닙니다, 아버님! 군자는 옳지 못한 일을 보면 의연히 나서야 한다고 배웠습니다. 류씨가문에서 우리 가문이 자그마치 20여 년 전에 잡아놓은 산소자리를 빼앗자고 나왔으니 어찌 가문을 중시하는 저로서 함구하고 있을 수 있겠사옵니까."

이때쯤 할아버지 서 생원은 땅바닥에 쓰러진 뒤였고 아버지 서준봉은 노인을 보살피느라 넋이 나가 있었다. 그걸 보면서 명덕은 곧 장인이 될 류 진사에게 적개심을 느꼈다.

"장인어른, 치표 사발이 있고 없고는 문제가 아닙니다. 어쩌면 봉분을 조성한 자리 어딘가에 있을 겁니다. 그건 지금이라도 봉분을 해체하고 죄다 파보면 알 것입니다. 모르고서 저지르신 일이라면 어서 거두어주소서. 그것이 대인이 취할 도리라고 봅니다. 우리 가문을 멸시하지 않으신다면 의당 그러셔야 합니다. 아무려면 제 조부님께서 거짓말을 하시겠습니까? 설령 사발이 없다고 칩시다. 인격보다 그깟 사발 하나를 더 중시하신다면 우리 가문의 체통을 무시하는 일이 되옵니다. 어서 거두어주소서."

사위의 말은 털끝만큼도 이치에 어긋남이 없었다. 류 진사는 스스로 부끄럽기 짝이 없었다. 어차피 이곳을 양보한다 해도 남이 아니라 딸네 집이 잘 될 것이었다.

"맘 약하게 먹지 마시게. 이 자리 놓치면 자넨 바볼세. 산송(山訟)이라도 해서 써야 할 자리야. 관에다가 산송을 넣으면 우리가 유리하면 유리했지 불리할 건 없다네."

류 풍수가 쐐기를 박았다. 하지만 속으로는 명덕이 참 똑똑한 재목이라고 여겼다. 봉분 아래 어디쯤에 분명 사발이 있을 것이었다.

산송이란 묘지 문제로 관청에 나가서 시비를 가리는 법적 싸움을 말한다. 이럴 때는 우선 중요한 게 권력이었고 다음으로 금력이었다. 뚜렷한 증거물은 사실 맨 나중이었다. 그래서 함부로 산송을 하지 못하는 실정이었다. 자칫 하다간 옥살이가 십상이었고 집안의 운명은 거는 일인지라 가산을 탕진하게 마련이었다. 어떻게 해서든 이기려 하기 때문이다. 산송 한 번 잘못 걸었다가 쪽박 찼다는 말이 그래서 나왔다.

그러나 이런 산송에 류 진사는 자신이 있었다. 권력으로나 금력으로 결코 뒤지지 않았으며 증거물로도 확실했다. 서생원이 묻어났다는 사발이 없었기 때문이다. 하지만 무엇보다도 도리가 있었다.

"자네 말이 옳네. 조부님께서 쓰러지셨으니 그만 뫼시고 내려가게. 이 문제는 나중 해결해도 될 걸세. 순리대로 풀어가세. 자네는 내 사월세."

류 진사가 명덕에게 일렀다. 그런 와중에도 옆에 선 류 풍수는 연방 헛기침을 해대면서 주의를 환기시키는 것이었다.

류 진사는 명덕이 보는 앞에서 산역꾼들을 거두어 산을 내려갔다. 일하다가 만 자리가 꼭 똥 싸고 밑 안 닦은 것처럼 꺼림칙했다. 그러기는 서 생원댁도 마찬가지였다. 딱 부러지게 매듭을 짓지 못하고 일단 후퇴하는 마음에 거스러미가 일어서 여간 심란한 게 아니었다.

집으로 돌아온 명덕은 하늘이 컴컴해지는 것 같았다. 아까 쓰러진 조부는 몸져눕고 말았다. 대체 이 무슨 날벼락이란 말인가. 하필이면 조부가 치표해놓은 자리를, 장인이 찾아 가묘를 쓸 건 뭔가. 사발은 분명 봉분 아래에 있다. 필시 장인 되실 분도 그 사발을 못 보았을 것이다. 사기그릇이 녹았을 리도 없거니와 그걸 몰래 빼돌릴 분이 아니었다.

수옥은 알고 있을까. 지금쯤 낮에 있었던 일을 전해 들었을까. 생각할수록 가슴이 미어지는 고통이 따랐다.

구성리 류 진사댁.

수옥은 이 사실을 까맣게 모르고 있었다. 평소처럼 수틀 앞에 앉은 수옥은 십장생 가운데 소나무와 학을 수놓고는 그 옆에 글씨를 뜨고 있었다. 백년(百年)이라는 글자가 마무리되고 해로(偕老) 가운데 첫 글자인 해자를 뜨는 중이었다. 자수야 백년해로였지만 마음속에는 해로동혈(偕老同穴)이 새겨지고 있었다. 살아서는 함께 늙고 죽어서는 한자리에 묻히겠다는 다짐이었다.

같은 시간 같은 집 사랑채에서 지금 무슨 얘기가 오고가는지 감히 상상도 못하면서.

"내일 꼭두새벽에 믿을 만한 사람을 시켜서 은밀히 산에 다녀오게끔 하게. 명덕이라는 조카사위 말대로 봉분 자리 어딘가에 사발이 묻혀 있을 게야."

류 풍수는 빈틈이 없었다. 선수를 써서 사발을 찾아 없애 뒤탈을 예방하라는 얘기였다.

"정말 이렇게까지 하고 차지해야 할 만큼 큰 명당인지요?"

"두고 보게. 놓치면 후회할 날이 있을 걸세."

"사위도 남은 아니지 않습니까?"

"이 사람 이제 보니 순 핫바지로세. 자네집 봉제사는 대체 누가 올릴 것인가?"

"그야 내 친손자들이겠지요."

"그러면 어떻게 해서든 그 자리를 차지하시게! 그 자리는 자손이 번성하고 재물이 많이 모일 명당이네."

결국 류 진사는 봉제사라는 말 한마디에 마음을 굳힌다. 그리고 다음날 새벽같이 사람을 보내 봉분 주변을 샅샅이 파보도록 했다. 과연 그 사람이 사발 하나를 캐 들고 왔는데 거기에는 서 생원의 이름이 씌어 있었다. 류 진사는 딸 수옥을 생각하고는 양심이 찔렸으나 명당을 놓칠 수 없다고 판단돼서 눈 딱 감고 밀어붙이기로 했다. 똑똑한 예비사위 명덕의 얼굴이 자꾸 눈에 밟혔지만 이미 선을 넘어버렸다.

"영감, 수옥이를 생각하셔야지요."

내당에서 어떻게 알고 정씨 부인이 애원조로 나왔다. 딸의 혼인날이 불과 한 달 안으로 들이닥쳤는데 너무 큰 변고였다. 이미 원앙금침이며 예단까지 착착 준비해둔 판국이었다.

"아버님, 소녀의 장래 따위는 안중에도 없다는 것이옵니까?"

수옥은 저녁내 울어서 팅팅 부은 얼굴이었다. 그녀는 류 진사 앞에 엎드려 빌었다.

"……."

류 진사는 완강했다. 그는 며칠 새, 사람이 딴판으로 달라져 있었다. 여식이 귀여워 안달하던 아버지가 더 이상 아니었다. 작은 일에도 두루 신경을 쓰던 자상한 성품은 온데간데없었다. 흡사 귀신이 들린 사람처럼 돌변해 있었다. 그야말로 명당 귀신이 들린 것이었다.

"아버님, 순리는 둘째치고 우선 저를 생각해서라도….'

"닥쳐라! 정식으로 파혼하고 다른 데를 알아보자꾸나."

"아버님?"

"영감?"

"부인, 어서 물러들 가시오! 밖에서 하는 일을 언제부터 안에서 일일이 간섭하기 시작했소? 두 번 다시 거론하기조차 싫소!"

모녀는 류 진사의 서슬에 떠밀려 밖으로 나왔다. 수옥은 그만 대청마루에 쓰러지고 말았다.

"아가, 아가!"

딸의 머리를 무릎에 올려놓고 손으로 흔들며 부인이 소리쳤다. 문 밖에서 그 소동이 벌어지고 있건만 류 진사는 내다보지도 않고 있었다. 나약해지지 말아야 한다고 오히려 재다짐을 하고 앉아 있었다.

수옥은 저녁이 돼서야 깨어났다. 정씨 부인이 머리맡을 지키고 있다가 수옥이 눈을 뜨자, 눈물을 쏟았다.

"아가, 이제야 정신이 드는 게냐. 흐흑."

"어머님, 저 때문에…."

"무슨 말을 하는 게냐? 그 잘난 명당 때문에 죄 없는 네가…."

욕망의 불꽃 233

한밤중이 되어 수옥은 기운을 차렸다. 그녀는 마루 끝에 나와 추석 하루 전의 둥근 달을 하염없이 바라보았다. 달은 동동 발을 구르며 검은 하늘을 달리고 있었다. 그 님도 저 달을 보고 있을까. 거기에 생각이 미치자 수옥은 코허리가 시려오고 애간장이 닳았다.

월하빙인(月下氷人)이시여.
당신은 정녕 우리 두 사람을 짝 지워주지 못하나이까.
이름도 없는 정자에서 낭군님을 처음 만나본 이후로
어느 한순간도 잊어본 적이 없었나이다.
잠자면서도 오가는 꿈길이 있어 버선발이 이슬에 젖었나이다.
오로지 해로동혈을 빌고 빌었나이다.
임 아닌 다른 이를 저는 몽상도 못하옵니다.
임이 아니라면, 임이 아니라면 차라리 ….

그렇게 되뇌며 달을 보다가 수옥은 소름이 끼치는 걸 감지했다. 그녀는 힘없이 고개를 가로젓다가 방으로 돌아왔다. 그 길로 먹을 간 수옥은 편지를 쓰기 시작했다.

남화리 명덕의 집.
서 생원은 벌써 닷새째나 몸져눕고 있었다. 의원을 불러들이고 탕약을 달여도 모두 물리쳤다. 그저 냉수만을 찾았다. 집안에는 서서히 어두운 그림자가 감돌기 시작했다. 이대로 세상과 하직하리란 말들이 조심스레 오갔다.
"잘 듣거라. 내가 죽거든 그 자리에 꼭 묻어야 하느니. 그 자린 오래 전부터 우리 가문의 자리야. 사람 속은 정말 모르겠구나. 류 진사가 절대 포기를 못하겠다고 나오니 말이다. 설마 류 진사가 아무리 불개상놈이라 한들 시신을 도로 꺼내진 못하리."

서 생원은 유언 같은 말을 되풀이했다. 아들 준봉과 손자 명덕은 그 뜻을 능히 헤아렸다.

"산송이라도 할까요, 아버님!"

서준봉이 여쭈었다.

"아니다. 엊그제 양가 사람들 보는 앞에서 봉분을 파헤쳐 보았질 않느냐. 사발이 사라져버렸는데 무슨 수로 이기겠느냐? 괜히 집안 망한다."

서 생원은 얼른 죽고픈 마음뿐이었다. 죽어서 그 자리를 차지하면 그만이었다. 그게 조상 부끄럽지 않고 자손 번성케 하는 일이라고 믿었다.

명덕은 분통이 터졌다. 장인은 문병조차 오지 않고 있었다. 어떤 경로로 들려온 소문인지는 모르지만 장인은 산 주인을 찾고 있는 모양이었다. 이 기회에 뒷산을 사두려는 것이었다. 그렇게 고약한 데가 있는 양반일 줄이야 몽상도 못했다. 명덕은 당장 달려가 속 시원히 쏘아주고 싶었다. 파혼은 예정돼 있는 일이었다. 이 마당에 거칠 것이 없었다. 그러나 수옥의 얼굴이 눈앞에 삼삼했다. '구슬이 바위에 떨어지더라도 그 끈이야 떨어지겠냐'는 옛 속요(俗謠)가 있었던가. 명덕은 창문을 열쳐 달빛을 들이고 있었다. 달은 수옥의 얼굴인 듯 근심 가득하기만 했다.

추석날이 왔건만 명덕의 집은 제삿날보다 못했다. 서 생원이 편찮은 터라 차례에 신경 쓸 여력도 없었다. 한낮이 될 무렵부터는 집안이 발칵 뒤집혔다. 서 생원이 임종 기미를 보였던 것이다. 명덕은 종일 때도 거르고서 조부의 곁을 지켰다. 조부 서생원은 숨이 곧 멎으려고 목울대가 껄떡껄떡했다. 서 생원은 해가 서산에 질 무렵 운명했다. 팔십 평생을 잘 살아오시다가 종장에 근심걱정으로 저물어간 일생이었다. 가엾고 분했다.

명덕이 수옥의 서찰을 전해 받은 건 어리중천에 한가위달이 휘영청 뜬 뒤였다. 아까 낮에 사람이 왔다갔다는데 조부의 운명을 지키고 있어서 전할 틈이 없었던 듯했다. 곡을 하다가 잠시 나왔더니 하인 하나가 그제야 서찰을 전했다.

명덕은 서찰을 펼쳤다. 뒷산 봉분 있는 데서 기다릴 테니 동편에 달이 떠오르면 나와 달라는 내용이었다. 명덕은 하늘을 우러렀다. 이경이 지났으니 달이 뜬 지 벌써 오래였다. 어쩌자고 이 밤중에 이 먼데까지 왔더란 말인가. 명덕은 상중이지만 수옥이 걱정 돼서 안 나갈 수가 없었다. 달이 구름 속에 감겨 들어가고 있어서 사방이 어두컴컴해졌다.

뒷산은 으스스했다. 드물게 노송이 서 있어서 그 그림자가 공포를 자아내게 했다. 저녁 무렵 운명한 조부의 혼령이 깃들여 있는 것 같기도 했다. 하지만 이런 산 속에서 오래도록 기다리고 있을 수옥을 생각하니 두려움은 가셨다.

"수옥 낭자, 나요. 어딨소?"

"……."

기다리다 지쳐서 그만 돌아갔는가. 몇 차례 불러도 대답이 없었다. 명덕은 조금 더 올라가 보았다. 인기척이 없었다. 명덕은 그만 돌아섰다. 그러다가 명덕은 자신의 귀를 의심했다.

"으으…."

더 위쪽에서 가느다란 신음소리가 들려왔기 때문이다. 명덕은 본능적으로 불길한 생각이 들었다. 모골이 송연해지면서 세상이 완전히 하얗게 밝아졌다. 사지가 부들부들 떨렸다. 그는 어금니를 물고 위쪽으로 달렸다. 저번 날 조성해놓은 봉분 너머에 뭔가 꿈틀대는 게 있었다. 사람이었다. 몸을 뒤채고 있었다.

"수옥이!"

"도, 도…."

명덕은 수옥을 감싸 안았다. 수옥은 이미 새파랗게 죽어가고 있었다. 비상을 먹은 그녀는 고통을 이겨내느라 몸을 뒤채고 있었던 것이다. 고통스런 나머지 땅을 후벼 파대서 손톱이 빠지고 피가 낭자했다.

"수옥이, 수옥이!"

"도, 련, 님…."

수옥은 검게 딴 입술을 다독이다가 이내 늘어졌다. 사랑하는 이의 상복 입은 무릎 위에서 숨을 거둬버린 것이다. 아무리 기다려도 명덕이 나타나지 않자, 수옥은 자신을 포기해버린 것으로 알고 준비해온 비상을 입에 털어넣었다. 명덕과 함께 할 수 없는 삶은 살 가치가 없었다. 해로동혈을 그토록 꿈꿨질 않는가! 모든 게 부질없는 몽상에 지나지 않았다. 차라리 자기 자신이, 빌미가 된 무덤자리에서 죽는 게 두 집안을 화해시키는 길이라고 믿었던 것이다.

명덕은 싸늘히 식어가는 수옥을 부둥켜안고 소리 없이 울었다. 대관절 명당이라는 것이 무엇이기에 사랑하는 사람을 죽게 만드는 것인가. 뿐더러 조부까지 운명케 하는 것인가.

명덕은 모든 게 싫어졌다. 희생물이 된 수옥의 영혼을 달래는 것 외에 무엇이 더 필요한가. 군자는 스스로 목숨을 끊어서는 안 된다고 배웠다. 어떠한 일이 있어도 가문의 핏줄을 이어줘야 한다고 배웠다. 그것은 충과 효의 시작이었다. 그러나….

명덕은 발치께에서 비상을 쌌던 종이를 발견했다. 비상은 아주 조금 남아 있었다. 치사량이 안 돼서 죽으려면 오랜 고통이 뒤따를 것이

련만 그걸 따질 때가 아니었다.

그는 산 아래 집 쪽에 대고 두 번 절했다. 그런 다음 미련 없이 종이째 입에 넣고는 우물우물 삼켰다. 그는 수옥을 바투 끌어안고 누웠다. 곧 창자가 녹는 복통이 찾아왔다. 그는 어금니가 으스러지도록 옥물고 버텼다. 수옥을 끌어안았던 손은 어느새 그의 가슴과 얼굴로 옮아가 사정없이 쥐어뜯고 있었다.

다음날, 아침 뒤늦게 성묘를 가던 사람에 의해 발견된 명덕은 가까스로 목숨을 건졌다. 그러나 이미 사람 꼴이 아니었다. 입술이 돌아가고 얼굴은 흉물이 돼 있었다. 눈동자에도 정기가 빠져버렸다.

상갓집에 의원이 오고 또 한 차례 난리가 났다. 똥물을 먹여서 토하게 만들고 해독제를 지어 먹였다. 그렇게 하여 겨우 목숨을 건졌다. 그러나 더 이상 사는 게 사는 것이 아니었다. 반편이처럼 먹고 자면서 겨울을 났다. 바깥출입도 일체 하지 않았다. 얼굴이 흉측하게 일그러졌을뿐더러 살려는 의욕 자체가 없었다.

그는 어느 봄날 홀연히 집을 나가버렸다. 아무도 그의 행방을 몰랐다. 명덕이라는 이름은 사람들의 기억에서 그렇게 사라져갔다. 꽃다운 청춘남녀의 삶을 꺾어놓은 노서하전형 명당 역시 파혈되어 누구도 쓰지 못했음은 물론이다. 들 너머 고양이바위 역시 누군가에 의해 깨져버렸다. 아무리 좋은 명당도 사람과 사람의 화도(和道)를 잃어서는 아무런 의미가 없다는 걸 잘 보여주는 사례였다.

그리고 많은 세월이 흐른 뒤, 계룡산 동학사에는 풍수지리를 공부하는 괴승 하나가 주석(主席)했다. 그의 이름은 추한 외모 탓에 스스로 미후라 했고, 사람들은 미후가 떠도는 중이라 해서 낭인이라는 말을 붙였다. 전설적인 괴승 미후낭인의 풍수 행각은 그렇게 시작되었다.

이 미후랑인은 어지럽던 조선조 말기를 장식한 최고의 풍수였다. 얼굴이 흉하고 남 앞에 나서기를 꺼려서 그렇지 나랏일을 하는 국사보다 실력이 모자라지 않았다.

이 미후랑인은 또 다른 숨은 고수, 진태을과는 한 번도 상면하지 못한다. 적어도 50년 가까운 세월을 한 땅에서 같은 풍수 일을 하며 살았건만 두 사람이 조우하지 못한 건 무슨 운명일까.

사제의 연을 맺다

미후랑인이 남긴 첩지는 그의 제자 하성부지에 의해 정씨가문에 흘러들었다. 그리고 지금 승달산에서 서울 김 풍수에 의해 미후랑인이 전설적인 명풍수가 된 내막을 들었다.

마을에서 최씨가 일꾼들을 데리고 올라왔다. 걸게 차린 새참도 광주리에 담아 왔다. 간단한 제사가 올려지고 드디어 봉분을 까 내리는 산역이 시작되었다. 한쪽에서는 먹자판이 벌어졌다. 진태을도 뚝딱 끼니를 때웠다.

드디어 봉분이 파헤쳐졌다. 딱딱한 석회층도 차차 깨어져 갔다. 열 가마나 들어부었다는 석회층 어디에도 누가 파헤친 흔적은 없었다. 그것을 확인한 순간 정진국은 진태을 쪽을 의미 있게 응시했다. 석회층이 이렇게 완전한데 무슨 수로 겹장을 했겠냐, 지금이라도 그만 덮어두기로 하자는 뜻이었다. 괜히 파묘만 해서 남의 집안 망치고, 자신은 겪치는 불상사를 사전에 막자는 뜻이기도 했다. 하지만 진태을은 담담하기만 했다. 급기야 석회층이 다하고 혈토가 파헤쳐졌다.

"황골입니다."

육탈된 뼈 상태는 좋았다. 혈토에 묻히면 확실히 유골은 잘 보존되었다.

"유골을 잘 수습하고 바닥을 더 파내시오!"

진태을이 외쳤다.

산역꾼들이 광중(壙中)을 더 파 들어갔다.

괭이질, 삽질이 계속되었다. 아무리 파도 고운 흙만 나왔다. 암장한 뼈는커녕 웃느라고 잔 돌멩이 하나 나오는 법이 없었다. 세상에 이렇게 깊게 묻는 매장법도 있던가. 지켜보는 사람들 모두가 실망하기 시작했다. 실망은 곧 원망과 책임추궁으로 돌변하리라. 하지만 진태을은 뭘 믿고 있는지 담담했다.

노랗고 윤기가 좔좔 흐르는 뼈가 관도 없는 땅 속에서 나온 건, 정 참판의 유골이 묻힌 지점에서 자그마치 네 자를 더 파 들어가서였다. 겨울도 아닌데 뿌연 김이 모락모락 피어오른 것도 그 즈음에서였다.

"이럴 수가!"

"이건 귀신의 조홧속이다!"

송장이 놀라 일어설 노릇이었다.

도대체 어떤 수를 써서 이처럼 튼실한 무덤 아래에 흔적도 없이 겹장을 했을까.

조 풍수의 계략을 어느 누가 짐작하랴. 정 참판이 묘를 쓰기 전에 미리 열자 깊숙이에 제 선친 유골을 묻어두었던 것을.

더 놀라운 것은 그것을 땅 껍질만 보고 짚어낸 진태을의 법술이었다.

이 깊은 땅속을 유리관 보듯 하다니.

"이것은 사전에 미리 묻어둔 유골이오."
"오오, 놀라운지고!"
"세상에!"
"어서 혈토를 도로 채우고 다진 다음, 정 참판의 무덤을 본래대로 조성하시오! 전보다 더 깊게 묻어야 하오."

놀랄 여유도 허락하지 않고 진태을이 다그친 말이었다. 생기가 다 빠져 달아나기 전에 되묻게 하려는 것이었다. 한참 뒤, 봉분은 다시 조성되었다.

겹장된 유골은 벌써 문중 사람들에 의해 바숴지고 있었다. 그들은 그 뼈들을 산산이 흩뿌려버렸다.

"교활한지고, 이놈 자식들을 당장!"

문중의 한 어른이 씹어뱉었다.

"짐작되는 놈이라도 있습니까?"

역시 문중 사람 가운데 젊은이가 여쭸다.

"조 풍수 짓이 아니고 뭐냐! 하산하는 대로 그 자식놈들을 찾아내서 요절을 내야 하리. 주릴 틀 놈들!"

그는 금방이라도 달려가서 조 풍수의 자식들을 때려죽이고 싶다는 기색이었다. 그러기는 정 주사도 마찬가지였지만 어디 가서 그들을 찾아낼 것인가. 몇 년 전, 죽지 않을 만큼 맞고 솔가해서 어디로 숨어버린 지 오래였다.

정진국은 왜 명당을 감추고 감추어야 하는지 비로소 절감했다. 세상에 도둑이 많지만 명당을 훔쳐내는 도둑이 가장 무서운 진짜 도둑이었다. 그 도둑이 지켜보는 자리에서 명산도를 함께 펼쳐 보고 치표를 했으니, 욕심 많고 간이 배 밖으로 나온 놈이라면 곱게 놔둘 까닭이 없었다.

"진 선생님, 참으로 영통하시오. 어떻게 이 깊은 땅속 사정을 그처럼 훤히 들여다볼 수 있었소?"

정진국과 여러 풍수들이 물었다.

"간단하지요. 이곳은 큰 기운이 서린 곳이오. 이런 자리는 열 자가량을 파고 묻어야 제대로 생기를 받을 수 있는 법이지요."

사려 깊은 진태을이 큰 기운이라고만 했지만 보는 이에 따라서는 군왕룡이랄 수도 있는 대지였다. 왕기(王氣)가 서린 자리는 열 자를 파야 했다. 그 까닭은 임금 왕(王)자라는 글자 자체가 이미 지표면(一)과 무덤 밑바닥(一) 사이에 열 십(十)자를 말하고 있었다. 다 그런 건 아니지만 대지는 혈토층이 두껍고 깊게 묻어야 기운이 오래 갔다.

"그런 말을 들은 적이 있소. 하다면 이곳이?"

서울에서 온 김 풍수가 비상하게 눈을 굴렸다.

"고인께서는 그렇게 믿고 묻히셨지만 누가 그걸 단언할 수 있겠소."

진태을은 그렇게 가무리고 나서 입을 다물어버렸다. 사람들은 이유를 아는지 모르는지 저마다 고개를 끄덕일 따름이었다.

"진 선생님, 이젠 어떻게 해야 하겠습니까?"

정진국을 포함해서 문중사람들이 머리를 조아리며 앞으로의 일을 물었다. 이제부터 자기 집안의 운명은 진태을이 쥐고 있다고 믿었던 것이다. 다른 풍수들은 안중에도 없었다. 아니, 자기들 쪽에서 먼저 꼬리를 내려버리던 것이었다.

"어서 하산하시오. 적어도 묏바람으로 인해 벌어지는 불상사는 다시는 없게 될 것이오."

진태을은 산을 휘적휘적 내려갔다. 서울 김 풍수가 바짝 따라붙으며 서울 수구문 밖 자기집에 꼭 한 번 들러달라고 일렀다.

그 시간, 전주 정진국네 솟을대문 안에서는 믿어지지 않을 일이 벌어지고 있었다. 극심하던 마나님의 두통이 씻은 듯 나았으며 실성했던 둘째 아들이 정상으로 돌아왔다. 정 참판을 불편하게 했던 조 풍수 선친의 유골이 파내졌으니 도로 편안해진 모양이었다. 참으로 땅의 조화는 함부로 다룰 수 없는 일이었다.

"진 선생님! 무슨 수로 은혜에 보답할지."

경기전 앞, 솟을대문집은 오랜 만에 활기가 넘쳤다. 정진국의 형제들과 자식들이 한동작으로 허리를 숙였다. 정진국과 그의 마나님은 서로 다투어 진태을에 대한 사례를 후하게 하고자 했다.

"사례라니요. 남원 본가에 쌀이나 몇 섬 날라다 주시오. 돌보는 식솔들이 꽤 되오."

진태을은 그런 사람이었다. 큰 욕심이 없었던 것이다.

"무슨 말씀입니까? 쌀뿐만이 아니라 논문서 열 마지기를 드리리다. 아니, 남원 본가에 가서 상전 열 마지기를 사드리겠습니다."

"너무 과분하오."

"다른 소원은 없습니까?"

"없소이다."

그러나 엉뚱한 일이 벌어지고 있었다. 일의 내막을 전해들은 둘째 아들이 숫제 진태을의 괴나리봇짐을 짊어지자고 나왔다. 경성제국대학에서 법학을 공부하던 수재가 이처럼 예기치 않은 기회에 진태을의 제자가 되겠다고 나선 것이다. 역시 사람의 만남과 인연법은 무섭다. 배우고 싶어도 스승을 못 만나 배우지 못하기도 하지만, 전하고 싶어도 마땅한 제자가 없어서 안타까워하는 고수도 있었다. 진태을이 그런 사람이었는데 나이 칠십에 뒤늦게 대어를 낚은 셈이었다.

"영리한 상이로다. 이름이?"

"정득량(鄭得亮)이라 하옵니다."

"나이가 몇이던고?"

"을사생(乙巳生), 스물넷입니다."

"으음, 신학문을 하다가 구학문을 하면 거꾸로 돌아가는 시계와 같을진대 왜 갑자기 이런 공부를 하려고 하는고?"

진태을은 내심 기쁘기 한량없으면서도 은근히 떠보았다. 커다랗고 서글서글한 눈과 산맥처럼 힘차고 높게 뻗어 내린 콧날이 귀공자 같았다. 명문가 자제다운 기품이 풍겼다. 무엇을 해도 평생 의식 걱정은 없는 귀인의 상이었다.

"제가 조부 밑에서 사서를 읽었습니다."

"오호, 그래! 그렇다면 신구학문을 겸했군."

"송사를 다루는 하위법(下位法)에서 진리를 깨치는 상위법(上位法)으로 바꿨으니 오히려 큰 공부에 입문하는 격이 됩니다."

"허허허. 크게 쓰일 제목이로다."

진태을과 정득량은 어느새 사제지간의 예를 갖추고 있었다. 득량이 자신을 받아들인 진태을에게 큰절을 세 번 올린 것이다. 합석한 정진국은 당황한 빛이 역력했다.

그는 법학공부를 중도에 포기시키는 섭섭한 심정을 털어놨다.

"정신을 돌려놓으신 건 감사한데 아들을 빼앗아 가시니 이거, 참."

"다 인연따라 가는 것이지요. 포기할 것은 없습니다. 좀 쉬면서 해 보다가 맞지 않으면 다시 법학공부를 하면 되지요."

"선생님만 믿겠습니다."

"이날 입때껏 이런 똑똑한 제자 한 놈만을 기다렸습니다. 허허허."

"하오면 이리 되리라는 것도 아셨단 말씀이시오?"

"허허허."

진태을은 대답대신 막힘 없는 웃음만 터뜨렸다.

"오늘부터는 《주역》을 읽거라. 우선 〈계사전(繫辭傳)〉을 곰곰이 의미를 새기면서 읽어보아라. 나중 크게 소용되리니."

"말씀대로 따르겠습니다."

진태을은 먹을 갈아서 글귀 하나를 일필휘지로 써서 주었다.

以不變應萬變(이불변응만변)

불변하는 이치로써 만 가지 변화에 대처한다는 의미였다. 곧 역(易)의 체(體, 본체)와 용(用, 작용)을 뜻하는 핵심적인 말이었다. 벌써 스승과 제자의 길이 시작되고 있었다.

저녁이 되어 다시 사랑에 마주한 정진국과 진태을.

술상은 진수성찬이로되 술잔에 부어지는 건 어둡고 칙칙한 그 무엇이었다. 정진국의 얼굴에는 아까 낮과는 달리 수심(愁心)이 가득했다. 집안의 문제는 한시름 놨다지만 아직도 여전히 남은 건 자신의 운명이었다.

"진 선생님, 아까 우리 집안에서 누구 한 사람이 꺾인다고 하셨는데 그게 누군지요?"

"그 이상은 말씀드릴 수 없소이다."

역리(易理)를 훤히 깨친 그였건만 죽음만은 어쩌지 못했다. 무릇 생명 있는 만상이라면 태어나면서부터 필연적으로 쥐고 나오게 되는 죽음이라는 것, 그것이야말로 생득적인 한계였다.

진태을은 마냥 술을 쳤다. 곧 죽게 될 사람과 마주하고 있는데 무엇을 꾀하고 무엇을 단속하랴. 이래서 아는 것은 때로 고통이기도 한 것이다.

"제 노모가 금년 팔십 셋이니 노모 돌아가시는 거야 호상일 테고. 대체 누가 꺾인다는 겁니까? 혹시 접니까?"

정진국의 말에 비장함이 깃들어 있다. 얼굴에는 여전히 푸른 기운이 도사리고 있었다. 다른 사람 눈에는 안 보여도 진태을의 눈에는 뚜렷이 보였다.

관형찰색(觀形察色)이라는 말이 있다. 의원이나 관상가는 먼저 생긴 것과 피부색만 보고도 몸의 상태를 알 수 있고 운명을 점친다. 형상을 보는 거야 웬만하면 하는 것이지만, 찰색은 오직 고수만이 알 수 있는 비법이었다.

"맞지요?"

"그렇소이다."

"아!"

"……."

"전 아직 오십밖에 안 됐고 건강합니다만…."

"나도 이런 때가 제일 괴롭소."

"진 선생님! 부탁입니다. 죽는 날짜를 아시면 그걸 피해 살아남는 비책도 있잖겠는지요?"

갑자기 정진국이 애원조로 나왔다.

"군자는 위로 하늘을 원망하지 않고(上不怨天) 아래로는 사람을 원망하지 않는(下不尤人) 것, 편안히 거처하며 천명을 기다리심이 좋을 것입니다."

진태을은 괴로웠다. 그는 술을 한 잔 털어넣고 이내 눈을 감아버렸다.

"그래도 어떤 비책이?"

"오는 죽음은 누구도 못 막소. 그걸 막아내는 위인이라면 아침마다 구린 똥을 싸고 살겠소? 차분히 준비했다가 조용히 떠나시오. 삶도 죽음도 그저 길 떠나는 일일 뿐이지요."

"하오면 선친이 꿈꾸신 창업의 날은 어찌 되겠습니까?"

정진국이 도포자락을 쥐고 흔들어 보이며 물었다.

"그런 날이 올 것 같지는 않습니다. 하지만 노력은 해봐야지요. 정감록에 써 있는 대로 정 도령이 나타나 새 왕조를 세울 수는 없다 하더라도 아메리카처럼 대통령이 될 수는 있겠지요."

신학문을 하지는 않았지만 진태을은 합리적인 사람이었다. 변화를 잘 수용하고 도리에 맞게 대응했다.

"전 더 살고 싶습니다."

정진국은 이마를 찌푸리며 괴로움에 몸부림쳤다.

인생은 고해였다. 병통을 고쳐서 우환을 잡자 기뻐했더니 다시 절망의 파도가 휘몰아쳤다. 정진국과 진태을은 말없이 술을 비웠다.

이런 사실을 알 리 없는 안방에서는 노마님과 식구들이 오랜 만에 오붓한 시간을 나누고 있었다. 며느리인 마나님과 작은 손자 득량이 다 앓다가 한날한시에 나았으니 그 기쁨은 이루 말할 수가 없었다.

"그나저나 세상에 못 믿을 게 머리 까만 짐승이다. 조 풍수 그 작자가 그런 술수를 부리고 죽을 줄 누가 알았겠느냐."

정 참판의 미망인인 노마님이 좌중의 식구들 앞에서 조 풍수 얘기로 운을 뗐다.

"그러게 말씀입니다. 그저 판석을 가지고 엉뚱한 자리에 장난이나 쳤을 줄로만 알았지 혈자리 깊숙이 제 애비의 뼈를 숨겼을지는 꿈에도 몰랐습니다. 할머님. 할아버님이 얼마나 불편하셨으면 우리를 그토록 힘들게 했겠어요?"

장손 세량(世亮)이 초를 쳤다. 득량보다 열 살이나 위였다.

그러나 아직 아무도 모르는 또 하나의 암장이 있었으니 그것은 어쩌면 영원히 밝혀지지 않을 것인지도 몰랐다. 자칭 조조라고 했던 조 풍수의 꾀는 그만큼 고단수였다.

노마님의 시선은 득량 쪽으로 향했다.

"풍수 따위는 미신에 지나지 않는다며 그렇게 조부와 아버지 하시는 일을 못마땅해하더니 네가 어쩐 일이냐?"

노마님이 작은손자를 떠봤다. 손자의 급작스런 변화가 너무 의외였던 탓이다.

"전에는 그랬지요. 세상에 지금이 어느 시대인데 정감록 타령이며, 거추장스런 청의백의를 걸치고 지내신다는 겁니까?"

득량의 대꾸에는 여전히 가시가 살아 있었다.

"하거늘?"

"무시 못할 일을 겪고 나니 풍수에 대해서 알고 싶어졌지요. 정감록 따윈 여전히 안 믿어요. 다만 풍수만은 왠지 미신이 아니라는 생각이 듭니다, 할머님. 게다가 스승님의 높은 경지는 또 어떻습니까. 뭔가 체계적이고 과학적인 근거가 있는 것처럼 보이더군요."

"내 잘은 모르겠다만 정감록도 다 풍수에 근거한 비결이 아니냐?"

"소자도 모르긴 마찬가지지만 생각은 다릅니다. 정감록은 도참이니 한낱 믿거나 말거나인 유언비어와 같고 풍수는 눈으로 확인 가능한 그 무엇 같습니다."

"그럴 듯하게 들린다."

"지금까지 하던 공부에 미련은 없더냐?"

이번에 나선 것은 형 세량이었다.

"글쎄요. 아버님이 워낙 가라고 하셔서 들어갔지, 식민지 국가에서 법관이 된들 일본제국의 앞잡이가 되어 힘없는 동포들 사냥이나 하기밖에 더하겠습니까? 사실 제 친구들끼리 그런 고민 많이 했습니다."

득량이 일사천리로 읊조렸다.

"그렇다고 치자. 네 말대로 세상이 변하고 있는데 그런 철지난 풍수 술법을 배워서 어찌하려느냐?"

"세상이 아무리 변해도 변하지 않는 게 있습니다. 저는 그걸 배우고 싶은 겁니다."

하지만 그의 말에는 전혀 힘이 실리지 않고 있었다. 스스로도 미심쩍어하는 구석이 있다는 뜻이었다.

득량의 어머니는 가볍게 한숨을 쉬었다.

"언제고 그만 두고 싶으면 그만 두고 다시 법학공부를 하거라. 학교는 휴학상태니 아무 때고 복학하면 된다. 얼마 안 남았으니 마저 마쳐야지."

마나님은 아들이 가려는 길이 순탄치만은 않을 것 같다는 예감이 들었다. 아들은 지금 잘 닦인 탄탄대로를 벗어나 좁고 험한 샛길로 접어들고 있었다. 하지만 그걸 말릴 입이 그녀에겐 없었다. 어쩌면 이것이 아들의 운명인지도 몰랐다.

《풍수》제2권 〈바람과 물의 노래〉로 계속

박경리 대표장편소설

김약국의 딸들

본능의 숲에서 교배한 필연은 비애의 씨앗을 뿌리고 통영의 밤바다 바람 속에서는 다섯 딸들의 숙명적 사랑과 배신, 죽음, 원초적 몸부림이 넘실댄다. 삼베처럼 질긴 한의 씨줄과 설움의 날줄은 비극의 천으로 약국집 다섯 딸들을 옭아매는데…
신국판 / 값 9,500원

파시

낯선 땅에 버려진 채 사악한 인간들의 먹이가 될 수밖에 없는 수옥, 광녀인 모친을 둔 명화의 근원적인 절망과 그러한 명화를 사랑하는 응주의 고뇌, 몰락한 지주의 딸로 꿈을 잃고 타락의 길로 들어선 학자… 6·25의 상흔으로 얼룩진 이들의 상처와 절망!
신국판 / 값 12,000원

시장과 전장

결혼의 굴레에서 뛰쳐나와 전쟁의 소용돌이 속에 휘말린 위기의 여인 지영. 어느 빨치산을 향해 맹목적인 사랑을 바치는 백치 같은 여자 이가화. 소박한 시장의 행복을 꿈꾸는, 그러나 추악한 전장에 의해 철저히 짓밟히는 여인들…
신국판 / 값 12,000원

가을에 온 여인

숲 속의 푸른 저택에 살고 있는 신비스런 미모의 여인. 그녀의 절대 고독과 끝없이 위장된 삶이 엮어내는 검은 그림자. 자의식의 울에 갇힌 이 여인은 과거의 그림자로 자신의 마음을 한없이 몰아간다.
신국판 / 값 9,000원

표류도

전쟁통에 남편을 잃고 다방 마담으로 살아가는 인텔리 여성 강현회. 신문사 논설위원 이상현과 불륜의 사랑에 빠져 허우적대던 그녀는 마침내 우발적인 살인을 저지르고 마는데… 그녀는 죄를 범하는 천사인가? 인생이란 저마다 서로 떨어진 채 떠내려가는 외로운 섬인가?
신국판 / 값 7,500원

 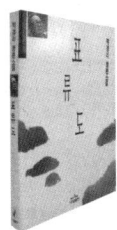 

우리들의 시간 박경리 시집

"구름 떠도는 하늘과 같이 있지만 없고, 없는 것 같은데 있는 우리들 영혼, 시작에서 끝나는 우리들의 삶은 대체 무엇일까. 끝도 가도 없이, 수도 없이, 층층으로, 파상처럼 밀려오는 모순의 바다, 막대기 하나 거머잡고 자맥질한다. 막대기 하나만큼의 확신과 그 막대기의 왜소하고 미세함에서 오는 막막함…"
46판 / 값 7,500원

NANAM 나남출판
www.nanam.net   TEL: (031)955-4600   FAX: (031)955-4555

김종록 장편소설

내 안의 우주목

글·그림 김종록

누구에겐가 한 그루의 나무이고 싶다!

사람이 나무와 오랜 세월을 함께하면 어느새 그 사람은 나무를 닮고,
나무 또한 그 사람을 닮아갈 수 있다는 참별이 가족의 전설 같은 이야기를 세상에 전한다.

천 년의 나무와 인연 맺은 참별이 가족 3대의
아름답고 따뜻한 이야기가 감동적인 전설로 살아온다.

4×6판 양장(올컬러) 값 8,500원

* 우주목(宇宙木)은 생명의 나무, 세계수 또는 신단수라고도 한다. 우주의 기원과 구조, 생명의 원천을 상징하며 세계의 중심축으로, 〈내 안의 우주목〉에서는 주목과 마가목은 물론 주인공 참별이를 의미한다. 이는 사람 또한 저마다 우주의 중심축이며 나무라는 뜻을 내포한다.

www.nanam.net
Tel: 031) 955-4600

《서북풍》으로 널리 알려지고, 《역류》, 《미륵을 기다리며》 등의 책을 낸 중견작가 최학이 이번에는 화담 서경덕과 황진이의 이야기를 소설로 꾸몄다. 일반사람들에게 전설로 구전된 이야기인 서경덕과 황진이의 이야기를 다시 구성하면서 저자는 핍진한 삶을 살았던 그들의 인간적 면모와 그 전설의 이면(裏面)을 보고자 했다.

최 학
장편
역사소설

화담 명월
花潭明月

조선 최고의 기생 명월(明月) 황진이를 만나 운우지정(雲雨之情)을 나누다.

한 여인이 어린아이와 함께 화담 서경덕의 제자 서기(徐起)가 있는 지리산 함박골의 초옥을 찾아든다.
얼굴에 난 깊은 상처를 보고 서기는 그 여인이 스승인 화담의 둘째 부인임을 알게 되고,
결국 스승의 옛 자취를 좇아 금강산으로 가는 머나먼 여정에 동행하게 되는데….

황진이가 파계시켰다는 지족선사에 관한 전설,
육체적 사랑과는 거리가 먼 존재로 신화화된 화담 서경덕,
지금까지 우리의 뇌리에 박힌 전설과 신화가
하나둘 벗겨지는데….
신국판 | 234쪽 | 8,500원

화담(花潭) 서경덕 송도삼절(松都三絕)이자 조선 최고의 기(氣)철학자, 그리고 30년
면벽수도하던 지족선사를 파계시켰던 황진이의 유혹에도 넘어가지 않았다는 전설의 유학자.

www.nanam.net
Tel:031) 955-4600